AF429284

Tu mirada me atrapó / Yamila Daiana Bianqueri - 2ª edición -
Mar del Plata: Yamila Daiana Bianqueri, 2017.
309 p.; 21 x 15 cm.1. Novelas Románticas. I. Título.

Safe Creative: 170327126373
ISBN 978-987-42-3876-4

CDD A863

Título original: Tu mirada me atrapó.
Autora: Yamila Bianqueri
Corrección: Emma Sheridan
Diseño de portada: Deborah Luzige
Diagramación: Victoria Aihar

Tercera edición: Julio 2020

Copyright ©2020 @YamilaBianqueri

Todos los derechos reservados. No está permitida la reproducción total, ni parcial de este libro; ni la recopilación en un sistema informático; ni en otro sistema mecánico, fotocopias (u otros medios) sin la autorización previa del propietario del los derechos de autor.

Yamila Bianqueri

Tu mirada ME ATRAPÓ

Estas páginas van dedicadas con todo
mi amor a mis seres queridos.

A mis hijos que son mi todo en esta vida y a mi
compañero de camino que me toma de la mano
con fuerza cada vez que amenazo con detener el paso.

Y a vos, Liliana Díaz Ojea, que fuiste
quien me alentó para que lea mi primer
libro, que confiaste en mí cuando nadie
lo hacía porque gracias a vos descubrí
que esto era lo que más amaba.

Los amo con toda mi fuerza.

ÍNDICE

"Recordar es fácil para el
que tiene memoria.
Olvidar es difícil para el que tiene corazón".

Gabriel García Márquez.

CAPÍTULO

Mi día fue un completo desastre. Las cirugías que se complican dejando una pérdida y un vacío para esos seres queridos que buscan en uno ver a Dios, son inolvidables, devastadoras.

Hoy es uno de esos días en los cuales quiero ser invisible. Hace más de diez años que soy cirujana y cuando algo dentro del quirófano falla dejando una muerte, quiero desaparecer. Todo se vuelve oscuro, me siento derrotada.

Salgo de mi consultorio y me voy derecho a casa. Cuando llego, me asombra el silencio que hay, recorro todos los ambientes y nada. Me paro a pensar dónde estarán mis monstruitos. Justo en ese momento, escucho sus risas. Sigo ese maravilloso sonido que logra que mi día pase de ser negro a blanco. Me acerco y ahí están, jugando en la pileta. Cuando me ven, automáticamente corren a abrazarme.

Los portadores de esas manos mágicas son mis pequeños, Amaia y Tomás. Mis mellizos de cinco años, dos terremotos que llenan esta casa de felicidad.

Levanto la vista y me encuentro con dos ojos azules que me observan llenos de enojo. ¡¡¡Cómo se parece a su padre!!!

—¿No hay un beso para mamá? —le digo a Bautista. Él se levanta y camina hacia mí. Cuando llega a mi lado, me quedo completamente absorta en su mirada. ¡Ay, mi niño, si supieras cuánto daría por borrar la tristeza de tus ojos!

—Mamá prometiste que llegarías temprano, no pude salir con mis amigos —se queja como cuando era un pequeño caprichoso.

—¡Perdón, mi amor! Te prometo que mañana mismo consigo a alguien que los cuide, así podés volver a disfrutar de tus vacaciones. Ahora dame un abrazo —le reclamo con culpa y cuando se lanza a mis brazos, todas mis preocupaciones se esfuman. Es en este lugar donde todos mis males se van, porque teniéndolos a mi lado nada puede ser malo.

—Bueno, bueno… Por lo que veo disfrutaron bastante del agua, vamos a merendar y a cambiarse. ¡Después nos vamos de compras!

—¡Iupiiiiiiiiiii! —gritan y aplauden mis pequeños bandidos, saben que podrán hacer alguna de sus travesuras.

—Mamá, yo me voy. Mis amigos están en la playa y con suerte llego a tiempo para el partido de última hora —me informa Bautista.

—¡¡Stop!! Un momentito, ¿cuándo me pediste permiso para salir? —le pregunto a punto de romper a reír. Sabe bien que no tiene que pedirme permiso, pero sí que tiene que decirme a dónde va.

—¡¡¡Jajá!!! Ma, te recuerdo que ya soy mayor. No olvides que te amo. ¡¡¡Chau!!! —grita mientras sale corriendo en dirección a su auto. Auto que perteneció a su padre cuando era joven. Auto que estuvo guardado durante años para que él pudiera usarlo.

—Chau, Bau… Portate bien y manejá con cuidado —y así con un simple te amo consigue que lo deje hacer lo que se le antoje.

De repente algo llama mi atención y, cuando me doy vuelta, un baldazo de agua me moja de la cintura para abajo y veo dos enanos que empiezan a correr por el parque, muertos de risa. Una vez que logro agarrarlos, entre carcajadas entramos a merendar.

Unas horas más tarde, al fin tengo un poco de relax. Adoro mis baños de inmersión, es el lugar de la casa que más tranquilidad me da. Mientras cierro los ojos, sumergida hasta el cuello rodeada de espuma con aroma a jazmines, me acuerdo de algo de suma importancia: en cinco días salgo de vacaciones y llegan mis amigas; las "Chicas

Grey". Tengo que ponerme en marcha y conseguir a alguien que cuide de mis niños para poder disfrutar junto a ellas.

Mi mamá ya debe de haber vuelto de su viaje, la voy a llamar. Seguro que ella puede ocuparse de los niños.

Salgo de la bañadera dejando que el agua resbale por mi cuerpo, me seco y admiro mi reflejo en el espejo. Sigo siendo una mujer atractiva, poseo unas curvas bastante llamativas, por así decirlo. Dejo que esos pensamientos vuelvan a su lugar y me voy dormir. Mañana será otro día.

Siento un golpe en la panza que me despierta. Sin ganas, abro un ojo y después otro, me encuentro con dos cuerpitos en mi cama enrollados en el acolchado. No me canso de mirarlos, están tan grandes; Amaia heredó mi color de pelo castaño y los ojos color cielo de Leonardo, su padre. Tomás todo lo contrario a su hermana, tiene los ojos color café igual a mí y el pelo rubio como su papá. A pesar de ser mellizos, no se parecen en nada; como decía mi abuela: son el agua y el aceite.

Miro el reloj que marca las diez de la mañana, es hora de levantarse.

Como todas las mañanas, no puede faltarme la dosis de cafeína para arrancar el día con todas las pilas; agarro mi café y voy derecho a revisar mis correos. Mientras espero que la netbook encienda, pienso qué vamos a hacer hoy.

Hace mucho calor, así que lo mejor será llevar a mis hijos a la playa. Una vez revisado el correo y visto que no tengo nada importante, tomo mi celular para darles los buenos días a mis amigas.

Dos horas más tarde ya estamos saliendo, Amaia y Tomás están enloquecidos, adoran la playa. Bautista no quiso venir, como siempre tiene algo más divertido que hacer; está pasando esa etapa en la cual no hay nada más copado que vivir de joda. Obviamente estoy usando textuales palabras de él.

—Ya llegamos —les anuncio a los niños. Si hay algo que ellos disfrutan son nuestras tardes juntos y yo las gozo tanto o más que ellos.

—¡Qué emoción, mami! Ya quiero meterme al agua —me dice Tomás, con su mirada perdida en el extenso y calmo mar.

—Mami, mami, ¿vamos a hacer un castillo en la arena juntas? —me pregunta Amaia, sacudiéndose para todos lados; es tan inquieta que se pone insostenible.

—Sí, pequeños, hoy hacemos todo lo que quieran. Mi día es puro y exclusivamente para ustedes —ellos me sonríen y mi corazón se llena de felicidad.

Después de haber pasado un día espectacular, ya estamos de vuelta en casa. Los niños terminaron agotados, ahora duermen como dos angelitos y yo aprovecho para llamar a mi mamá.

—¡Hola, ma! ¿Cómo estás?

—*Hola, hijita, bien ¿y vos? ¿Cómo están mis adorables nietos?*

—Estamos bien. Los niños duermen, hoy los llevé a la playa. Estaban muy cansados. Necesito pedirte un gran favor.

—*Qué bueno. Ya es hora de que les dediques más tiempo a los niños, no olvides que solo te tienen a vos. ¿Qué necesitás?*

—Ya lo sé, mamá, no hace falta que me lo recuerdes todo el tiempo. Cambiando de tema, ¿podés cuidar a los nenes unas semanas? Bautista quiere disfrutar de sus vacaciones y yo se las estoy arruinando con tanto trabajo que vengo teniendo.

—*Sí, hija, no hay problema ya volví de mi viaje y no tengo nada más importante que hacer. Mañana a primera hora estoy ahí.*

—Gracias, ma. Hasta mañana, que descanses.

—*Chau, hija. Te quiero.*

Bien, ahora sí puedo ir a descansar. Mañana me espera un día largo y agotador.

Tengo programadas tres cirugías que son muy importantes. Ninguna es de alto riesgo, pero así y todo no descarto las posibilidades de que algo se complique. Nunca se sabe que tiene preparado el destino.

Capítulo

Me despierto asustada, hacía tiempo que no tenía una pesadilla, solo de pensar que vuelvan, me aterra. Necesito que esa noche siga enterrada en la oscuridad.Qué mala suerte tengo, empezar mi día con esas imágenes dando vueltas por mi mente, es bastante devastador.

Estoy terminando de cambiarme cuando suena el timbre; debe ser mi madre, siempre tan puntual.Abro la puerta y ahí está ella, tan impecable como siempre, pareciera que los años no pasaran por su cuerpo.

—Hola, hija, ¿no pensás darme un abrazo? —me saluda sonriente como es usual en ella. Mi madre es una mujer extraordinaria.

—Hola, mamá. No te quedes ahí parada, pasá —cierro la puerta y me acerco para que me abrace.

Sabe perfectamente que no puedo estar sin sus mimos. Extrañaba sentir el calor de su pequeño cuerpo. Pensar que nadie cree que sea mi madre. Lamentablemente no me parezco en nada físico a ella. Solo tengo mi nariz idéntica a la suya, de lo demás mejor ni hablemos que mi día ya empezó bastante mal.

Besuqueo a mis hijos antes de marchar y mientras duermen como dos angelitos me doy el lujo de admirar su belleza; le doy un beso dulce a mi mamá y me voy.

Este verano está siendo insufrible; ni bien pongo un pie fuera de mi casa, el calor me golpea asfixiándome. Debe hacer treinta grados, como mínimo.

Gracias a Dios mi nueva adquisición tiene aire acondicionado. Definitivamente tomé una muy buena decisión: mi Renault Duster es espectacular.

Ni bien la arranco, comienza a sonar *Sweet Child O' Mine* de los *Guns N' Roses* y mi mal humor poco a poco se va esfumando, dando paso a la locura que desata este grupo en mí. Recuerdo el recital de los Guns al que fui en mil nueve noventa y tres en el Estadio River Plate. Fue un espectáculo único. Salté, canté y bailé como nunca lo había hecho en mi vida. Pensar que en ese momento lo que más me importaba era que Leonardo estuviera a mi lado. ¡Absolutamente idiota!

Recorro las calles de mi bella ciudad tarareando las canciones que se reproducen, admirando los vehículos que transitan. Puedo distinguir fácilmente quienes son los turistas y quienes los locales.

Para los que vivimos acá, los meses de temporada alta son bastante insoportables. A veces los turistas se ponen demasiado molestos, se creen que vivimos de ellos y están muy equivocados ya que mi ciudad es eso, una ciudad y no un pequeño parador costero. Acá vivimos, trabajamos y nos mantenemos todo el año. No me mal interpreten, solo estoy diciendo que no son imprescindibles para nosotros.

En fin, mejor sigo disfrutando de este día tan soleado mientras voy a trabajar.

Cuando llego al hospital, voy directo a mi consultorio saludando a más de la mitad de las personas que me cruzo en el camino. Al ser uno de los mejores de la ciudad, abundan los residentes y mis colegas son todos maravillosos.

Me recibe mi secretaria, informándome que en media hora me espera mi primer paciente en el quirófano.

El señor Gómez está listo para su intervención. Hace un mes que está esperando la colocación de un stent para continuar con su ritmo de vida.

Una vez dentro, dejo mi bolso en el perchero y entro al baño para cambiarme. Me saco la ropa que traía puesta y me pongo mi ambo color blanco que tiene los bordes en violeta, a eso le sumo los suecos blancos y estoy lista. Antes de salir reviso mi celular, lo pongo en silencio y lo guardo en el bolsillo. Ahora sí puedo irme al quirófano.

—Verónica: si recibo alguna llamada, que te dejen los mensajes. En dos o tres horas vuelvo —le anuncio a mi secretaria saliendo de mi consultorio.

—Vaya tranquila, doctora D'Angelo, yo me encargo de todo. ¡Suerte!

—Gracias, no sé qué haría sin tu ayuda.

Vero es la mujer más eficiente que existe, no hay quien pueda reemplazarla.

Tomo el ascensor y en menos de dos minutos estoy entrando al quirófano.

—¡Buenos días, equipo! ¿Tenemos todo listo? —pregunto sintiendo una agradable sensación de adrenalina que me recorre el cuerpo cuando estoy en esta zona. A pesar de ser un lugar frío donde la vida de los pacientes se debate entre seguir o acabar, para mí es un lugar cálido y acogedor, prácticamente mi segundo hogar.

—Buenos días, doctora. Ya está todo listo; cuando usted diga, comenzamos —entona mi mano derecha. Ella es la instrumentadora de mi equipo, ¡la mejor! Ana es una mujer especial, dulce y pasional sin medida. Ama su profesión y mentiría si dijera lo contrario.

—Vayan preparando al paciente, en quince minutos comenzamos —entro a la pre sala, lavo mis manos y comienzo a cambiarme. Una vez lista, me miro en el espejo para colocarme mi cofia violeta —regalo de mis hijos— es mi favorita y favorece mi tono de piel.

Desde el día que me la dieron, me acompaña en todas mis intervenciones, se volvió una especie de cábala para mí. Como es lógico, hay veces en las que no funciona, mi cofia no tiene el poder de reescribir el destino; el mismo día que nacemos, este ya está escrito. Así que no hay mucho que hacer en su contra.

Me vuelvo a lavar las manos y al mismo tiempo, observo a mi equipo por el gran ventanal que nos separa. Ellos se desenvuelven con absoluta confianza y libertad dentro de la sala quirúrgica. Saben que soy una maníaca del protocolo. No hay medida de higiene que me salte, jamás se me olvida uno de los pasos a seguir. Por lo tanto, todos los que se encuentran dentro de mi quirófano, saben muy bien lo que tienen que hacer y comprenden que no pueden ni tienen permitido dejar pasar las cosas por alto.

En el centro se encuentra el señor Gómez, desde aquí se lo ve ansioso y preocupado. Pobre hombre, se está frotando las manos con tanta insistencia que me da pena.

Empujo la puerta vaivén con mi espalda para ingresar y, automáticamente una de las enfermeras me coloca la bata descartable. Le doy las gracias con una sonrisa y me acerco a mi paciente.

—Hola, Ernesto. ¿Cómo te encuentras? —con mi mano le doy un apretón en el hombro para infundirle un poco de tranquilidad. No es favorable que esté nervioso.

—Preocupado, doctora. ¿Para qué le voy a mentir? Tengo miedo —pobre hombre, si no lo estuviera viendo y escuchando, no creería que una persona con su contextura física podría tener miedo.

—No se preocupe, todo va a salir bien. Es un procedimiento rápido, cuando menos se lo espere habremos terminado. Confíe en mí y reléjese —le regalo un guiño de ojo y me retiro para colocarme en mi posición. Así soy yo con mis pacientes, amable y cariñosa. Porque desde hace unos años salvar vidas ayuda a opacar el sentimiento de culpa con el que vivo.

Me coloco el barbijo y reviso que todo esté en condiciones para comenzar la intervención. Como primer paso, hago una pequeña incisión en el brazo para acceder a la arteria.

—Inyecten la tinta —le indico a la enfermera con voz firme.

Introduzco el cable guía, mientras observo en la pantalla las imágenes de rayos X que resaltan el flujo sanguíneo. La tinta me sirve para guiar el cable cuidadosamente hasta el corazón. Y ahí está el bloqueo. Inserto el catéter que lleva en la punta el balón adecuado. Lo paso a través del bloqueo, éste se infla y automáticamente podemos ver en la pantalla como se restablece el flujo sanguíneo.

—Hemos terminado, Ernesto. Todo salió bien —anuncio satisfecha.

—Gracias, doctora. Es usted un ángel —que mi primer paciente esté bien y relajado es una de las mejores cosas del día.

—Por favor, no sea exagerado, solo cumplo con mi trabajo. Si todo sigue bien, mañana mismo tendrá el alta. Después paso a verlo, voy a darle el parte médico a su esposa —me despido de mi equipo y salgo para darle las buenas noticias a la señora Gómez.

Así transcurre mi día, una operación tras otra. Poder ejercer mi profesión es un regalo que nunca me canso de agradecerle a Dios. Son pocas las personas que cuentan con la suerte de hacer lo que aman y yo soy una de las afortunadas. Ver la cara de angustia de los pacientes que entran a mi quirófano no es muy agradable, pero el después sí lo es. Una vez que ya están fuera de peligro; ver sus sonrisas, escuchar sus agradecimientos o recibir sus regalos es lo que hace que esto valga la pena. No hay nada más satisfactorio que salvar una vida, ya sea de un niño, un adolescente o una persona mayor. Todos te devuelven con su afecto más de lo que hiciste por ellos.

En mi mente estarán almacenados por siempre esos momentos de felicidad que brindé pero lo que más permanecerá grabado en mí son esos instantes de alegría que ellos me brindaron. Siempre pienso y digo que todo lo que se hace con amor es único. Desgraciadamente, a veces ese sentimiento se ve opacado por otro que no debería estar, pero sigue inevitablemente ahí. Está tironeando de mí para terminar de sepultarme pero no lo consigue. La culpa no logra derribarme porque ese amor es el que alivia el dolor.

Cuando miro el reloj, este marca las ocho de la noche, ¡qué tarde se me hizo! No veo la hora de estar en casa con mis hijos, cuanto los extraño. Cuando llego, mis pequeños salen a recibirme y en ese momento sé que mi día terminará en paz.

Dos siluetas desnudas aparecen en mi mente, perturbando mis sueños. Gritos cargados de odio y reclamos. Lágrimas. Palabras sin sentido. Excusas inválidas y un trágico accidente.

Me despierto sobresaltada, asustada y completamente desorientada. *¡¡Dios mío!! Otra vez no.*

No quiero recordar esa noche, no puedo revivir esa desgracia que arruinó mi vida. Maldito Leonardo ni después de muerto me dejas en paz. ¡¡Te odio!!

Las cuatro de la madrugada leo en la pantalla de mi móvil, dudo que pueda volver a dormirme. Tomo el libro que tengo olvidado sobre mi mesa de luz y comienzo a leer donde lo dejé la última noche. Me había olvidado de lo maravillosa que es esta historia. Una diseñadora en ascenso y un fiscal demasiado sexy, ambos con un pasado tormentoso.

Yo me pregunto una vez más: ¿habrá hombres en la vida real que luchen con tanta fortaleza por la mujer de su vida? Ya quisiera yo que un hombre como Samuel Garnett se cruzara en mi camino. Si pudiera pedir un deseo, ni lo pensaría, pediría un hombre así.

Lo que puede generar un buen libro es maravilloso. La literatura te da la oportunidad de soñar despierta y hay tantas historias para vivir que no me alcanza el tiempo para hacerlo.

De a poco el sueño va volviendo a mí, hasta que me quedo profundamente dormida.

CAPÍTULO

Sí… sí… síííí! ¡Al fin de vacaciones! Los días se me pasaron volando.

Ahora puedo empezar a disfrutar de mis treinta días libres para descansar y complacer al máximo a mi familia. Mi casa está terriblemente silenciosa sin la presencia de mis hijos.

Mis pequeños se fueron a Cariló con mi mamá. Una de sus amigas tiene una casa de verano y la invitó, ella ni lo dudó y yo sin titubear le di permiso para que los llevara. Solo espero que mis diablillos no le saquen canas verdes, aunque lo más probable es que la vuelvan loca.

Bautista está en una casa quinta con sus amigos. En este momento no hay nada más importante para él. Quiere vivir cada día como si fuera el último y yo no soy quien para impedirlo. Tiene amistades confiables de buenas familias y cuando digo buenas no me refiero a lo económico sino a los valores que esos padres les inculcaron a sus hijos. La mayoría de ellos se conoce desde el jardín, unos pocos se fueron integrando al grupo a lo largo de los años escolares.

Aprovecho mi tiempo libre para poner en orden cajas y papeles que tengo desparramados por todos lados. Saco de allá para poner acá y así paso varias horas entretenida, hasta que una foto llama mi atención.

Cuando la doy vuelta, me encuentro con una imagen que me hace viajar en el tiempo…

Es una tarde maravillosa y mis pies descalzos acarician la arena. La puesta del sol es hermosa, y el mar está tranquilo. Todo es perfecto.

A mi lado se encuentra sentado Leonardo Baute, el hombre más hermoso que vi en mi vida. Mide un metro noventa, su cabello es rubio y sus ojos son azules como el cielo. Jamás me imaginé que un hombre así podría enamorarse de mí. Es completamente perfecto y yo estoy perdidamente enamorada de él.

Un reflejo producido por los últimos rayos del sol capta mi atención. Levanto mi mano y admiro embelesada mi anillo. Hace unas horas, en este mismo lugar, con el sol de testigo, Leonardo me propuso casamiento. Cada palabra, el brillo de sus ojos y su enorme sonrisa hicieron que este fuera un momento inolvidable.

Sin dudarlo le dije que sí, tengo la seguridad de que me hará la mujer más feliz y amada del mundo.

La llegada de un mensaje me hace volver a la realidad. Me seco las lágrimas que derramé sin darme cuenta y vuelvo a preguntarme lo mismo que me pregunto siempre. ¿Por qué destruiste nuestra vida Leonardo? Éramos tan felices, nunca voy a entender qué fue lo que te llevó a traicionarme así. Sacudo mi cabeza, tratando de ahuyentar los demonios que me invaden cada dos por tres. Aunque ahora que lo pienso bien, esa mierda últimamente está muy presente. Me levanto del piso y abro el mensaje.

 "Fran estamos por subir al avión, en una hora tenemos que estar llegando. Te queremos. Pronto nos vemos. Besotes".

¡Dios mío! Estas chifladas todas juntas en un avión, no me quiero ni imaginar el descontrol que estarán armando. Obviamente la mejor parte de todo eso, es cuando se matan de risa y me cuentan todo lo que hicieron. Esas locas son mi sostén, a pesar de las distancias que nos separan siempre están a mi lado. Nuestra rara y loca amistad se hace más fuerte con el correr de los años, no hay nada que nos detenga.

Media hora más tarde, después de haberme dado un baño y ponerme presentable, salgo para el aeropuerto. A más tardar en veinte minutos llegaré, minutos extra teniendo en cuenta el tráfico, sino en diez estaré en el aeropuerto. De todas formas, dudo que ande alguien en la calle con el calor que hace.

¡Qué equivocada estaba! Pareciera que a más de uno se le ocurrió salir a la calle. A las corridas, me bajo de la camioneta y entro como alma que lleva el diablo al aeropuerto. Ni bien traspaso la puerta, el frío del aire acondicionado me recibe. ¡Qué alivio! Ya estoy toda transpirada como un chancho, no sé para qué me bañé.

Cuando escucho que anuncian que su vuelo acaba de aterrizar. Reviso la pantalla y me dirijo a la puerta de embarque indicada.

Se me hace un nudo en la boca del estómago y me dan ganas de llorar, cada vez se hace más difícil pasar todo un año sin verlas. De repente escucho sus características voces y sus inconfundibles gritos y sé, que al levantar la vista voy a ver a las mujeres más fuertes que el destino puso en mi camino. Comienzo a caminar; no, prácticamente corro hasta que nos fundimos en un abrazo que transmite todo el cariño que nos tenemos.

—¡Qué alegría! ¡No veía la hora de verlas! ¡Las extrañé! —les grito emocionada.

—¡Gorda estás hermosa! —exclama Gaby escaneándome de arriba a abajo.

—No seas mentirosa, estoy igual que siempre. ¿Cómo estuvo el vuelo? —pregunto rápidamente para cambiar de tema; hace años que no me llevo nada bien con los elogios.

—¡Madre mía! —se abanica Débora—, no sabés el papurri que venía sentado adelante nuestro.

—¡Dios! Estaba más bueno que comer pollo con la mano —acota Ely haciendo ojitos.

—¡Qué pollo ni pollo! Si lo agarro yo, lo dejo de cama, tenía un culito espectacular —expresa exagerada July como siempre haciendo esos gestos tan suyos.

—Me parece que a Magui le comieron la lengua los ratones… —comento irónicamente

—¡Ay, nena! Es que no tengo palabras para describir a ese hombre. Me dejó muda.

—¡¡Nooo-lo-puedo-creer!! Para que ustedes estén así y Magui se haya quedado sin palabras, sin duda era todo un dios del Olimpo ¡Me hubiera gustado verlo! ¿Cómo no me avisaron así lo esperábamos? De paso le pedíamos el número de teléfono. ¡Egoístas! —reclamo riéndome.

—No te preocupes amiga, la cara rota de Julieta ya se lo pidió.

—¿Qué? ¿Me estás hablando en serio, Gaby? —pregunto estupefacta.

—¡Obvio nena! Ésta no se pierde esa delicia por nada —comenta con naturalidad, dándole un empujón en el hombro.

—Julieta, cada año estás más loca. No podés ir por la vida haciendo esas cosas, ¡es peligroso! —la reprendo porque sabe que no debe hacerlo. No entiendo por qué se comporta como una adolescente.

—¡Ya está la abuela! No seas aguafiestas, vieja. Además te quiero ver cuando lo llame y se aparezca con sus compañeros de trabajo. De paso te cuento que son militares. No me pierdo tu carita por nada del mundo cuando los veas —no puedo evitar ser un poco sobreprotectora con ellas—. Mirá si serán malditas. Como saben las fantasías que me invento con los uniformados, están esperando el momento indicado para burlarse de mí —nos reímos sin parar, y la melodía que sale de sus labios es la distracción que necesitaba para olvidarme que ese día se acerca.

—¡Momento! Acá falta alguien. ¿Dónde está Alex? —el ojo de las "Chicas Grey". Todo lo lee. Todo lo sabe, pero a la hora de hablar lo hace poco y nada.

—La mensa llega en unos días. Tenía que esperar a que vuelva mi mamá para quedarse con mi sobrino —me cuenta Débora haciendo cara de fastidio.

—Bueno vamos yendo, ya quiero que estemos en casa para comenzar con los planes.

Llegamos a casa y dejo a las chicas instalándose para subir a cambiarme. Me pongo una malla entera para ocultar las pequeñas marcas de los embarazos, marcas de guerra como me gusta llamarlas. No me molestan, pero tampoco me gusta mostrarlas.

Bajo a la cocina lista para preparar algo para tomar. Hace muchísimo calor.

Preparo una jarra de Fernet *Branca* con *Coca-Cola*. Gancia batido y unas cervezas. Siempre que estamos juntas, el alcohol es imprescindible. Acomodo todo en una bandeja y salgo al parque.

Mis locas ya están instaladas debajo del árbol que está cerca de la piscina. Mi hermoso y perfecto sauce llorón. Cuando construimos la casa ya estaba plantado ahí y yo me negué rotundamente a que lo sacaran. Me encanta la sombra que proyecta y las cálidas gotas que desprende son refrescantes en tardes como esta.

Suena de fondo *No te va gustar*, una de las bandas que más nos gusta escuchar cuando estamos juntas. Cantamos, bailamos y nos divertimos como si fuéramos adolescentes, ese es el efecto que producimos cuando nos vemos.

Gaby me cuenta como está su hijo Fabri, que es buen padre y un espectacular marido. Me muestra fotos de sus nietos, creo que tiene miles en el celular. Los gemelos están enormes, son dos chanchitos preciosos. El orgullo que trasmite en sus palabras me llena de alegría. Verla tan feliz, después de lo dura que fue su vida, me hace pensar que el destino nos tiene siempre preparada una recompensa por tanto sufrimiento que hemos pasado.

Me levanto y la abrazo tratando de demostrarle lo orgullosa que me siento de todos sus logros. Quizás sería más fácil decírselo, pero en mí, esa cualidad no existe o mejor dicho: desapareció.

No sé cuánto tiempo habremos pasado de charla en charla, cuando estamos juntas no podemos parar, nos sobrepasa la energía.

Una a una, nos vamos despidiendo, sabiendo que mañana nos espera un gran día por vivir.

Capítulo

Me despierto como nueva. No haber escuchado ese maldito aparato sonando es una bendición y tener a mis chicas en casa me hace feliz.

Siento el aroma a café y medialunas recién hechas que viene desde abajo; Ely está en la cocina, es la única que se preocupa por alimentarnos. No sé qué haríamos sin ella o sin sus deliciosos platos.

Me doy una ducha rápida para terminar de despabilarme. Me pongo un short, una musculosa y manoteo las ojotas para bajar.

Las encuentro en la cocina. Despeinadas, en pijamas y con cara de dormidas.

—Buen día. ¿Cómo amanecieron? —les digo gritando, me vuelve loca molestarlas a la mañana.

—Buen día, Fran. Dormí como un tronco, mi cama es supercómoda. ¡Gracias! No hacía falta que grites —me dice Débora bostezando. A ella es a la que más le cuesta, es como un oso. Podría vivir hibernando.

—Buen día, amiga. Como verás estoy preparando el desayuno —comenta agitando los utensilios con sus manos. Se puso un delantal que está estampado con el torso de una mujer desnuda, obviamente regalo de ellas. No puedo dejar de sonreír y en nada romperé a reír como si estuviera desquiciada.

—Ely sos la mejor. ¡Buen día, gorda! —me saluda Gaby, interrumpiendo mi casi repentino ataque de risa. «Menos mal».

—Hola, nena. Yo dormí bien, aunque por la noche tuve un poco de calor.

—¿Calor? July, hay aire acondicionado en toda la casa, es imposible que haya hecho calor en tu habitación —o está menopáusica o se volvió loca, no existe ni la más remota posibilidad de que haya pasado calor.

—Ese tipo de calor no, ¡tonta! —dice riendo—. Me visitó en sueños un asombroso militar que resultaba ser muy caliente —ahora sí ya veo por donde viene la mano, ¡está loca!

—¡No puede ser! Esta mujer vive caliente —exclama Gaby entre risas y la demás estamos de acuerdo.

—Jamás me voy a cansar de repetirles que si algún día alguien escucha nuestras charlas o lee nuestras conversaciones, nos mandan derechito al loquero. ¿Dónde está Magui? —es raro no verla por acá dando vueltas. Por lo general es la primera en levantarse.

—Ni idea, supongo que estará durmiendo —¿Durmiendo? Imposible.

—Ely, te apuesto cien pesos a que está corriendo —eso es más probable ya que últimamente se volvió adicta al ejercicio. Según ella los años pasan factura.

—Trato hecho Debo —le contesta mientras se acercan para sellar la apuesta con una chocada de manos.

Comienzo a llenar mi taza de café y al instante se escucha la puerta de entrada.

—¡Buen día, dormilonas! Por fin se levantaron —de repente solo se escuchan gritos y risas, mientras una desconcertada Magui nos observa desde la puerta.

—¿Qué bicho les picó descerebradas? —nos dice con cara de enojada. Pobre, no entiende nada. Es que somos así, nuestra locura es difícil de entender.

—Ely acaba de perder una apuesta —contestamos todas a la vez, sin dejar de reír.

—Poniendo estaba la gansa —Debo estira la mano para que Ely le entregue su premio.

—Ustedes no tienen arreglo, me voy bañar —nos grita Magui ya de camino a la planta de arriba.

Unas horas más tarde, estamos en la playa despatarradas en la arena. Gaby y Magui toman sol. Una de espaldas y la otra de frente estiradas sobre las lonas. Ely y July con sus gafas puestas, observan disimuladamente a todos los hombres que están a su alcance, obviamente escudándose detrás de los lentes tintados.

En cambio, yo me pierdo en el tiempo…

¡Mami, mami! Papá me hizo un castillo de arena muy, muy dande —grita Bautista corriendo hacia mí. Tomo a mi pequeño en brazos y le doy un abrazo de oso, él a cambio me da un beso y se sacude para bajarse.

—¿Dónde está ese castillo tan gigante? ¿Me lo mostrás? —toma mi mano y mi corazón lucha por escapar de mi cuerpo. El amor que siento por mi pequeñín es tan intenso que no cabe en mi corazón.

—Ahí está mami ¿No es muy, muy dande?

¿Dónde se habrá metido Leonardo? No es muy usual de él dejar a Bautista solo. Mi hijo tira de mi mano esperando una respuesta.

—Es hermoso, pequeño. Es el castillo más impresionante que vi en mi vida. Unas manos que reconozco, me toman de la cintura alzándome en el aire. Comienza a correr hasta que me lanza al agua, sumergiéndose a mi lado. Salimos a la superficie juntos, aferrándonos de las manos.

—Te amo, Leo. Gracias por hacerme la mujer más feliz del mundo —le declaro con absoluta sinceridad queriendo trasmitir con mis palabras lo que siento.

—Yo te amo más, Reina. Gracias a vos por darme un hijo tan maravilloso —acerca sus labios a los míos y nos fundimos en un beso cargado de amor, deseo y felicidad.

Un pelotazo me devuelve al presente. Cinco pares de ojos me observan, preguntando en silencio si estoy bien. ¡Dios mío estoy llorando! ¿Qué mierda me pasa? Hace días que vuelo con una facilidad impresionante.

—Amiga. ¿Estás bien? —¿Bien? Últimamente esa palabra desapareció de mi diccionario.

—Sí, Gaby. Ando un poco sensible, será porque extraño a mis hijos —¡ja! ya quisiera saber mentir. Soy pésima para eso, es imposible que ellas no se den cuenta de que estoy hecha un desastre.

—No mientas, Fran. Todas sabemos lo que te pasa, se acerca esa puta fecha y empezás a decaer —July se enfurece cuando me ve así y por más raro que parezca la entiendo porque hasta a mí me enoja ser tan idiota.

—Gorda ya pasaron casi tres años, va siendo hora de que dejes de sentirte culpable.

—Ojalá fuera tan fácil, querida amiga. No puedo Debo, la culpa me persigue. Veo crecer a mis hijos y no puedo evitarlo —no puedo evitar sentirme culpable. Quizás si no hubiera salido tan atropelladamente sin pensar, todo eso no hubiera pasado, o quizás sí, la verdad no lo sé.

—Basta Fran. No fue tu culpa. El único culpable es Leonardo, él fue quien destrozó tu vida —todas tienen razón o eso es lo que a veces quiero creer. Sinceramente no lo sabemos, no lo sé.

—No te enojes Magui. En serio no puedo evitarlo.

Una voz desconocida, áspera y con acento extranjero, aparece de la nada.

—Disculpen señoritas, ¿serían tan amables de darme fuego? —Al frente nuestro se encuentra parado un, un, un… ¡Por Dios! No encuentro palabras para describir lo que veo.

—Bombón, no solo te doy fuego, podés tomar lo que quieras de este cuerpo —Gaby se para y mirándolo, le suelta esa frasecita con su mejor voz de gata en celo. Con una mano le da el encendedor y con la otra le pasa un dedo a lo largo del pecho musculoso. ¡Si me pinchan no sangro! No puedo creer lo que veo.

El semental (me parece el apodo más acertado), enciende su cigarrillo, agarra a Gaby de la cintura y le parte la boca de un beso. Cuando la suelta nos mira y se despide con un "hasta la próxima señoritas, que tengan un buen día". De los nervios estallamos en carcajadas.

Gracias, semental, no podías haber aparecido en mejor momento. Me sacaste del pozo donde sin querer me estaba hundiendo.

Al atardecer todas acordamos que es hora volver a casa. Levantamos las pocas cosas que trajimos y nos marchamos al mejor estilo divas de Hollywood meneando nuestros gorditos y avejentados culos.

Vamos en camino escuchando música y gritando como locas cuando July recibe una llamada.

—Es un número desconocido, ni loca atiendo. Seguro que es mi ex marido. ¡Es un pelotudo! —¿Pelotudo? Esa palabra se queda corta, ni como insulto sirve para ese intento de hombre.

—Últimamente no deja de acosarme. No entiende que nuestro matrimonio se acabó.

—¡Qué huecos son los hombres! Se creen que una está obligada a darles una oportunidad, solo para que ellos vuelvan a cagarla. No tienen vergüenza —Ely la tiene bastante clara en esto. Si no me equivoco, le dio mil oportunidades a ese engendro y el tarado nunca supo aprovecharlas.

Un grito de July me hace frenar de golpe, menos mal que atrás no venía nadie.

—¿Estás bien, Julieta? —que susto me hizo pegar, pedazo de marmota.

—¡Escuchen esto! —exclama emocionadísima—: Hola hermosa, te acabo de llamar. Estoy con mis compañeros y como tenemos unos días libres, pensé que podíamos arreglar para salir todos juntos, ¡quiero verte! Espero ansioso tu respuesta. Besos, Alejo.

—¿Quién es Alejo? —pregunto desconcertada, que yo sepa no conoce a ningún Alejo y menos en Mar del Plata.

—Es el militar que conocimos en el avión —contesta Gaby poniendo cara de loca. Tiene los cachetes colorados por el sol y los pelos revueltos. ¡Sí señores, hecha una loca!

La cara de sorpresa que tiene July es única, si pudiera ya mismo le sacaría una foto.

Arranco y seguimos nuestro camino. Durante el resto del viaje, observo todos los movimientos de July, no deja de escribir ni un segundo. Se la ve tan sonriente que es imposible no ver la felicidad que esos mensajes le dan.

Guardo la camioneta en el garaje, mientras ellas van entrando a casa. Ni bien pongo un pie adentro, escucho el griterío: parecen cotorras.

—¿Se puede saber a qué se debe tanto alboroto? —se pasan, definitivamente se pasan.

—July estuvo hablando con Alejo y aprovechando que está con unos amigos quedamos en que venían para acá, así los conocemos. «¿¡Qué!?».

—¿¡QUÉ!? Ustedes están locas. La poca cordura que tenían la perdieron en ese avión. Es mi casa, no voy a permitir que unos desconocidos vengan así porque sí.

—No seas amargada —me grita July—, vamos a divertirnos como nunca. Si los amigos están tan buenos como él, tenemos sexo garantizado —no puedo creer lo que estoy escuchando. Estas chifladas quieren convertir mi hogar en un antro de perversión. ¿Quién me asegura que esos tipos no son unos asesinos? ¿Y si nos quieren robar? No, no y no. ¡A mi casa no entran!

—Dejá de darle tantas vueltas Fran. Lo vamos a pasar genial —«genial lo pasarían ustedes que son unas locas de mierda».

—Débora esto es una locura. Nos puede pasar cualquier cosa. No conocemos a esos tipos y por más uniforme que lleven, dejame decirte que eso, no es ninguna garantía. Pueden estar desquiciados.

—¡Basta! Necesita sexo urgente, ya empieza a delirar. ¿Cuánto hace que no ves a un hombre en bolas? Dejá, mejor ni me contestes. Es hora de que vayas socializando con el sexo masculino, no todos los hombres son como el difunto. ¿Me vas a decir que no te gustaría tener un hombre como Eric Zimmerman o un Jesse Ward para que te agarre y te haga gritar como una perra? Porque si vos me decís que no querés, yo personalmente me encargo de cancelar este encuentro. Eso sí, nosotras nos vamos a buscarlos para disfrutar de un maratón de sexo caliente. —¿Cuáles son las probabilidades de que sean asesinos o violadores? Espero que ninguna, porque esta mujer siempre consigue lo que quiere. No sé como lo hace pero tiene la facilidad de sacarme lo que se le antoja con unas palabritas.

—Me convenciste Debo. Siempre logran salirse con la suya. Eso sí, les voy a decir algo bien clarito y más les vale que me escuchen. Si algo malo pasa en esta casa: ¡ustedes son las responsables! Ah, y los que nombraste antes son personajes ficticios así que dudo que haya quien los iguale, y si existieran los usaría para un par de noches. Demasiados demonios tengo como para estar cargando con los ajenos.

La locura se desata cuando doy el visto bueno para que lleven a cabo ese dichoso encuentro. Magui le da play al equipo y *Satisfaction* de los *Rolling Stones* suena a todo volumen en mi casa. Gritan, saltan y así desaparecemos de la cocina bailando rock and roll como cuando éramos jovencitas.

Entro en mi cuarto sin saber para dónde correr. Hace tanto tiempo que evito salir con hombres que ahora no se qué hacer. ¿Y si le pido ayuda a las chicas? No, mejor no, porque estas chaladas se van a reír de mí.

Dejo llenando la bañadera mientras pienso qué ponerme. Soy aficionada a la moda así que tengo un guardarropa bien equipado y variado.

Entro al vestidor y comienzo a revolver. «Este no, este tampoco. ¡Acá está!». Un vestido de color morado, largo hasta la rodilla y ajustado al cuerpo. Agarro un conjunto de ropa interior negro. El corpiño es de raso combinado con encaje y el culotte es todo de encaje: muy sexy. Para los pies elijo unas sandalias negras de gamuza con plataforma. Para mí es fundamental que el calzado sea cómodo además de lindo.

Me desnudo dejando la ropa en el cesto y me sumerjo en el agua. Mis músculos se relajan y mis nervios se mantienen al margen.

Al rato siento que el agua se está enfriando, voy a tener que salir. Me cubro el cuerpo con la bata y al pelo me lo retuerzo a lo alto de mi cabeza con una toalla. Tenerlo tan largo está empezando a fastidiarme, me da demasiado trabajo.

Un cambio de look me vendría genial, tal vez me anime y lo corte un poco. Me lo seco y ato mi cabellera castaño oscuro en una cola de caballo bien tirante, con el flequillo hacia un lado. Con el calor que está haciendo ni loca lo dejo suelto.

Maquillo mis grandes y hermosos ojos café con una sombra color natural y hago un delineado tipo pin up fino. Aplico máscara en mis pestañas, un poco de color a mis mejillas y estoy lista.

Salgo del baño, me saco la bata y me pongo la ropa interior. Miro una vez más el vestido y ahuyentando las dudas que me asaltan, me lo pongo. El escote redondo profundo favorece el volumen de mis pechos y las mangas casquillo se ajustan con perfección a mis hombros.

El cinto fino de cuero marca mi cintura dándole forma a mi cuerpo. Por último, me subo a las sandalias que me dan un poco más de altura y las ajusto a mis tobillos. Me doy el visto bueno frente al espejo, me tiro un beso y salgo.

Cierro con llave las habitaciones y vuelvo a la mía. Marco el número de mi mamá y este suena, suena, y suena pero nadie atiende. Deben estar durmiendo. Con Bautista tengo la misma suerte, a diferencia de mi mamá, él debe estar tan entretenido que no le presta atención al teléfono. Mañana a primera hora vuelvo a llamarlos.

—Fran, ¿estás lista? Me avisó Alejo que en cinco minutos llegan —July interrumpe mi tranquilidad desde el otro lado de la puerta anunciando lo que ya me imaginaba.

—Ahora bajo. Estoy terminando de arreglarme —le contesto para que se vaya, así yo puedo darme un último repaso.

—Ok.

«Respirá, Fran, es solo una fiesta, solo eso». Vuelvo a mirarme en el espejo, aliso mi vestido y salgo dispuesta a ser simpática aunque la desconfianza me esté aterrando.

Capítulo

Suena a todo volumen *I love rock and roll de Joan Jet and the Blackhearts* en la planta baja de mi casa. Entro en la cocina moviendo las caderas al ritmo de la música y me encuentro con las chicas que están deslumbrantes. Ni que nos hubiéramos puesto de acuerdo, todas lucimos vestidos. Les doy un beso junto con un abrazo a cada una y les digo lo hermosas que están. ¿Qué carajo les pasa que no hablan?

—¿Se puede saber qué les pasa? ¿Desde cuándo son mudas?

—¡Mamita! Esta noche a más de uno le da un infarto al verte.

—¿¡A mí!? Yo creo que cuando vean tu culo, se caen redondos. Mirá que no tengo ganas de trabajar —le advierto en broma a Ely mientras le saco la lengua. Esta perra siempre tuvo un cuerpo envidiable y a sus treinta y nueve años aún lo mantiene.

Me siento y nos ponemos a charlar o mejor dicho a discutir sobre las poses del Kamasutra más efectivas según nuestras experiencias. Digamos que ellas hablan y yo escucho ya que mi actividad sexual fue siempre muy tradicional. Aunque debo admitir que Leonardo era tremendo en la cama. Jamás probamos nada fuera de otro mundo, como diría mi amado Grey lo nuestro era una relación vainilla. Quizás si hubiera sido más atrevida, él no me habría engañado. Una vez más mi mente intenta traicionarme, pero esta vez no pienso permitirlo.

El timbre me saca de mis pensamientos, July se levanta aplaudiendo y sale corriendo para abrir la puerta. Las demás no tardan en seguirla.

Sin embargo, yo me quedo en la cocina presentando la cena en las bandejas. Escucho una, dos, tres, cuatro, cinco voces diferentes. Presto un poco más de atención y vuelvo a contar. ¡Bien! Son solo cinco, lo que quiere decir, que yo no tengo acompañante. ¡Qué alivio!

Estoy concentrada ultimando detalles, cuando escucho las voces más cerca. Al darme vuelta, por poco me caigo de culo. Estos no son hombres, son dioses del Olimpo. ¡Im-pre-sio-nan-tes! Parece que los sacaron de un libro de Mitología Griega. No pueden ser reales.

Con disimulo me pellizco la mano y efectivamente duele, así que no estoy soñando.

No sé cuánto tiempo llevo perdida en mi particular sueño, seguramente mi cara de sorpresa me habrá delatado porque están todos sonriendo.

—Como les decía, ella es Fran, la dueña de casa. No se preocupen si la ven volar, últimamente lo hace bastante seguido —ya tenía que salir ella con alguna de sus idioteces.

—¡Qué chistosa estás hoy, July! Mucho gusto chicos. Les digo algo, no se crean todo lo que dice esta pirada. Está un poquito, ¡ojo! solo un poquito loca —rio con sarcasmo. «¡Tomá chupate esta!».

Me acerco para ir saludándolos. No sé cuál de todos huele mejor, da gusto olfatearlos.

—Pónganse cómodos, ahora les llevo algo para picar.

—Te ayudo —me dice Gaby

—No amiga, no hace falta —le hago señas con la mano para que vaya con ellos.

Una vez que tengo todo listo, me dirijo al living. Acomodo todo en las distintas mesas y me siento a observar.

Alexis es un morocho de ojos celestes impresionantes; se nota que le dedica muchísimo tiempo a su cuerpo porque tiene unos músculos espectaculares. Su mandíbula recta está cubierta por una barba de dos o tres días, aunque para mi gusto su nariz es un poco grande. Está charlando animadamente con Débora. Se los ve muy a gusto juntos y hacen una pareja ideal. Esos dos terminarán la noche entre las sábanas. Es más, hasta me animo a imaginar que lindos niños saldrían de esta pareja.

En la otra punta, está la pareja del año: July y Alejo. Ella pelirroja de ojos verdes; él castaño de ojos marrones. Ella pequeña, él altísimo. Esto es lo bueno de ser médico, con solo ver a una persona puedo descifrar las medidas de su cuerpo sin problema. Su piel es blanca y es portador de una sonrisa deslumbrante. También lleva barba pero a diferencia de Alexis, la de él lleva más tiempo en ese rostro. Veo que tiene sus grandes manos muy ocupadas acariciando la pierna de mi amiga. Se nota desde la distancia la tensión sexual que desprenden ambos.

Sigo observando hasta que poso mi mirada en Gaby y Juan. Tonta le dicen a la abogada del grupo; a este se lo ve más grande que a los demás. Otro más con barba. Me pregunto qué tendrán estos hombres con la barba, dudo que sea un requisito del trabajo. Lleva su cabello corto un poco despeinado y eso le da un aspecto más juvenil. Tiene una mirada muy picarona y observa a mi morocha con adoración. Es demasiado alto y ya no encuentro adjetivos para describir su físico.

Se nota que estoy bastante aburrida. Suelo fijarme demasiado en el aspecto físico de la gente cuando no tengo otra cosa que hacer y analizo los movimientos, como si eso me ayudara a saber si puedo o no confiar. Con el correr de los años me volví una mujer difícil de impresionar y muy desconfiada. No sé si será por lo que me pasó o porque ya estoy grande, pero en fin, la cuestión es que se me hace difícil ver a los demás con buenos ojos. Malísimo de mi parte porque no se debe juzgar a las personas sin conocerlas.

Siguiendo con mi particular recorrido, me topo con Magui y Damián. Su mirada es dura, se ve a la legua que es un hombre curtido por las asperezas de la vida. A pesar de tener ojos claros, se le nota la fortaleza que lleva por dentro. Su cabello es castaño con un mechón de canas al frente. Es mucho más alto que ella, le saca una cabeza. Sacando cuentas mentalmente, debe medir un metro ochenta, más o menos. Y dale con la barba, no va a faltar oportunidad para que les pregunte qué se traen todos con la barba. Tengo que admitir que a todos les queda perfecta porque les da un aire masculino magnífico.

Me falta alguien. ¿Dónde está Ely? La encuentro apoyada en la baranda de la escalera, con Matías delante suyo tomándola de la cintura. ¡Estos hombres no pierden el tiempo! Por acá tenemos otro madurito: este lleva remera y en sus brazos se pueden apreciar varios tatuajes, todos relacionados con la milicia y algunos deben ser personales ya que se ven varios nombres. Su piel es morena, un tipo de tostado que solo lo tiene una persona que pasa varias horas al sol. El color de sus ojos es único, un verde perlado que jamás en mi vida había visto. Él también se deja la barba y a diferencia de los demás la lleva en forma de candado. Ambos rubios, altos y perfectos. Mejor no podrían haber elegido, son todos tal para cual.

Me encanta la facilidad que tienen para hacer sociales. En cambio a mí, con el pasar de los años, me cuesta cada vez más. Mi especialidad es mantenerme alejada, observando y analizando a cada persona que acabo de conocer.

Trato de integrarme, charlando un ratito con cada uno. No quiero estar metida entre estas parejas que se comen los ojos, más de una tendrá una noche de orgasmos asegurados y está de más decir que serán espectaculares. Todos los chicos son muy simpáticos, hablan de su profesión con mucho orgullo, se nota que son valientes y aman a su país, tanto que llegan al punto de arriesgar sus vidas. En lo que va de la noche, les repetí hasta el cansancio que me llamen por mi nombre, me incomoda que se dirijan a mí como doctora D'Angelo. Es evidente que a ellos no les parece buena idea porque lo siguen haciendo y a mí me causa mucha gracia.

—Chicos, yo me voy despidiendo ya es hora de que me vaya a descansar —ojalá entiendan mi indirecta y den el paso que les falta para llegar a segunda base. Me da la impresión de que se están conteniendo por mi presencia.

—No, doctora D'Angelo, espere un rato más. Estoy seguro de que el teniente Santamarina ya debe estar en camino —«¿Y a este qué le bicho le picó?». Me importa un comino si está viniendo o no. Que no haya llegado con sus amigos solo me dice una cosa: o no le interesa o es maleducado por naturaleza.

—Algo se debe haber complicado en la base, porque nunca llega tarde a ningún compromiso y más siendo una cena con ángeles.

—Gracias por el halago, Matías. Pero acá, yo no corto ni pincho. ¿No te parece que estoy de más? Parezco una abuela cuidando la virtud de sus pequeñas y estas sinvergüenzas no tienen nada de pequeñas ni menos alguna virtud que yo deba cuidar. Las dejo en sus manos, me las cuidan por favor, son muy especiales para mí. Así que si me disculpan, yo me retiro. Espero volver a verlos pronto —les lanzo un beso a mis locas y me voy a la cocina.

Me reciben vasos por acá, fuentes por allá, ¡qué despelote! No puedo ir a acostarme y dejar toda esta mugre desparramada. Mi cabeza no soporta un ruido más. Débora tiene una obsesión con Eruca Sativa, a mí también me gusta, pero después de unas cuantas horas sonando me vuelven loca. Manoteo mi celular, me pongo los auriculares y selecciono algo tranquilo. Tus ojos de Los Cafres me envuelven en una manta de relajación.

CAPÍTULO

BRANDON

Ser el teniente general Santamarina definitivamente no tiene ninguna ventaja. Un puto problema en la base tenía que ser solucionado de forma urgente y obviamente tuve que quedarme. ¿Por qué será que estoy rodeado de principiantes incompetentes? ¡Son un fastidio!

Unas cuantas horas después doy por finalizada la bendita tarea y sin siquiera cambiarme, salgo de raje hacia la tan nombrada "fiesta". Reviso las llamadas perdidas y los mensajes sin leer. Todas son de mis compañeros; ¡manga de boludos! Se ponen locos por una pollera.

Uno de los mensajes es de Matías diciendo que están en el cielo y que esas mujeres son ángeles. Sí, cómo no, manga de estúpidos. Ninguna mujer es un ángel, todas son el maldito diablo en pinta. Encima tiene el descaro de pedirme que me apure porque la doctora se estaba por retirar. Como si a mí me importara lo que haga esa bendita doctora. Esos condenados no dejan de buscarme una mujer, como si yo la necesitara o deseara tener una. Saben perfectamente que yo no me hago ningún problema por el qué dirán ni mucho menos por lo que los demás puedan pensar de mí.

Reviso la dirección una vez más y efectivamente estoy en el lugar correcto. Estoy en uno de los barrios más chetos de Mar del Plata frente a una casa, no, mejor dicho una mansión de dos pisos. Todo el frente es de color gris con los techos en negro y los marcos de las ventanas en blanco, una combinación perfecta. El parque está impecablemente cortado. Se nota que acá vive gente con muy buena posición económica.

Toco el timbre y a los pocos segundos aparece Alejo abriendo la puerta. Qué rápido adquieren confianza estos muchachos. La dueña de esta casa definitivamente es una floja.

—¡Al fin, idiota! Pensábamos que no venías. «No me lo digas dos veces porque pego la vuelta».

—Idiota sos vos. No sé por qué carajo acepté ser parte de este circo. ¡Marica! —contesto de mala gana empujándolo para entrar. Me paro en seco al ver tanta hormona junta.

Espero paciente a que me las presenten. Saludo amablemente a las mujeres y groseramente a los maricones de mis amigos. Estar entre tanto perfume femenino me hace sentir mareado.

Les pregunto dónde puedo conseguir algo para tomar y una de las mujeres que se llama Julieta, me indica el camino hacia la cocina ¿Cuál será la dueña de casa?

Estoy entrando cuando escucho que alguien tararea una canción de Los Cafres:

Cuando hablan tu corazón y el mío.
Se entienden muy, muy bien.
Le doy crédito a esta unión.
Que es para siempre.
Tu alma me lo pide.
Será que sos un ángel (oouuuu)
Y no podés disimular.

Qué voz más exquisita, sensual y envolvente tiene esa mujer. Un poco desafinada, eso sí. Su cuerpo está cubierto por un vestido que esconde unas curvas llamativas y espectaculares. Un cuerpo de infarto como los que me gustan. Su pelo atado en una cola al estilo caballo a lo alto de su cabeza me pide a gritos que lo jale fuerte con mis grandes manos.

Su brazo derecho está tatuado completamente y su piel tersa me exige que la acaricie y devore. Dueña de una estatura ideal para que pueda tomarla con rudeza sobre la mesada de la cocina. «¿Qué carajo estoy pensando? ¿Cómo mierda es posible que esta mujer logre despertar mis más primitivos pensamientos con solo observar su cuerpo? ¿Que gané con esto?». Una insoportable erección. Estoy a punto de perder el control ¡Malditas mujeres y sus putos encantos!

Nunca viene mal un poquito de música suave para relajar la tensión y más cuando hay tanto desorden.

Un escalofrío me recorre completamente dándome la sensación de estar siendo observada. Seguramente debe ser alguna de las chicas que vino a buscar algo. Me doy vuelta, preparada para gritarles que dejen de hacer despelote y la realidad me golpea de lleno. El dichoso teniente se dignó a venir. Madre santa, este hombre hace que me tiemblen las piernas, que se me seque la boca y se me forme un manojo de nervios en la boca del estómago.

Me quedo completamente paralizada frente al portador de unos ojazos marrones que me atrapan, me analizan y me devoran en cuestión de segundos. Su mirada es fría, misteriosa. Mientras que el brillo de sus ojos demuestra valentía y fortaleza.

Podría dejar que este hombre me llevase al mismísimo infierno sin siquiera protestar. Tiene el cabello castaño, y un cuerpazo creado para el pecado. En este momento seguramente estoy babeando y no me importa. No dejaría de mirarlo por nada del mundo. Un metro noventa enfundado en un uniforme militar que me hace sentir protegida; y esa sensación hace tiempo que me había abandonado. Sus ojos son hermosos, jamás había visto una mirada tan penetrante y transparente.

Sacudo mi cabeza para salir de mi repentino delirio. Al final July va a terminar teniendo razón.

Me saco los auriculares y caigo en la realidad ¡Dios, estaba cantando! ¡Qué vergüenza! Siento mis mejillas ardiendo, debo estar roja como un tomate. ¡La puta madre! Este desconocido me estuvo escuchando.

Tiene una parada de macho alfa que asusta. Tan fuerte y robusto. Tan grandote que ocupa toda la amplitud de la puerta. Me doy ánimos y me acerco para saludar.

—Mucho gusto, soy Francesca D'Angelo, la anfitriona de esta fiesta —me presento tendiéndole la mano. Él me sigue observando, parado como si fuera una estatua. Tan rígido—, disculpe, ¿es usted mudo? —dirige su mirada hacia mi rostro y sonríe mostrando sus dientes de un blanco radiante. ¡Madre mía! ¡Qué calor hace! Su sonrisa es deslumbrante.

—El gusto es mío, señora D'Angelo, soy el teniente Brandon Santamarina, permítame decirle que tiene una casa hermosa.

«Uf, querido, qué voz más sensual, si hasta me entran los calores con solo escucharte hablar». Me toma la mano y deposita un beso sobre ella. Mis piernas se vuelven líquido. Estoy a punto de caerme y me agarro de lo primero que tengo a mi alcance, sus brazos. Sus manos fuertes me sostienen tomando con seguridad mi cadera, emanando un calor que inunda mi cuerpo completamente. ¡Dios! ¡Qué vergüenza! ¿Qué va pensar este hombre de mí si actúo de esta forma ante su persona?

—Disculpe capitán, es que estoy un poco cansada y estas sandalias no ayudan —ojalá se crea lo que acabo de decir. No entiendo qué es lo que me pasa, definitivamente se me aflojó un tornillo porque no hay manera de justificar mi comportamiento.

—No se preocupe señora, la entiendo. Perdone que la corrija pero no soy capitán soy teniente general del Ejército Argentino. ¿No le molesta si le cuento un secreto?

«¿Un secreto? Será posible, no puede ser que entre tan rápido en confianza».

—Que rápido entramos en confianza, capitán. —Teniente, señora —interrumpe para corregirme. Hago oídos sordos y sigo hablando—, si a usted le parece bien, lo escucho —me sonríe y mi mundo se paraliza. Tendría que ser penado deambular por ahí siendo portador de tanta belleza. No es sano para la salud mental de las personas.

—No es la primera vez que me encuentro en esta situación. Suelo producir ese efecto en las mujeres. Como usted podrá ver, no es fácil resistirse a todo esto —confiesa señalando su cuerpo. «¡Ah, bueno! Esto es el colmo. ¿Se cree irresistible? Sin duda tiene el ego por las nubes».

—No me diga. ¿En serio le pasa muy seguido? Se lo ve muy seguro de eso —expongo irónicamente. —Lamento informarle que el único efecto que causó en mí, fue de sorpresa, no esperaba encontrar a alguien husmeando en mi cocina —jamás en mi vida admitiría que causó alguna alteración en mi cuerpo. Obvio que ese pensamiento me lo guardo, no vaya a ser cosa que su ego crezca un poco más.

—Déjeme decirle que esa no fue la impresión que me dio. Ahora si no le molesta, voy a servirme algo para tomar y la dejo para que continúe con sus tareas de ama de casa.

«¿Me está tomando el pelo? Pedazo de idiota, no puedo creer que este energúmeno sea amigo de los demás». A simple vista se puede ver lo diferentes que son. Más allá de eso, su atrayente voz me genera un extraño cosquilleo en el vientre. Es la segunda vez en mi vida que me pasa esto con un hombre y en esta situación no me lo esperaba. ¡Hormonas estúpidas!

—Sírvase lo que quiera, está en su casa —doy un paso al costado para que me suelte. La falta de su agarre me genera una rara sensación de vacío en el pecho, haciendo que me embargue un incomprensible sentimiento de pérdida que me deja anonadada.

Lo sigo con la mirada mientras se desplaza por mi cocina con total seguridad y tranquilidad. Me es imposible tratar de comprender por qué acaba de comportarse como un bruto si minutos antes parecía todo un caballero. Para mi sorpresa, no se sirve ninguna bebida alcohólica, abre la heladera y agarra una botella de agua. La destapa y apoya sus labios en el pico, bebiendo prácticamente de un trago hasta la última gota.

«¡Santa cachucha! ¡Cómo me gustaría ser botella!». Me imagino sus manos recorriendo mi cuerpo y sus labios besando lugares innombrables. En este momento desearía ser agua para poder recorrer el lado más oscuro y profundo de esa apetecible boca.

Me estoy mordiendo el labio tan fuerte que me hago sangrar. ¿Por qué me tiene que pasar esto a mí? Llevo tres años sin sexo. Tres años sin fijarme en un hombre y de golpe aparece este fanfarrón que con solo mirarme provoca que se me caiga el calzón.

—¿Le puedo hacer una pregunta? —su rasposa voz me saca de mis delirios mentales, donde él y solo él, es el protagonista.

—Depende de lo que quiera saber —contesto sonriendo, tratando de esconder el cachondeo que me atrapa.

—¿Tiene hijos?

«¿Eso es lo que quería saber?». La verdad es que este hombre no deja de sorprenderme. De repente es un idiota y a los pocos minutos se interesa por mi vida. Después dicen que las mujeres somos complicadas.

—Sí, tengo tres hijos. El mayor tiene dieciocho años y los más pequeños cinco —recito con orgullo. Ellos son lo más importante de mi vida. Por ellos sigo de pie y por ellos sigo sonriendo.

—¿Está casada o separada? —me pregunta con cautela.

—Si no escuché mal usted solo quería hacerme una pregunta, y ya van dos. Puedo negarme a contestar, ¿verdad? —manifiesto irónicamente.

—Sí, puede negarse. Está en todo su derecho —siento la decepción emanando de sus palabras. Será que de alguna forma quiero cobrarme su chulería de hace un momento y por eso estoy siendo un poquito borde con él.

—No tendría por qué negarme; aunque debo admitir que no es mi tema de charla preferido. Podría decirse que estoy casada y a la vez separada pero en realidad soy viuda —por más que quiera hacer una simple broma al decirlo de esa forma no puedo evitar que se me quiebre la voz al pronunciar la última palabra.

Es raro confesar mi estado en voz alta, por eso es que evito hablar de ese tema con desconocidos. Me digno a mirarlo a los ojos porque por más que me pese no debo avergonzarme. Me encuentro con su rostro cubierto de confusión y sorpresa, simplemente no se esperaba esa respuesta.

—Lo siento, no sabía. No quise incomodarla. «¿Se está disculpando? No puede ser, definitivamente este tipo se propuso volverme loca».

—No se haga problema capitán, no tiene que disculparse, es imposible que usted estuviera al tanto de mi pérdida. Más allá de eso no suelo hablar de ese tema. Pronto se cumplirán tres años y debo admitir que sigue siendo algo difícil de sobrellevar y más cuando hay niños de por medio —tengo que cambiar de tema, ¡urgente! No soportaría ponerme a divagar justo en este momento. Lo mejor será que le pregunte algo sobre él. Sí, eso ayudará a que me distraiga.

—¿Usted tiene hijos? —sonríe perdido en sus pensamientos.

—Sí, tengo una preciosa niña de diecisiete años —contesta completamente orgulloso. De acá a mil kilómetros es palpable el amor que siente por su hija.

—¿Casado, divorciado o viudo? —me están dando una terribles ganas por saber todo lo que esconde este hombre.

—Felizmente divorciado. Hice una fiesta el día que me llegaron los papeles. Mi ex mujer es una auténtica bruja. «¿Qué le habrá hecho esa mujer para que se refiera hacia ella con tanto odio». Solo con acordarse, su cara se transformó por completo.

—Es mi turno nuevamente. ¿De dónde conocen a Alejo?

«Que interesante, parece que está intrigado por saber más cosas sobre mi vida».

—¡Uy! Es una historia larga y muy divertida. Sinceramente yo no lo conocía. Me lo presentaron hoy mis queridas y chifladas amigas. Ellas lo conocieron en el avión cuando venían para acá. July le pidió su número de teléfono porque no podía dejarlo escapar y tenía que darle una probadita —confieso con gusto. Es placentero poder hablar con alguien cuando te sentís cómoda. Porque por más raro que parezca, me inspira confianza—. Ahora que lo pienso bien, él fue quien le escribió, y en ningún momento ella nos comentó que le había dado su número. «Perra, ese detalle se lo tenía bien guardadito».

—Yo sé como lo consiguió, de hecho yo fui quien se encargó de rastrear a tu amiga. Alejo estaba insoportable, jamás lo vi tan pendiente del teléfono como en estos dos días. Cuando le di el dato, automáticamente la llamó. Ella no contestó y el bobo se enloqueció, así que le mandó un mensaje.

«Ok, retiro lo pensado. Igual sigue siendo una perra, la mejor de todas eso sí».

—Sí, yo estaba con ella cuando recibió el mensaje. Si hubieras visto su cara de sorpresa, estaba para la foto.

De fondo está sonando *I met a little girl* de Marvin Gaye. En unos minutos van a venir a buscarlo para informarle que se están yendo. Ese tema es nuestra señal, siempre lo ha sido.

Me quedo observando sus facciones definidas, embebiéndome entera de sus gestos. Unas cuantas canas tiñen la barba que cubre el contorno de su tensa mandíbula.

Sus atrapantes ojos de ese marrón tan único me imitan, recorriendo mi cuerpo con descaro. Quemando mi piel con su hambrienta mirada colmada de lujuria. No sé cuánto tiempo llevamos en silencio solo observándonos. La tensión es palpable en el aire.

—Nosotros nos vamos yendo —July interrumpe nuestra repentina ensoñación. Le corro la mirada a Brandon para poder centrarme en la cara de mi amiga. Se la ve inquieta y emocionada. Alejo no deja de mirarla, sus manos la acarician continuamente. ¡Dios! ¿No puede dejarlas quietas? Me pone nerviosa.

—Que lo pasen lindo. Te quiero —confieso con sinceridad mientras le lanzo un beso—. Alejo, si no vuelve entera será mejor que vayas desapareciendo ¿ok?

—Sí, señora —recita haciendo el típico saludo militar antes de que July le arranque el brazo con los tirones que le da.

—Teniente, nosotros también nos vamos —anuncia Matías que lleva a Ely abrazada protectoramente. Mi amiga solo tiene ojos para él, ni siquiera repara en nuestra presencia.

—Tierra llamando a Ely… ¿Estás acá? —roja como una manzana de estación, le corre la mirada para posarla en mi persona fulminándome por el mal rato que le hago pasar. Juro por Dios que quiero reírme con todas mis fuerzas. No entiendo cómo pueden comportarse como adolescentes, ¡vamos que son mujeres grandes!

—Me parece buena idea, es hora de que dejemos sola a esta bella señora para que pueda descansar —quiero gritar que no, que él tiene que quedarse. «No quiero que te vayas…». Pero tiene que irse, es lo mejor. No sé si estoy preparada para intimar con un hombre.

Me pongo de pie, aceptando de mala gana que este bombón se tiene que marchar. Si el destino lo quiere, se dará.

—Como usted quiera. Puede quedarse con los demás o irse. A mí no me molesta. Yo me voy a dormir, estoy agotada.

«Por dentro me muero de ganas de que subas a mi habitación y me hagas tuya una y mil veces si es necesario».

—Un gusto señora, espero que pronto nos volvamos a ver —toma mi mano y la lleva a sus labios. Me da un beso, y yo estoy a punto de tirarme encima de él y violarlo. «Me desconozco».

—El gusto fue mío. Gracias por la charla, fue muy interesante.

Me despido de los demás que siguen inmersos en lo suyo y me retiro a mi habitación sintiendo en todo momento el calor de su mirada siguiéndome.

Entro en mi cuarto y voy derecho al baño. Tengo que sacarme esta ropa, siento que me quemo. Me saco las sandalias, el vestido, me quito el maquillaje y me suelto el pelo. Ahora me siento más aliviada. Me miro al espejo y veo mis mejillas coloradas, mis ojos brillan como nunca.

¿Qué tiene ese hombre que me deja así? Solo hablamos, nada más. No es posible que me caliente tanto su presencia.

Abro la puerta del baño dispuesta a darle un duro y parejo trabajo a mi amigo. Necesito desprenderme de este fuego que me consume.

No termino de mover un pie cuando lo veo. Está apoyado en la puerta de mi habitación anticipándome, con su mirada lasciva, que el calor que siento será apagado…

Capítulo

¿Perdón? ¿Se le perdió algo, capitán? —me sorprende gratamente verlo ahí.

Me recuesto sobre el marco de la puerta arqueando levemente mi espalda y flexiono una de mis piernas hasta apoyarla en la superficie que me hace de sostén. Él sigue con su mirada cada uno de mis movimientos, transmitiendo con sus ojos el deseo que siente. Se está quemando igual que yo y quiere, necesita apagar ese fuego que lo está consumiendo. ¿Estoy preparada para esto? No lo sé, y tampoco voy a esconderme justamente ahora. No quiero pensar en nada. Quiero disfrutar.

—Sí, señora, se me perdió una cachorrita traviesa y seductora. ¿Usted no la vio? —me habla en un tono tan sexy que es imposible resistirme. Me da tanto placer ser la causante de su excitación. Saber que esto lo provoco yo, me pone a punto caramelo. Mi cuerpo está pidiendo a gritos su contacto para ser liberado.

—Qué casualidad, justamente hace un momento esa cachorrita estaba buscando a su dueño. Lamento informarle que se ha ido —lentamente comienza a acercarse a mí. Es la viva imagen de un cazador acechando a su presa.

El aire se vuelve cada vez más denso a nuestro alrededor. Estira una de sus manos y me toma de la cintura. Su contacto me hace estremecer. Sus ojos me atrapan llevándome esta vez hacia otra dimensión.

Pega sus labios a los míos y nos volvemos uno. Con la punta de su lengua recorre mi labio inferior mientras acaricia mi cuerpo con deleite, deteniéndose en el contorno de mi corpiño. Lo surca de lado a lado con sus ásperas manos, hasta que llega a los broches para desprenderlo y dejarlo caer al piso. Mis pechos quedan expuestos a su entera disposición, mis pezones erectos reclaman su toque.

Acariciando mi espalda a su paso baja hacia mi culo, deteniéndose en los cachetes para apretarlos con suavidad. Cada parte de mi anatomía se enciende con su tacto. Sus besos son duros, exigentes, saben a menta, saben a pecado. Mi cuerpo reacciona ante él con una facilidad arrolladora. Mi piel se eriza por completo. Gemidos gatunos se escapan de mi boca. No puedo reprimir estas ganas locas que me asaltan por sentir su firme piel. Las sensaciones que me provoca son únicas, maravillosas.

Sumerjo mi mano en su pelo, presionándolo para que su lengua entre más y más en mi ansiosa boca, que no duda en reclamarlo con un hambre voraz.

Bajo mis manos hacia su cinturón y lo desprendo, haciéndome lugar para meter mi mano y acariciar sobre la tela que nos separa, su erección que palpita por debajo de mi toque. Dejo de tocar a regañadientes su dureza para subir mis manos y, poco a poco, desprender su camisa. Recorro sus abdominales marcados y su musculoso torso para abrirme paso hacia sus hombros y así despojarme de la dichosa prenda, para que caiga al suelo junto a mi corpiño.

Dejo de besarlo y me separo para poder admirar su escultural físico. Es impresionante, vigoroso.

Me suelto de su agarre completamente. Lo rodeo para poder verlo mejor, necesito admirarlo para asegurarme de que esto es real.

Gruesas líneas de tinta decoran su extensa espalda. Comenzando en la nuca, abarcando sus hombros, para terminar en su cadera. Su piel morena se ve exquisita, la suavidad debajo de mi tacto logra que se me haga agua la boca. Deposito pequeños besos a lo largo de su espalda, intercalándolos con caricias que lo hacen estremecer.

De repente se da la vuelta y me toma por la cintura, elevándome en el aire. Enrosco mis piernas en su cadera y me presiona contra la pared, frotando su dureza en mi mojada vagina. Sus manos desesperadas viajan por todo mi cuerpo.

Se mueve, cargándome sin dejar de besarme y se detiene cuando sus piernas chocan con el borde de mi cama. Me baja suavemente para dejarme acostada y empieza a desvestirse. Lo primero que salen son sus botas, le siguen las medias y termina despojándose de su pantalón arrastrando con él a su bóxer. Se para con descaro, sonriendo, exhibiendo orgulloso su desnudez. Su pene totalmente erecto se alza con vida propia. Muerdo con fuerza mi labio inferior, tratando de esconder las terribles ganas que tengo de probarlo. No me reconozco. No sé de donde salen todas las palabras que estoy reproduciendo. Si hace unos años o meses alguien me hubiera dicho que estaría haciendo esto, no lo habría creído.

—Te quiero acá sintiendo todo lo que te hago, pensando en mí, solo en mí —exige mientras se arrodilla a los pies de la cama.

Me toma por detrás de las rodillas y me arrastra hacia él dejándome expuesta y dispuesta a su merced. Mis mejillas se tiñen de rojo, de pronto me está dando vergüenza el descaro con el que estoy actuando. La seguridad amenaza con desaparecer pero él con sus manos me hace volver a la realidad. Sube y baja por mis piernas lentamente tocando, besando y mordiendo mi piel. Me está volviendo loca. No puedo más, quiero gritar, suspirar, saltar. Necesito liberación.

Agarra el borde de mi culotte y poco a poco lo va bajando. Cuando este desaparece vuelve a subir acariciando el interior de mis piernas, hasta que se encuentra con mi pelvis completamente depilada. Con sus pulgares acaricia mis pliegues desparramando mi humedad. Sé que me está preparando para lo que vendrá y sentir la anticipación me está matando. Roza mi clítoris con sus dedos, y mi manojo de nervios se hincha, se tensa aún más. Estoy excitada, mojada. Lista para él. Lista para recibirlo.

—Cachorrita. ¿Será que tu sabor es tan delicioso como lo imagino? —no puedo contestar. Sus palabras me vuelven loca, el tono de su voz me eleva y sus caricias me desesperan.

«¡Dios mío, ten piedad!». Cuando chupa mi clítoris, me derrito como un hielo al sol. Había olvidado lo bien que se sentía esto. Su lengua sube y baja, entra y sale. Me saborea degustando mi esencia. Me lleva al cielo con cada lengüetazo. Suma un dedo a su tortura y consigue elevarme un poco más. Estoy cerca, muy cerca de la liberación. Y ahí está, la siento tomando mi cuerpo al completo.

—¡Dios, Brandon! —gimo su nombre extasiada. Este hombre acaba de regalarme uno de los orgasmos más maravillosos de mi vida.

Abro mis ojos y lo encuentro contemplando su obra con deleite. Una sonrisa impresionante atraviesa su hermoso rostro. Se recuesta arrastrándome con él para poder posicionarse frente a mí. Corre con sus labios por mi cuello dirigiéndose al lóbulo de mi oreja. Lo muerde, succiona y con ese simple gesto ya me tiene a punto nuevamente.

Frota su pene sobre mi vulva empapada por mi flujo y su saliva. Me besa tenazmente dejándome probar de su boca el sabor de mis fluidos. Otra ola de calor me recorre el cuerpo, y sigue volviéndome más loca, si es que eso es posible.

Se separa de mí quitándome su reconfortante calor. Robándome el placer de sentir su olor. Alcanza su pantalón de los pies de la cama y saca un preservativo. Estoy tentada por decirle que no hace falta, que estoy protegida pero no me animo.

La verdad es que no lo conozco, no sé si está sano y no quiero arriesgarme a contagiarme algo. Lo miro mientras se enfunda con rapidez y seguridad su rígido pene con el látex. Vuelve a mi lado acomodándose entre mis piernas abiertas y me penetra de una certera estocada. Se queda quieto para que yo pueda amoldarme a su longitud.

Por un momento siento una leve molestia que me hace recordar cuanto tiempo ha pasado desde la última vez que fui penetrada. Poco a poco, esa sensación de dolor se va difuminando, dándole paso a otras mucho más agradables. Placer, gozo, bienestar. Comienza a moverse suave y seguro deslizándose dentro mío con absoluta facilidad. ¡Qué bien se siente esto! Su pene es perfecto, su tamaño es ideal. Nuestros cuerpos encajan a la perfección, como si estuvieran hechos a la medida del otro. El vaivén de sus caderas es pausado.

—Estás tan apretada que me es casi imposible contenerme, ¡me estás volviendo loco! —confiesa susurrando. Mis manos no dejan de acariciar su cuerpo. Nuestros labios no dejan de besarse ahogando nuestros gritos de placer. Siento el latido desbocado de su corazón acompasado con el mío.

Eleva una de mis piernas hasta ponerla sobre su hombro. Aumenta la velocidad de sus arremetidas penetrándome sin compasión. Hondo, muy hondo, tocando con cada embestida el punto justo para acercarnos cada vez más a la liberación mutua. Nuestros ojos no dejan de mirarse, transmitiendo en ellos lo que no podemos decir con palabras. Esto es simple y sencillamente perfecto.

Hace un movimiento circular de caderas que nos lleva juntos en caída libre desde el cielo. Culminando nuestro apasionado encuentro con un orgasmo monumental.

Se retira lentamente para ponerse boca arriba y me arrastra hasta que coloco mi cabeza sobre su pecho. Me quedo acurrucada a su lado hasta que nuestras respiraciones se calman. Nuestros cuerpos descansan agotados, enfrascados en un placentero silencio. Asimilando lo que acaba de pasar, aceptando la compatibilidad que acabamos de sentir. Con su mano mima mi espalda transitando el largo de mi columna solo deteniéndose para acariciar las puntas de mi cabello.

—Eso fue asombroso, Cachorrita —declara una vez que su respiración se ha normalizado.

—Fue espectacular, Brandon. —Mi voz apenas se escucha, estoy a punto de quedarme dormida entre sus brazos y lo más extraño es que me siento absolutamente protegida.

CAPÍTULO

Me despierto porque no siento mi brazo. Lo tengo completamente dormido. Intento moverlo pero no puedo, algo lo está aplastando. Abro mis ojos y me llevo una grata sorpresa. A mi lado está plácidamente dormido Brandon. Me quedo en silencio estudiándolo. Anoche este hombre me robó la cordura, despertó sentimientos que estaban ocultos en lo profundo de mi alma. Me hizo sentir deseada, hermosa, me hizo sentir mujer.

Su piel morena huele a mi perfume mezclado con el suyo. Quiero acariciarlo, pero por temor a despertarlo no lo hago.

Necesito un momento a solas para asimilar todo lo que se revuelve en mi cabeza y si lo toco no podré alejarme. Todo es demasiado confuso. No esperaba que se quedara a dormir a mi lado.

Me levanto lentamente y me voy al baño. Cierro despacito la puerta y me miro en el espejo, la imagen que este me devuelve me deja sin habla. Mi cabello está revuelto, mis ojos brillan y mis cachetes están colorados. Con solo mirarlo me calienta, me provoca. Abro la ducha y dejo que el agua caliente relaje mis músculos adoloridos, la falta de sexo me está pasando factura. El agua se lleva mi confusión, alivia mi dolor. El repiqueteo de la fuerza con la cae me sumerge en mis recuerdos...

"Es nuestra noche de bodas. Hoy seré su mujer en todos los sentidos. Me miro por última vez en el espejo, mi vestido de novia es corte princesa, el corset está bordado con piedras plateadas, formando diferentes

arabescos, la modista que contrato mi madre hizo un gran trabajo. Hoy es el día más feliz de mi vida, oficialmente soy la esposa de Leonardo Baute.

La ceremonia, la decoración de la catedral, todo fue tal como lo soñé, cada detalle que planeamos fue hecho a la perfección.

Bajo el cierre de mi vestido y este cae a mis pies creando una nube de tul, me quedo solo vestida con un fino conjunto de ropa interior y el porta ligas, todo blanco de raso con detalles en encaje, me queda dibujado. Sé que al otro lado de puerta me espera mi esposo para hacerme suya. Los nervios me están consumiendo. Hablé con mi prima para saber cómo sería mi primera vez y ella solo me dijo que me dejara llevar, que lo que voy a sentir es único y maravilloso, pero no puedo dejar de tener miedo. Me coloco una bata de raso que me apenas me cubre los muslos, respiro hondo y salgo.

Veo a Leonardo sentado en una silla con dos copas en la mano, esperando por mí.

—Princesa, estás hermosa. Vamos a brindar por nuestra felicidad —me dice mientras se acerca a mí a paso lento.

—Por nosotros, por nuestra vida juntos. Te amo —levanto mi copa con una sonrisa dibujada en mi cara, soy la mujer más feliz del mundo.

—Yo quiero brindar por la mujer más atractiva del mundo, que hoy es oficialmente mi mujer y porque este día sea inolvidable, te amo.

Chocamos nuestras copas y bebemos mirándonos a los ojos, los suyos me transmiten amor, deseo, felicidad y tranquilidad. Retira la copa de mis manos y me acaricia el pelo, la cara, descendiendo hacia el nudo de mi bata, lo desata y la deja caer, se aleja de mi lado para contemplar mi cuerpo. Es la primera vez que me ve en ropa interior. No puedo dejar de temblar y no es por miedo, es por deseo.

—Sos perfecta, princesa —se acerca y me besa. Sus labios son dulces, su lengua es suave, me saborea con deleite. Con mis manos temblorosas lo toco, lo desvisto; su cuerpo es único, maravilloso. Me retira poco a poco la ropa disfrutando cada centímetro de mi piel, amándome en silencio.

Me toma de la mano guiándome hacia la cama, me recuesto en ella y él se coloca encima de mí. Me besa pausadamente, recorre cada recoveco de mi cuerpo con adoración. Me penetra poco a poco, siento su dureza clavándose dentro de mí. Marcando un antes y un después en mi vida.

El dolor se ha ido, dándole paso al placer. En todo momento me mira a los ojos, y cuando no lo hace es porque está susurrando palabras cargadas de amor en mi oído. Su voz me tranquiliza. Siento un hormigueo que se aloja en mi vientre, provocando una sensación inigualable, maravillosa, arrancando un grito desde lo más profundo de mi ser. Un líquido caliente me llena, y siento que en este momento el fruto de nuestro amor está dentro de mí…"

Unos golpes en la puerta me sacan de mi ensoñación. No sé cuánto tiempo hará que estoy debajo del agua, de lo que sí estoy segura, es que los recuerdos siempre vienen a mí en el peor momento. Me arruinaron el día, la felicidad que sentía se esfumó como si fuera humo fundido con aire.

—Ya va, un momento —grito mientras cierro el agua.

Salgo del baño y contemplo la habitación que se encuentra vacía. La única prueba de lo que sucedió entre estas paredes es la cama desecha, no hay rastro de Brandon. Entro en mi vestidor y elijo un solero blanco estampado con flores y unas sandalias a juego. Decido dejarme el pelo suelto, no tengo ganas de secarlo y me muero de hambre.

Voy bajando las escaleras cuando escucho que de fondo suena Trátame suavemente de Soda Stereo, es una maldición, hasta una canción se empeña en recordarme lo que no quiero que los demás vean. No puedo permitir que él descubra mis miedos ni quiero seguir soñando ni despierta ni dormida con las mismas cosas. ¿Cuándo será el bendito día que esos recuerdos no sean tan amargos? Aunque también dice algo que quiero y mucho: que me traten suavemente.

Llego abajo y escucho las voces que vienen de la cocina, por lo que veo algunos se quedaron en casa. Todo se encuentra ordenado y limpio, ¡qué alivio! Puedo desayunar tranquila.

Cuando entro en la cocina, veo que están todos sentados en la mesa, esperando para desayunar. Débora junto a Alexis tomados de la mano, Magui y Damián charlando, Gaby y Juan se miran en silencio. Tengo el presentimiento de que mis niñas han encontrado el amor, ojalá sea así, se merecen ser felices. En la punta de la mesa leyendo el diario está Brandon, se lo ve muy concentrado.

—¡Buen día! —anuncio, y todas la miradas se dirigen a mí, menos una. «¿Por qué mierda no levanta la mirada? ¿Pretende hacer de cuenta de que no pasó nada?».

—¡Buen día, Fran! —las chicas me saludan sonriendo. Es tan satisfactorio verlas felices.

—¡Buen día, doctora! —comentan Alexis, Damián y Juan.

—¡Buen día, señora D'Angelo! —contesta Brandon sin siquiera dirigir su mirada hacia mí.

Me quedo inmóvil ante sus palabras, su voz denota tanta indiferencia que es imposible no sentirme humillada. Así que ahora soy la señora D'Angelo, engreído de mierda. Es un idiota si pretende hacer de cuenta de que no pasó nada.

—¡Por Dios! ¿Pueden dejar de decirme doctora o señora? Me molesta mucho. Pasaron la noche en mi casa, se acostaron con mis amigas, y están sentados en mi mesa esperando para desayunar. ¿No les parece que es hora de que me llamen por mi nombre o por mi nuevo apodo? —les digo enojada.

Me saca que sean tan correctos. Tengo muchas ganas de reírme, la situación de hecho es para reírse.

No sé de dónde salió eso de mi nuevo apodo y las chicas me miran tratando de descifrar a qué me refiero, me miran intrigadas.

—Si usted lo pide, sus deseos son órdenes —me contesta divertido Alexis. Me da la impresión de que él sí sabe de dónde salió mi apodo.

—¿Cómo es su apodo? —pregunta Damián, mirando a su recientemente estrenada pareja. Ella se encoje de hombros señalándome.

—Si no le molesta, yo prefiero llamarla por su nombre, me sentiría más cómodo —informa Juan mirando a Brandon que sigue hojeando con tranquilidad el diario.

—Damián, mi apodo es Cachorrita. ¿No te parece mejor que doctora o señora?

«Chupate esta, engreído».

Dirijo mi mirada hacia él y encuentro sus ojos fijos en mí, se nota que está molesto. Le guiño un ojo con diversión. «¡Idiota!».

—Gorda, ¿desde cuándo te dicen Cachorrita? —me pregunta Gaby sorprendida.

—Amiga, si te contara —le contesto irónicamente.

—Fran, jamás te gustaron los apodos. No me digas que ahora de vieja se te dio por aceptarlos.

—Sinceramente, Magui, este apodo en particular me llama la atención, aunque no termina de convencerme.

«¡Cómo estoy disfrutando esto!», está incómodo, irritado. Deja el diario de lado y me fulmina con la mirada, está furioso.

—Francesca D'Angelo exijo una explicación. Porque te conozco y acá algo raro está pasando. —«Si vos supieras amiga».

—Débora, no pasa nada raro, solo es que estoy haciéndome a la idea de llevar mi apodo con naturalidad, ya que parece que al creador de este lo pone cachondo llamarme así —le contesto a mi amiga que no puede creer lo que está escuchando. Ninguno lo puede creer, sus caras son un poema y yo me estoy divirtiendo muchísimo, sobre todo viendo a mi querido capitán, atragantado con su propia indiferencia.

Me doy vuelta para buscar mi taza y poder degustar mi café. No la encuentro por ningún lado, que raro, estoy segura de que anoche la guardé en la alacena. Abro y cierro puertas, sin dar con la bendita taza. Mi mal humor está creciendo y eso no es nada bueno. Arrancar mi mañana así es un asco.

—¿Qué estás buscando, Fran? —me pregunta Magui con burla, tengo el presentimiento de que ella sabe muy bien lo que busco.

—Mi taza, boba, eso estoy buscando. Saben que no puedo desayunar sin ella cuando mis niños están lejos. ¿No la vieron? —el enojo se está empezando a notar en mi voz, y esta boluda ni siquiera es capaz de contestarme. Me doy la vuelta dándome por vencida, cuando veo que todas las miradas se dirigen a las manos de Brandon. «¡La puta madre! Tiene mi taza ¿Y ahora qué hago? Arrebatársela es de mala educación, mejor se la pido».

—Disculpe, capitán, esa es mi taza, ¿sería tan amable de dármela? —sinceramente dudo que haya sonado amable y la verdad me importa poco y nada.

—Como verá, señora, estoy tomando mi café. De paso le cuento que está riquísimo. ¿Podrá esperar hasta que lo termine? —Su tono no me gusta, suena arrogante, cree que va a ganar esta pelea y está equivocado. Los demás no saben dónde meterse, se los nota un poco incómodos pero a la vez observan todo con mucha atención, se están divirtiendo.

—La verdad es que no puedo esperar. Es mi taza, así que hágame el favor de no ser tan maleducado y devuélvala para que yo pueda tomar mi café en paz —me quedo mirándolo fijamente, para que vea lo fastidiada que estoy con esta estúpida escena.

—Yo no soy ningún maleducado. Acá la única irrespetuosa es usted y deje de decirme capitán, ya se lo corregí anoche, soy teniente —contraataca haciendo énfasis en la última oración.

—¿Yo, maleducada? Me parece que la edad le está causando sordera, le pedí amablemente que me devolviera mi taza y usted se ha negado. Le recuerdo que está en mi casa y por lo tanto lo voy a llamar como a mí se me dé la gana así que no se gaste en corregirme —objeto señalando todo lo que nos rodea.

Las chicas saben que estoy a punto de explotar, quieren intervenir pero no se animan, saben que cuando me enojo soy como un tren de carga, arraso con todo.

Lentamente comienzo a acercarme con las manos en la cintura, tratando de intimidar a este hombre que está logrando volverme loca. Estiro mi mano y le saco la taza de las suyas, nuestros dedos apenas se rozan y ese pequeño contacto basta para encender la llama del placer, maldita electricidad. Se pone de pie, intimidándome con su increíble altura, mareándome con su penetrante mirada. No puedo leer en sus ojos lo que tiene pensado hacer. Sin verlo venir, en unos pocos segundos me encuentro sobre sus hombros. Los demás comienzan a reírse, mientras él camina conmigo a cuestas hacia el parque. Grito como loca, le exijo que me baje, pataleo sin éxito sintiendo cómo la sangre se acumula en mi cabeza.

En algún momento alguien agarró la taza que llevaba en mis manos, menos mal porque podría haberse roto. Me voy dando cuenta de que mis gritos y golpes no sirven de nada, este engreído no piensa bajarme.

—¿Qué carajo vas a hacer? ¡Bajame ya! Sos insufrible —exijo sin recibir respuesta de su parte. Ya lo veo venir, me va a tirar a la pileta, lo odio.

—A ver si así aprendés y se te bajan los humos. Te equivocaste de rival, Cachorrita —se burla de mí en mi propia cara. Mientras yo salgo a flote en el agua.

—¡Te odio! Sos un estúpido, esta me la pagás. El que ríe último, ríe mejor. No lo olvides porque cuando menos te lo esperes me las cobro. ¡Engreído! —Mis gritos son impresionantes.

Salgo de la pileta completamente mojada, hecha una furia. Para colmo con este vestido blanco se me trasluce todo. No me importa, que vea y desee lo que nunca más volverá a tener. Gaby me está esperando con una toalla en la mano, estas perras están disfrutando del espectáculo. Se las ve divertidas y animadas a costa de mi humillación. Pero esto no se queda así, quieren diversión: la tendrán.

—Ustedes tres, malas amigas, vengan que necesito decirles algo —doy la vuelta y me dirijo al borde de la pileta. Cuando están a mi lado, me pongo de frente y las empujo con tanta rapidez que no lo ven venir. Caen al agua gritando y yo me descostillo de la risa.

—Podrían haberme ayudado, pero como no lo hicieron, ahí tienen su merecido.

—Ay, amiga, siempre igual —manifiesta Gaby haciendo la plancha.

—Fran, el agua está deliciosa. No sé de qué te quejás —comenta irónicamente Magui.

—¡Gracias, gorda! Me viene bien un baño, estaba muerta de calor —confiesa Débora sonriendo.

—Guachas, son las peores —declaro preparándome para saltar al agua junto a ellas.

Los hombres nos miran atentamente, jamás entenderán la locura que tenemos. Es imposible que nos enojemos. De fondo suena *Can't stop* de los *Red hot chili peppers* y solo faltan July, Alex, Yoa y Ely para que este momento sea perfecto.

Todo mi mal humor se ha ido, dándole paso a la felicidad que me dan mis pequeñas. Mis amigas son las mejores.

CAPÍTULO

Vamos de camino al aeropuerto a buscar a Alex, anoche llamó para avisar su horario de llegada. Menos mal, ya se está perdiendo la diversión. Hace diez días estaba yendo a buscar a esta banda de locas y hoy estamos juntas riéndonos sin parar. Han sido unos días inolvidables, aunque últimamente hay algunas a las que no voy nombrar, que están perdidas entre brazos fuertes y protectores.

Después de aquella maldita fiesta, mis amigas no hacen otra cosa que hablar de sus chongos, si vamos a bailar se acuerdan de ellos, si salimos a caminar hablan de ellos y obviamente si vamos a la playa tienen algo que decir de ellos, si no fuera porque las veo tan felices ya las hubiera asesinado pero por ahora con ver sus sonrisas me alcanza y sobra.

July volvió dos días después. Estuvo encerrada en la casa de Alejo; según ella tuvo y tiene el mejor sexo de su vida. Él es rudo y suave, la cuida y la mima, pero para ella lo más importante es el tamaño de su armamento. ¡Ojo! Son textuales palabras de ella. Cuando nos contó su experiencia nos dejó con la boca abierta; una de sus frases quedará para siempre en el recuerdo. Resulta ser que al señor suboficial mayor le encanta que su muñeca —como él la llama— le grite: ¡Quiero mássssssss, dame mássssssssss! Esas palabras junto con la demostración física de mi querida amiga, fueron mortales, no paramos de reírnos en horas. Otro dato muy importante, el más importante para ella, es que disfruta del morbo y del sexo duro, así que July sin duda encontró su hombre, está pletórica de alegría. Ya me la imagino en unos meses viviendo acá. ¡Ojalá!

Ely no se queda atrás. Nos contó que su chico le dio duro en cada rincón de su departamento. Matías resultó ser un romántico total, le regaló rosas, le llevó el desayuno a la cama y en una sesión de sexo le regaló cinco orgasmos. Yo no lo podía creer, las poses que nos describió con imitación corporal fueron IMPRESIONANTES. La dejó de cama y viendo el aspecto que trajo al volver, lo creo.

Me hace muy feliz ver sus sonrisas y sus caras de enamoradas, me emocionan. Últimamente estoy hecha una maricona, la falta del amor de mis hijos me está matando. Gracias a Dios mañana vuelven. No veo la hora de tenerlos a mi lado para llenarlos de besos y abrazos.

Llegamos al aeropuerto y estas cotorras no dejan de gritar. ¡Están descontroladas! Alex ya nos está esperando. Qué raro, está acompañada. No podemos ver de quien se trata, ya que está de espaldas a nosotras.

—¿Con quién está la mensa? —pregunta intrigada Débora.

—No tengo ni idea, parece que conoce a esa mujer porque están hablando con mucha confianza —comenta Gaby desconcertada. Yo me mantengo en segundo plano observando, tengo la sospecha de que es alguien que todas conocemos.

—¡Alex! —grita Gaby emocionada. Cuando falta alguna nos sentimos incompletas, es como si una pieza del rompecabezas estuviera perdida.

—Hola, chulassss. Ya estamos aquí —la miramos interrogándola, ansiosas por saber quién la acompaña.

La desconocida se gira y mis sospechas se hacen realidad es Yoa, nuestra bella chilena.

—¡Kiu, sorpresa!

—¡Yoa! —decimos todas al unísono. Nos abrazamos y gritamos demostrando la felicidad que nos genera tenerla con nosotras. Ahora sí estamos todas Las *Chicas Grey* juntas, el rompecabezas está armado.

Ya en casa, las que acaban de llegar se instalan y las demás nos cambiamos para ir a la playa. Estamos pasando unos días espectaculares.

Las chicas me comentaron que sus chicos nos esperan en Playa Varese y yo no quiero ir. No tengo ganas de cruzarme con el estúpido de Brandon, después de aquel día no volví a saber de él, algo que por un lado me molesta pero por otro me alivia, no tengo ganas de aguantar su altanería.

Una vez que estamos listas, nos encontramos en el living. Este año pudimos reunirnos todas, algo que no es fácil, cada una de nosotras tenemos responsabilidades. La mayoría de las veces la más complicada es Magui, que al ser madre soltera y para colmo de gemelos, todo es más difícil. Ese hijo de puta se borró sin ningún remordimiento, no le importó lo que pudiera pasar con ellos, encima se llevó todo dejándola en la ruina. «¡Maldito! Algún día las vas a pagar, si no es que ya las estás pagando». No se trata de desearles el mal a las personas pero hay muchos casos en que se lo merecen.

Es impresionante la facilidad que tienen para darse cuenta cuando algo me pasa y yo lo noto porque no dejan de mirarme, tratando de descifrar lo que escondo.

—¿Por qué me miran así? —Les saco la lengua para tratar de despistarlas. Como si sirviera de algo, cuando quieren pueden ser insoportables.

—¿Así cómo? —me pregunta July, mientras las demás muestran sus sonrisas con picardía.

—No se hagan las boludas, nos conocemos bastante bien.

—Por eso mismo te miramos así, porque sabemos que algo te pasa. ¿Nos querés contar? —me anima Alex con su carita de ángel.

—Por un momento me puse sentimental, es la primera vez en años que estamos todas juntas. Súmenle que extraño a mis hijos, no estoy acostumbrada a tenerlos tantos días lejos. Igual mañana los tendremos por aquí haciendo de las suyas —se me quiebra la voz, no quiero llorar. Desde que apareció Brandon en mi vida no sé qué me pasa, son tantos los sentimientos que me abordan que necesito refugiarme en el cariño de mis hijos para sentir que todo va a volver a estar bien.

—Eso es verdad, no lo había pensado. Aunque ya nos queden pocos días, tenemos que vivir esto como si fuera la última vez —la voz de Débora suena triste. Sé que no solo habla por nuestro encuentro, sino que también lo dice por su repentina relación con Alexis. Me imagino que para ellas tampoco es fácil toda esta situación.

Nos abrazamos fuerte para evitar que nuestras lágrimas se escapen y así abrazadas, salimos unidas hacia nuestro destino.

Estamos bajando a la playa y las chicas miran en diferentes direcciones para descubrir dónde se han ubicado los chicos. A lo lejos, divisamos un grupo de hombres rodeados de niñas calentonas tratando de llamar su atención. ¡Fatal! Mis amigas ya están alteradas, están celosas y yo no puedo hacer otra cosa que reírme. ¡Son terribles! Aceleran el paso sin importarle que Alex, Yoa y yo nos quedemos atrás. Nosotras nos paramos a una distancia prudente para examinar la situación, ¡cómo nos estamos divirtiendo a costa de ellas! Parecen perros, falta que meen para marcar territorio. Mientras tanto mis acompañantes no son conscientes de las miradas que se posan en ellas.

—Esto es demasiado matao —comenta Yoa, con su inconfundible vocabulario y su marcado acento.

—¿Qué le pasa a mi hermana? No puede alterarse así por un grupo de muchachitas estúpidas —Alex está tan asombrada como nosotras. Las cinco están enojadísimas.

—Debe ser la edad. Se sienten amenazadas por la carne fresca —no puedo dejar de reír, la situación lo requiere.

—Yoa, ¿vos qué opinas? —No recibo ninguna contestación, me doy vuelta y me encuentro con la chilena charlando muy animada con un señor bastante mayor, canoso, con su piel tostada por el sol; lleva puesto un traje de neopreno colgando de sus caderas y a su lado tiene una tabla de surf clavada en la arena. «¡La puta madre! Esta mujer no pierde el tiempo».

—Alex, definitivamente nosotras somos las más cuerdas —espero que me responda observando atónita a la chilena—, ¿me escuchaste nena? —me doy la vuelta para encontrarme con un panorama parecido al anterior, con la diferencia de que este es mucho más joven y tiene puesto un traje de baño que le queda para el infarto.

«¿Qué hago yo acá?». Mis amigas están cada una en lo suyo, siento que estoy de sobra.

Me saco la poca ropa que traía puesta y guardo todo en el bolso. Me acerco a Alex, le pido disculpas por la interrupción y le dejo mis cosas para que las cuide. Antes de irme me presenta al bombón que la acompaña, se llama Lucas y parece muy simpático. Ahora que lo veo de cerca examino sus ojos, son de un verde claro único.

Ni me molesto en acercarme a saludar al otro grupo, dudo que se den cuenta de que ando por aquí, sus manos y bocas están muy ocupadas.

Camino por la orilla sintiendo la arena en mis pies, apreciando el cálido contacto del agua renovando mi energía. El mar es mi fuente de carga. El olor a salitre penetra mi ser, suavizando la angustia que me embarga. Los recuerdos quieren aflorar, pero no puedo dejarlos salir. Hoy no, necesito un solo día de paz.

Mañana se cumplen tres años de ese aterrador día, el peor día de mi vida: y ese maldito sentimiento se repite año tras año. Por eso mis niños regresan mañana a primera hora, mi deber como madre es llevarlos a visitar la tumba de su padre, una tarea que me consume el alma, pero por ellos soy capaz de todo. Jamás en su vida sabrán la verdad sobre la muerte de su padre; para ellos él tuvo un accidente, y así debe ser. Leonardo fue un gran padre, ellos lo idolatran, lo extrañan y lo aman y yo no soy quien para arruinarles sus recuerdos. Son pocas las personas que saben lo que realmente pasó, entre esas pocas, están mis amigas y ellas jamás les dirán nada.

Quiero dejar de pensar, necesito poner mi mente en blanco, prepararme para mañana. Me siento en la escollera y sumerjo mis piernas en el mar. Mientras me quedo mirando la nada, relajo mis extremidades, dejo que el agua lave mis culpas y trato una vez más de ser fuerte por y para ellos, que son el centro de mi mundo. No sé cuánto tiempo paso sumergida en mi propio universo, solo sé que me siento más tranquila, un poco más valiente para afrontar lo que me espera. Nunca falla, el mar siempre será mi gran aliado.

Retomo el camino cuando está empezando a caer el atardecer. Si a las enamoradas del siglo les queda un poco de cordura, se deben estar preguntando dónde estoy ya que por la posición del sol, deben haber pasado unas dos o tres horas desde que me fui. Saben que para esta fecha me encierro en mi burbuja para fortalecer mi coraza, eso no les agrada mucho pero saben darme mi espacio y se mantienen al margen, esperando para salvarme de mí misma. Por eso y muchas cosas más ellas son las mejores.

Un día una gran pasión nos unió y el destino se encargó de guiar nuestras particulares historias de vida hacia la amistad. De la mejor forma que pudimos, luchamos día tras día para salir adelante y hoy somos grandes mujeres, mujeres marcadas por los caprichos de la vida, mujeres que dieron todo y que recibieron poco, mujeres que amaron, rieron y lloraron, mujeres que supieron marcar la diferencia y volver a encontrar la felicidad. Hoy somos una para todas y todas para una.

Al estar más cerca los veo a todos reunidos, charlando unos con otros y se los ve felices, y cuando digo felices me refiero a todos en general pero más a ese par de manos que acarician su musculosa espalda cubierta por el tatuaje que tanto me gusta. La rabia que me recorre tranquilamente podría hacer que muerda a esa yegua y la envenene. No puede ser, cuando llegué no estaba aquí. Me hago la boluda y doy la vuelta para volver a irme, cuando escucho que me llaman.

—Fran, ahí estás. Ya nos estábamos preocupando —me grita Gaby con su tono de mamá protectora. «¿Y ahora qué hago? No puedo pegar media vuelta e irme sin saludar».

—¡Hola a todos! ¿Cómo están? —expreso tratando de ser simpática. Todos me devuelven el saludo, menos cierta persona, parece que una vez más piensa ignorar mi presencia. ¡Que le den! ¡Estúpido!

Me siento entre Ely y Magui. Alex me tira el bolso y logro agarrarlo antes de que le dé en la cabeza a Magui, la guacha se está matando de risa, lo hizo a propósito. No se cansan de molestarse unas a otras, a veces parecen niñas pequeñas.

Así pasamos el rato, riendo, charlando y tomando unos ricos mates. Algunos de los chicos arman un partido de fútbol y las chicas se suman mientras yo en todo momento trato de no dirigir mi mirada hacia cierta parejita, no dejan de manosearse, no les importa que los demás estemos aquí. Sin poder aguantar un segundo más, los miro y lo que veo me deja pasmada. Esa zorra está sentada a horcajadas de él, le acaricia los hombros y el pelo, dándole besos en el cuello. Él, en cambio tiene sus manos apoyadas en el culo de la mujer y sus ojos están fijos en mí, me mira con deseo, con admiración y hay algo más, algo que no lo logro descifrar. Es un imbécil. No entiendo cómo puede ser que una persona me saque de mis casillas con tanta facilidad, aunque si lo pienso bien, no tendría por qué molestarme, nosotros no tenemos nada y llego a la conclusión de que lo último es lo que más me saca. Me pone los pelos de punta estar deseando ser esa mujer. Me enfado conmigo misma por haber siquiera pensado en la posibilidad de que ese hombre pudiera llegar a ser mío.

«¡Basta! Dejá de enroscarte al pedo, Francesca; si no fue, por algo será».

—Chicas… yo me voy, tengo que preparar todo para mañana —les anuncio mientras me pongo de pie. Tengo que salir de acá antes de que se arme.

—Bueno, nos vamos con vos —me dice Alex. Me doy cuenta de que no quieren irse, y yo sinceramente quiero un rato más de soledad.

—No hace falta, boba. Lo están pasando bien, quédense. Me imagino que sus acompañantes pueden llevarlas más tarde. ¿Verdad, chicos? —los repaso uno a uno con la mirada y todos me devuelven una sonrisa, mi negación les agrada. Me contestan que sí y yo me marcho, sabiendo que dejo a mis chicas en buenas manos.

Unas horas después, mi casa está limpia y en orden. Hice un bizcochuelo para el desayuno y dejé listo el almuerzo. De pasada le compré algunos regalos a mis chiquis y se los dejé sobre la cama.

Las chicas me llamaron para invitarme a cenar en la casa de Alejo, les dije que estaba con dolor de cabeza, no logré convencerlas, pero ellas entienden cómo me siento y no insistieron. Sinceramente podría haber ido para despejarme, pero ver al engreído con esa pendeja me arruinaría la noche. No termino de entender por qué me molesta tanto su presencia, al fin de cuentas, solo fue un polvo, no me prometió nada. Si al otro día no me hubiera ignorado, la situación sería otra. No comprendo por qué se comporta de esa forma, sus acciones me demuestran que es un mujeriego que solo saca provecho de la debilidad de las mujeres, así y todo, estoy segura de que es un buen hombre. Estoy tan confundida.

Sentada en la hamaca, degustando un rico vino blanco, me pierdo en el tiempo vagando en mis recuerdos, preparando una vez más a mi mente para lo que vendrá y fortaleciendo mi corazón. Mañana me espera un día difícil, el día en que mis demonios salen a la superficie para arrastrarme hacia la oscuridad. Con esos pensamientos dando vueltas en mi cabeza, me dejo caer en un sueño profundo.

Don't Cry de los *Guns N' Roses* sonando en mi celular, me saca de mi placentero sueño. Son las chicas preguntando cómo estoy, quieren saber si las necesito. ¡Son más dulces! ¡Cómo las quiero!

Les aviso que estoy bien, que estaba durmiendo y les pregunto qué van a hacer. A los pocos segundos recibo su respuesta, esta noche como otras tantas no vienen a dormir. Me parece genial que aprovechen el tiempo que les queda, yo no soy quien para arruinarles sus planes con mis problemas. Si supieran que estoy pensando así, se enojarían y mucho.

«¡Qué tarde!». Me voy a dormir a mi cama porque esta hamaca es muy incómoda.

CAPÍTULO 10

Es impresionante el estado de idiotez que tienen mis amigos cuando están frente a estas mujeres. Ellas hablan de sus vidas como si nos conocieran desde hace años y ellos las miran con caras de enamorados.

Julieta y Magalí por lo que escuché, son socias de una cadena de jardines maternales llamados Sueñolandia, apuntados a la gente de bajos recursos. Se ve que son instituciones de mucho prestigio y ellas tienen una conducta intachable, por eso dicen que les cuesta mucho salir a ambas de vacaciones en la misma fecha, pero que año a año hacen hasta lo imposible para estar junto a su amiga que las necesita. Su amiga: esa maldita doctora que me está volviendo loco. No entiendo cómo es posible que una mujer tan hermosa sea tan insufrible. No puedo dejar de pensar en ella, en su cuerpo, en la suavidad de su piel ni en la noche que pasamos juntos enredados entre las sábanas. Despierta en mí un instinto de protección insostenible, quiero saber todo de su vida, quiero saber qué le pasa, necesito saber por qué sus amigas la protegen tanto. En más de una ocasión las escuché susurrando sobre la importancia que tiene el día que está por empezar y la intriga me está consumiendo. Por otro lado, el miedo que le tengo al amor me acobarda, llevándome a comportarme como un completo imbécil. Si bien está dando resultado y la mantiene alejada, no termina de convencerme ni de llenarme, se metió tan debajo de mi piel que temo que me será imposible arrancarla.

Alguna de ellas tiene que contarme lo que pasa, no sé por qué pero tengo que saberlo porque siento que si algo le pasara, no podría seguir con mi vida.

Creo que la más tranquila es Gabriela, quien parece ser una de las más maduras del grupito.

La analizo desde el otro lado del patio esperando la oportunidad de verla sola para abordarla y preguntarle qué le pasa a mi indomable cachorrita. La veo que se levanta y sola entra a la casa, es ahora o nunca. Entro a la cocina y la encuentro apoyada sobre la mesada mirándome.

—¿Me vas a decir qué querés? Desde hace un buen rato te veo mirándome y dudo que sea con la intención de tener algo conmigo, así que mejor hablá de una vez antes de que me arrepienta y me vaya —bueno, esta mujer sí que es de armas tomar , ya veo por qué Juan la eligió. Son tal para cual.

—Directo al grano, Gabriela, eso me gusta. ¿Qué le pasa a Francesca? —me cae bien esta mina, pero veo que mi pregunta no le cayó muy bien, me está asesinando con la mirada.

—No sé por qué yo debería contestarte esa pregunta. No es un tema que me toque abordar a mí. Soy su amiga, Brandon, conozco a Fran mejor que nadie y solo te voy a decir que está pasando por un momento delicado, no necesita nadie que la humille ni la basureé y eso es exactamente lo que vos estás haciendo, por lo tanto no pienso decirte qué es lo que verdaderamente pasa ¿entendiste?

«¡Mierda, mierda y más mierda! No me gustaría ser abogado y tener que enfrentarme a esta mujer en un tribunal».

—No fue mi intención humillarla, jamás haría algo así —confieso apenado, dándome cuenta de que ella tiene razón. Soy un asco, no tenía derecho a comportarme como lo hice.

—Que te quede bien claro que por más que esté viuda, no está sola. Nosotras vamos a protegerla de lo que sea y si vos estás dispuesto a bardearla, vas por mal camino porque cuando queremos podemos ser muy crueles. Espero que te quede claro, Brandon.

«¡Madre santa, qué dura fue esa advertencia!». Me queda claro que su amistad es tan fuerte que son capaces de cualquier cosa para protegerse. Eso me deja más tranquilo porque aunque no sé qué le está pasando, está acompañada y cuidada.

Cuando vuelva a verla le voy a pedir disculpas por mi forma de actuar, esa mujer vale su peso en oro.

Me despiertan las caricias que unas manitos suaves le hacen a mi brazo y otras que me tocan el pelo, ¡qué bien se siente! Abro mis ojos y lo primero que veo es a mis terremotos que se me tiran encima. Los abrazo fuerte y los lleno de besos, ellos ríen encantados y mi maltratado corazón salta de felicidad. ¡Cuánto los extrañé!

—Mamita, te extrañé mucho —dice Amaia con su vocecita chillona.

—Mamá te amo mucho, mucho; te extrañaba así de grande —declara Tomás haciendo trompita y creando un círculo imaginario con sus manitos.

—Mis niños, mamá también los extrañó mucho. No veía la hora de verlos —son tan hermosos y ¡cómo han crecido! Miro a mi alrededor, buscando a mi madre, pero ella no está. —¿Dónde está la abuela?

—La abuela está abajo, dijo que iba a preparar el almuerzo —Tomás se apura en contestar, tocándose la pancita.

—Sí, mami, es tarde y tenemos hambre —Amaia me lo dice saltando en la cama. Ahora que lo pienso bien: «¿Cómo que es tarde?».

Miro el reloj y es la una de la tarde. ¡Madre mía! Dormí demasiado, un claro síntoma de que quiero evadirme de la realidad.

—Niños, en sus habitaciones hay una sorpresa, vayan por ella mientras mamá se cambia —salen corriendo con una sonrisa dibujada en sus caritas.

¡Me los como! Agarro el celular y le mando un mensaje a Bautista preguntándole a qué hora llega.

Estoy terminando de cambiarme cuando recibo su contestación diciéndome que ya está en camino. Ni un hola, ni beso ni mucho menos un te quiero, como se nota que no tiene un buen día.

Entro a la cocina escuchando el alboroto de mis hijos que corren, saltan, gritan y se ríen. ¡Volvió la alegría! La energía que tienen es única.

—Hola, mamá, ¿cómo estás? —mi voz la toma de sorpresa, por poco se le cae la fuente al piso.

—Hola, hija, bien y ¿vos? ¡Qué susto me diste! Estos niños no paran un segundo —veo en su rostro el cansancio que trae, sin duda la han vuelto loca. Me acerco y le doy un beso, dándole las gracias.

Mi madre es una gran mujer, se quedó viuda igual que yo, con la diferencia de que mi padre se jugaba hasta lo que no tenía. Cuando falleció perdimos la casa y el seguro de vida no sirvió para nada. Ella tuvo que salir adelante sola, me brindó todo lo que necesitaba, principalmente amor. Es la mejor mamá del mundo.

Les damos de comer a los niños mientras charlamos; ella me cuenta todo lo que hicieron, me comenta lo imparables que son sus nietos y me hace reír cuando me entero las cagadas que se mandaron. Le cuento que las chicas se quedan unos días más y que conocieron a un grupo de chicos que las traen locas. No hace falta que le diga donde están, porque ya se lo imagina.

Al rato escucho un auto que estaciona. ¡Mi bebote ha llegado!

—Ya llegué —informa mientras entra.

Siento que mi corazón va a estallar, hasta la voz igual a la de su padre tiene. ¡Hoy me da un infarto! Dios, dame fuerzas para pasar este día. Cuando entra en la cocina, siento que voy a morir. Tiene el ojo morado y el labio partido. ¡Madre mía!

—¡Bautista! ¿Qué te pasó en la cara, hijo? ¿Estás bien? —me acerco para verlo mejor. Lo sostengo entre mis brazos, trasmitiéndole el amor que siento por él.

—Sí, ma, estoy bien. Tuve un problema con un pibe que quiso propasarse con Micaela y nos agarramos a las piñas. Te aseguro que esto no es nada, comparado a como quedó él —muy tranquilo me informa lo sucedido, sintiéndose orgulloso de sus marcas. ¡Lo voy a matar!

—¡Bautista Baute! No me parece gracioso que andes por ahí agarrándote a golpes, te dije una y mil veces que las cosas se solucionan hablando. Podrían haberte lastimado en serio, vos mejor que nadie sabés eso. Si tu padre estuviera acá, te aseguro que no lo pasarías nada bien —después de largar la última frase soy consciente de lo que dije, la cara de Bautista está transformada. Sé que acabo de lastimarlo por haber nombrado a su padre y más hoy.

—¡Papá no está! ¡Está muerto! Se mató por manejar como un loco y no le importó que nosotros lo necesitáramos. —Me grita ofendido con lágrimas en los ojos.

Lo abrazo y juntos caemos al piso, largando las primeras lágrimas de este día tan doloroso para nuestra familia. Se unen a nuestro abrazo Amaia y Tomás, que sin entender lo que pasa, lloran junto a nosotros.

Así abrazados nos encuentran mis amigas que acaban de llegar. Los más pequeños corren a saludarlas gritando: ¡Tías! Y ellas los reciben encantadas, es mágico el amor que se tienen.

Bautista odia que lo vean llorar, no sabe para dónde salir, no le dan las manos para ocultar su cara. Cuando mis amigas lo vean, se va armar de lo lindo.

Mi madre ya las está saludando. Como no puede con su genio ya les está preguntando por sus machotes, es una chusma sin remedio. Con mi bebé nos levantamos del piso, ante la atenta mirada de las chicas que se mantienen en silencio. Lo miro a los ojos, pidiéndole perdón por lo dicho y me devuelve una sonrisa que calienta mi alma.

La primera en acercarse es Gaby, suelto a mi hijo para que pueda saludarlo. Él se da vuelta y cuando le ve los golpes, se descompone y empieza a gritar alarmando a las demás que no tardan en alterarse. Bombardean a Bautista con preguntas que él no quiere contestar. Les paro el carro para que él pueda retirarse a su cuarto y yo me encargo de informarles lo que pasó.

July, Alex y Debo están de acuerdo con su accionar, como siempre lo apañan en todo. ¡Para matarlas! Sin embargo a las demás les parece pésimo lo que hizo, y pretenden que lo castigue, se olvidan de que ya está un poquito grande para que yo imponga mi voluntad. Para cambiar de tema les pregunto cómo estuvo su noche. No tardan en contarme una a una todo lo que hicieron. Yo las observo, analizando sus expresiones, están embobadas con esos hombres. Las únicas que no tienen carita de enamoradas son Alex y Yoa que me comentan que han quedado con sus surfistas para volver a salir y así poder conocerse más.

Miro la hora y se que ha llegado el momento más doloroso del día. Mi madre como siempre, ya tiene a los pequeños preparados.

Ely se encarga de llamar a Bautista y yo voy a cambiarme. Nunca vestí de luto, no me pareció necesario dadas las circunstancias, por eso solo lo uso el día del aniversario, y lo hago por respeto a mis hijos, solo por ellos, porque el difunto no se lo merece.

Cuando bajo, mi madre ya está en su auto esperando por mí.

Me quedo petrificada, buscando fuerzas de algún lado para emprender camino. Como si supieran lo que pienso, mis amigas se acercan a mí y me abrazan, era lo que necesitaba. Ahora puedo salir.

—Fran, estuvimos charlando con las demás y si te parece bien, queremos acompañarte. Sabemos lo difícil que es para vos ir al cementerio y pretendemos estar ahí para apoyarte —la palabra la tiene Magui, su dulce hablar me tranquiliza.

—Me parece una idea maravillosa, hoy más que nunca las necesito a mi lado. Cada año es más duro, pensé que iba a ser más fácil, más llevadero, pero revivir todo otra vez, me aterra. Los niños crecen y preguntan más y más, Bautista cada año se lo toma peor y yo ya no se cómo explicar la supuesta verdad sobre el accidente —mi voz se quiebra y mis lágrimas comienzan a derramarse sin poder ser controladas. Ellas me consuelan dándome ánimos, diciéndome que están a mi lado para ser mi sostén y así yo poder ser el sostén de mis hijos.

Ni bien llegamos al Cementerio Parque, Amaia y Tomás empiezan con las preguntas, yo no puedo emitir sonidos, por lo tanto mi mamá se encarga de distraerlos. Bautista se coloca a mi lado y toma mi mano, trasmitiéndome su angustia y brindándome un consuelo que yo debería darle. Llevo en mi mano libre un gran ramo de rosas rojas; Leonardo me regalaba rosas todos los sábados, así que supongo que será por eso que elijo traerle esta clase de flores.

Caminamos todos en silencio, estamos cerca, muy cerca.

Una figura femenina me pone en alerta. «¿Qué mierda hace esta zorra acá? ¡Me va a dar algo!».

Es la primera vez que nos vemos en años, no puedo creer que sea tan cara rota de traerle flores. ¡No tiene vergüenza! ¡La mato! Suelto la mano de mi hijo y camino dando pasos largos y rápidos, inmediatamente July, Debo y Yoa se sitúan a mi lado, saben cuales son mis intenciones. Nuestras miradas se encuentran, veo el odio en sus ojos y yo siento que voy a estallar.

—¿Cómo te atrevés a estar acá? No tenés ningún derecho. Que sea la primera y última vez, ¿me entendiste? —le suelto de sopetón con toda la rabia que me invade.

—¿Quién me va a impedir que venga? ¿Vos? —La ironía con la que me habla me enerva. Levanto mi mano para darle un cachetazo, pero esta es frenada por una de mis amigas, me piden calma con la mirada. Reacciono y caigo, mis hijos están observando la escena. La adrenalina me recorre todo el cuerpo, no sé cuánto va a pasar hasta que explote.

—Sí, basura, yo te lo voy a impedir. Podrías al menos tener respeto por mis hijos, ¡ah no!, cierto que vos —la señalo con el dedo—, no sabés el significado de esta palabra, no entra en tu diccionario —le suelto usando su mismo tonito.

A cada instante que pasa, estoy más enojada, si no se larga, juro por dios que la mato, ¡la mato! Da media vuelta y se marcha, dejándome con la palabra en la boca. Vuelvo junto a los demás; mamá y Bautista me miran desconcertados, no entienden nada de lo que acaba de pasar, tampoco entienden qué hacía ella aquí y cómo no se acercó a saludar. «¡Si supieras, mamá! »

Ya en frente de su tumba, me coloco detrás de mis hijos. Los más pequeños con ayuda de su abuela, se dedican a acomodar las flores y contarle todo lo que se les ocurra. Bautista solo observa el frío mármol, no emite sonido, sé que está esperando que lo dejemos solo para poder desahogarse, siento bajo mis manos su cuerpo en tensión.

—Mamá, ¿podés llevarte a los niños, por favor? —le imploro con mi voz rota para que los saque de aquí, estoy a un paso de caer rendida, y no quiero que mis angelitos me vean así.

—Sí, hija, yo me los llevo —se acerca para abrazarme. Acaricia mi cabello y se va con mis niños tomados de su mano.

—Hijo, ¿querés que te deje solo un ratito? —le hablo suave, sé que está concentrado y no quiero sobresaltarlo. Él asiente con la cabeza sin pronunciar una palabra.

Me alejo viendo como se sienta en el borde y le habla a la tumba de su padre. Para él fue muy difícil su muerte, eran inseparables. Bautista y Leonardo lo hacían todo juntos. Su padre era su modelo a seguir y eso, me parece genial porque él no fue una mala persona, amó a sus hijos, los hizo felices y les dio todo. Pudo haberme fallado como marido, pero eso es otra cosa.

Llego junto a mis amigas que están más alejadas, nunca se acercan y lo entiendo, sé que si pudieran lo sacarían de debajo de la tierra para volver a matarlo. Me cobijan bajo sus brazos dándome cariño, apoyo y comprensión. No puedo dejar de llorar, con cada segundo que pasa me siento más agotada.

No sé si pasan minutos u horas, hasta que mi hijo le pide a una de sus tías que lo lleve a casa, no quiere irse solo y lo comprendo. Sus ojos color cielo están hinchados por el llanto.

Su mirada está ausente, perdida, viajando a miles de kilómetros de mí. Quisiera poder absorber su dolor, no puedo verlo sufrir. Se despide de mí dándome un abrazo que me llena de valor para enfrentarme a mi peor momento.

Llegó la hora de revivir la pesadilla para calmar mi culpa.

Lentamente me acerco, no sé dónde estará su alma, no sé si me escuchará, pero yo necesito pedirle perdón un año más.

Capítulo 11

Caigo de rodillas frente a su tumba, evocando aquel día. Ese día que debía ser inolvidable, sin duda así lo fue...

Aprovechando que no trabajo, y los niños están con mi madre, me quedo un rato más haciendo fiaca en la cama. Hoy es un gran día, es nuestro aniversario. Pensar que hace años atrás a esta hora andaba como loca con los últimos detalles de mi boda. Fue uno de los días más felices de mi vida. Mi marido es un amor, somos tan felices juntos que a veces me da miedo que esto sea solo un sueño.

Unas horas más tarde, abro el WhatsApp, necesito la opinión de mis amigas:

Chicas, ¿están?

Sí, gorda. ¡Apareciste! ¿Qué pasó? —**responde Débora**

Frannn, ¿cómo estás? —**pregunta Gaby**

Estoy genial. Como ya saben hoy es mi décimo quinto aniversario de casada y quiero darle una sorpresa a Leo. Estuve todo el día dándole vueltas a una idea, pero antes de hacerla, necesito su opinión. ¿Cuento con ustedes?

¡Llegué! A ver, ¿qué locura se te ocurrió? —**consulta July.**

¡Acá estoy! Desembuchá, Fran —**acota Ely.**

Más vale que no se rían. ¿Qué les parece si me aparezco en su oficina, solo vestida con un conjunto de ropa interior supersexy que me compré hace unos días?

ESTÁS LOCAAAAAAA, Fran no podés salir a la calle así vestida.

Débora, ¿sos boluda? Obvio que me voy a poner algo. La idea es entrar y decirle algo así como: "Señor Baute acá esta su cena" mientras dejo caer el saco. ¿Entienden?

¡¡Me encanta!! Cuando te vea le da un infarto —**asegura Magui**

¡Hola, Magui!

Noo, y si en vez de darte duro, ¿terminan en el hospital? —**dice Gaby con burla.**

¡Ojo! No vaya a ser que al soquete de tu maridito le dé un infarto.

Julieta te dije mil veces que no le digas así. No hay hombre más perfecto que él, me hace la mujer más feliz del mundo. No se merece que lo insultes.

¡Uy! Ya te salió la romántica, no tenés arreglo. Francesca, no existe la perfección, es hora de que te des cuenta.

Ely, ¿vos también? Ustedes son unas amargadas. Mi matrimonio es único. Leo es cariñoso, comprensivo, romántico, buen padre y me es fiel, como esas tiene miles de cualidades para admirar. Tiene todo lo que algún día soñé.

Ok. Si ese es tu punto de vista, nosotras no somos quienes para contradecirte. Solo te voy a decir algo: ¡Después no digas, que no te advertí!

¡Basta! Dejen de discutir, no cambian más. Reina, tu sorpresa me parece genial. Preparate y después nos mandás una foto. Te quiero.

Gracias, Gaby, gracias a todas, aunque tengamos diferencias las quiero. ¡Deséenme suerte! ¡Besos!

Manos a la obra, es hora de ponerme bella para mi amor. Lentamente comienzo a cambiarme, le dedico tiempo a cada detalle para estar perfecta. Una vez lista, me poso frente al espejo y lo que veo me deja sin habla, el conjunto me queda dibujado, se ajusta a cada curva de mi voluptuoso cuerpo resaltando las partes que más me favorecen. Las botas que llevo son de caña alta, van ideales con este atuendo. Sin duda esta noche va a ser muy caliente. ¡Qué emoción! Y ¡Qué nervios! Me coloco el saco; bajo, agarro las llaves del coche y salgo hacia mi destino…

En la entrada del edificio me encuentro con el guardia, le pregunto si Leonardo aún está en su oficina y me informa muy amable como siempre que está arriba trabajando. Como el buen juez que es, le dedica demasiadas horas a su trabajo, por algo es el mejor en su rubro. Le pido que no le avise que estoy acá, le explico que pretendo sorprenderlo por nuestro aniversario, él me entiende y cumple con mi pedido. Le doy las gracias y me dirijo al ascensor, marco el piso al que voy y mis nervios se encienden a la velocidad de la luz. Las puertas se abren, salgo y camino hacia la oficina.

Me encuentro con la puerta cerrada, que raro, nunca la cierra cuando se queda después de horario. Me aliso el saco y cuando voy a abrir, unos ruidos que vienen de adentro ponen mis sentidos en alerta máxima. Apoyo la oreja en la puerta y lo que escucho a continuación, me desgarra el corazón. No, no puede ser, tengo que estar equivocada. Leonardo no puede estar ahí dentro con una mujer, eso no es posible.

¡Me estoy volviendo loca! Cuento hasta tres y abro la puerta. Lo que veo me deja pasmada, la escena más repugnante que vi en mi vida se está llevando a cabo en este preciso momento. Mi marido está teniendo sexo sobre su escritorio con mi prima. ¡Mi prima! Esa perra asquerosa se está volteando a mi marido. ¡Pedazo de hija de puta! Me quedo parada sin pronunciar sonido alguno, observando cómo tratan de taparse.

Mis lágrimas comienzan a correr, no puedo pararlas. No quiero creer lo que acabo de ver, esto no puede ser verdad, tiene que ser una pesadilla, quiero despertarme, ¡ya!

Mi odio hace acto de presencia y en un arranque de furia, comienzo a caminar hacia ellos. Me paro frente a Gisela y le estampo una piña tan fuerte que cae de culo al piso, inmediatamente me lanzo encima suyo para hacerle pagar su traición. Quiero matarla con mis propias manos.

La realidad me golpea fuerte cuando me doy cuenta de mi comportamiento, yo soy una señora, no puedo actuar como una cualquiera. Eso lo dejo para esta zorra. Me paro como puedo, mi cuerpo entero está temblando.

—¡Hija de puta! ¡Basura, te juro que esta me la pagás! —el odio con el que salen mis palabras es impresionante.

—¡Amor! Dejá que te explique por favor —la voz de Leonardo apenas se escucha, se palpa su miedo en el ambiente.

—¡Mi amor las pelotas! Pedazo de mierda. ¿Cómo pudiste hacerme esto? No vuelvas a dirigirme una palabra en lo que te resta de vida. Hoy mismo te quiero fuera de mi casa y de mi vida. ¡Te odio! Vine a darte una sorpresa y mirá como son las vueltas de la vida, la sorpresa me la llevé yo —grito como jamás grité en mi vida, necesito desprenderme de la rabia que siento.

—Dejala, Leo, no te va a escuchar. Siempre se creyó superior a los demás —dice Gisela con altanería.

—¡Más vale que te calles, puta barata! ¡Porque juro por Dios que te mato! —la señalo con el dedo, mientras le grito.

—Y vos, sorete —cambio el rumbo de mi dedo hacia él—, será mejor que vayas pensando cómo salís de esto, mejor que nadie sabés las consecuencias que puede tener —anuncio con prepotencia, haciéndole saber que soy capaz de todo.

Salgo corriendo de la oficina, no me importa si alguien me ve, no me importa nada, solo quiero llegar a mi casa. Escucho los gritos de Leonardo llamándome, me pide que pare, que lo deje hablar, no me importa, que grite todo lo que quiera, que no se le ocurra cruzarse en mi camino porque soy capaz de matarlo. «Maldito, ¡ojalá te mueras! Voy a convertir tu vida en una mierda, te voy a destruir tanto o más de lo que vos acabás de destruirme».

Subo a mi auto y arranco sin mirar atrás, quiero despertar de esta horrible pesadilla. Tomo avenida Colón a toda velocidad sin importar los semáforos en rojo que me paso. No sé lo que estoy haciendo, las lágrimas me nublan la vista, las imágenes se repiten una y otra vez en mi cabeza. Cuando miro por el espejo retrovisor, veo que en ese momento el auto de él aparece en mi campo de visión haciendo juegos de luces y tocando bocina, está demente si cree que voy a frenar, ¡ni loca! Acelero el auto sin mirar, sin importarme el daño que puedo causar con mi arranque de locura. Nunca fui tan imprudente al manejar como lo estoy siendo en este momento.

Una vez más me paso un semáforo en rojo, pero esta vez no voy sola, Leonardo intenta pasarlo detrás de mí, él no tiene mi suerte, un camión lo choca del lado del conductor, provocando que su auto de vueltas por el aire, hasta que impacta contra un poste.

¡Madre santa! Clavo los frenos, me bajo y corro como si se me fuera la vida en ello. Corro con el corazón a punto de escaparse de mi cuerpo, con desesperación y con una merecida culpa que poco a poco va tomando cada célula de mi organismo. ¡Tengo que ayudarlo! ¡Tengo que sacarlo! ¡Por favor, Dios! Me encuentro a un par de metros de él, cuando nuestras miradas se cruzan, veo dolor, arrepentimiento y miedo, tiene mucho miedo. La fuerza de sus ojos celestes me paraliza, mi cuerpo no acata las órdenes de mi cerebro, me quedo quieta siendo testigo de cómo su auto explota y las llamas consumen su cuerpo, sin darme la posibilidad de cubrirme ni física ni emocionalmente; sintiendo como mi corazón se quema junto al suyo y como mi alma se marchita mientras presencio *nuestro final, su final. Caigo derrotada gritando con todas mis fuerzas su nombre: ¡LEONARDO! Sabiendo que esta será la última vez que me perderé en el extenso mar de amor y felicidad que sus ojos color cielo me brindaban.*

Mi trance dura horas, no sé cuántas exactamente, fueron varias porque está cayendo el sol.

Año a año tengo la necesidad de revivir esto para aplacar mi culpa. Yo no le pedí que me siguiera, yo no fui la culpable de su traición y si en ese momento deseé su muerte fue porque el odio me cegó, no porque verdaderamente lo quería así. A pesar de eso era el padre mis hijos, cometió una equivocación y pagó por ella.

Mis demonios se desvanecen después de recordar, hoy pude perdonar, el dolor por fin ha desaparecido. No sé qué me impulsa a sanar mi corazón herido, siento que esta vez es diferente, que esta vez hay alguien que me toma de la mano para sacarme del túnel; que ahora sí puedo comenzar mi año, que puedo vivir feliz junto a mis hijos, disfrutar del sol de cada mañana y de la lluvia que azota mi ciudad esos días de tormentas interminables. Tengo la sensación de que esta vez todo será tan real que podré vivir sin la culpa que oscurecía mi alma. Algo en lo más profundo de mí está cobrando vida propia. No sé qué será, solo sé que está ahí, sé que esta es la despedida definitiva. ¡Hasta siempre, Leonardo Baute!

Me levanto del suelo, desprendiéndome de una carga que no me corresponde. Soy como un ave fénix, renací de mis cenizas. Renací con fuerza. Renací con esperanza.

Me esperan los brazos abiertos de las mujeres que me ayudaron a salir del pozo más de una vez, las únicas que saben mi verdad, las que secaron mis lágrimas, entendieron mi dolor, y hoy son testigos de mi liberación.

—¡Soy libre! Pude enterrar mi culpa —les anuncio con una sonrisa en la cara. Me coloco entre ellas y con la cabeza en alto, salgo de mi calvario.

CAPÍTULO

Los días siguientes a mi liberación, son muy diferentes a lo que estaba acostumbrada. Cuando una se queda con las peores situaciones de la vida, camina en una especie de trance, se mantiene en el limbo esperando que lo peor te arrastre hacia ese lado oscuro que todos albergamos en nuestra alma. Hasta que llega un día en el que la luz se hace presente y esa oscuridad que amenazaba con encerrarte, se disipa dejando al frente un campo iluminado, poblado de frescos girasoles que resplandecen con la luz del sol.

Hoy vivo mis días tranquila, plena, rodeada de las personas que amo. Soy otra, y poco a poco todos se dan cuenta del cambio que estoy experimentando.

Las marcas de Bautista con el correr de los días van desapareciendo y con ellas se va esfumando su mal humor. Hemos hablado mucho, ver que mi hijo está creciendo a pasos agigantados, ayuda a darme cuenta de que ya es un hombre. Recompusimos la relación que se había dañado a causa de mi encierro. Me enteré que tiene novia, ¡mi pequeño tiene novia! Ahora comprendo el verdadero motivo de los golpes que se dio con ese "pibe" como lo llama él. Me contó que decidió estudiar en la Facultad de Ciencias Médicas de La Plata. ¡Quiere seguir mis pasos! ¡Qué emoción! Y yo que creía que él sería igual a su padre, como me equivoqué. En unos días tiene que presentarse para dar el examen del primer semestre. Me preguntó cómo fue mi experiencia en la facultad y yo feliz contesté cada una de sus inquietudes. Después de haber estado hablando unas cuantas horas, me dediqué a gritarle al mundo que mi pequeño quiere ser médico. ¡Estoy tan, tan orgullosa! Sus tías lo felicitaron, lloraron y lo abrazaron. ¡Mirá si serán bobas! La cara de Bau en todo momento estuvo sonriente, sabe cuanto lo adoran esas chifladas.

July le ofreció un departamento que tiene en La Plata, con la condición de que conviviera con su hijo Mateo, que este año casualmente, también da su examen para ingresar a dicha facultad. Él aceptó gustoso, siempre y cuando Mate (como él lo llama), no tenga problema. Está de más decir lo tranquila que me quedo, Mateo es un buen chico, siempre se llevaron muy bien y sé que mi loca los va a cuidar todo el tiempo. ¡Soy Feliz!

Mis terremotos están ansiosos por empezar primer grado. Fuimos de compras para preparar lo que deben llevar, se trajeron de todo. Iban gritando y saltando de allá para acá. ¡Se los ve entusiasmados! ¡Qué grandes están! Ya van a cumplir seis añitos. El tiempo pasa tan rápido, cuando quiera darme cuenta mis dos pequeños van a volar, al igual que pronto volará Bautista.

Los días van pasando, y con ellos voy comenzando a asumir que en poco tiempo debo separarme de mis amigas. Este año no me está costando tanto, será porque tengo la seguridad de que más de una, andará por estos lados varias veces en lo que resta del año. Todas tienen a sus hijos grandes, menos Alex y Magui, los suyos aún son pequeños.

Eso sí, las voy a extrañar demasiado.

Mi mamá se hará cargo de mis hijos cuando yo no esté. Mi vuelta al trabajo se acerca. Durante unos meses me toca tomar las guardias del hospital. No es algo que me emocione mucho, ya que estoy acostumbrada a cumplir un horario con cirugías programadas. Las guardias son agotadoras y más cuando te tocan las del turno noche; gracias a Dios estas son pocas, creo que tengo una o dos a la semana. No me gusta ausentarme de casa al anochecer. Mis peques tienen la costumbre de pasarse a mi cama a la madrugada y eso me encanta, sentir la suavidad de sus cuerpitos y el calor de sus manitos me llena de ternura.

Mis locas siguen saliendo todos los días a ver a sus machotes, yo rechazo sus invitaciones, no me apetece ver ningún tipo de espectáculo repugnante.

Me comunicaron que un alba antes de su partida, Juan dará una fiesta de despedida en honor a ellas, en la estancia de un amigo que se encuentra camino a Miramar por la ruta vieja. ¡No puedes faltar, Francesca! ¡Más te vale que vengas! Y como tales, sus advertencias fueron muchas. Me contaron que se llama Estancia Mi Estrella, que vieron varias fotos y es hermosa. Los chicos les comentaron que en la misma se dedican principalmente a la cría, el adiestramiento y el comercio de caballos en su mayoría Pura Sangre. Yo las observaba sin entender de qué me hablaban, me quedé asombrada con lo entusiasmadas que se veían. En mi vida me subí a un caballo, no sé nada de esos animales y cuando digo nada es nada de nada. No puedo luchar contras siete cotorras que gritan sin parar, largando todo tipo de barbaridades por sus bocas; si hasta me amenazaron: ¡Te juro que no te hablamos más! Esa fue la que más me asustó. Me descostillé de la risa a costa de ellas, hasta que tuve que decirles que sí, porque no las aguantaba más. ¡Me encanta hacerlas enojar!

BRANDON

Yo pensaba dormir hasta el cansancio y el puto timbre no para de sonar. Como sean los pesados de mis amigos los mato. Los idiotas están insoportables con la despedida que están planeando, cuando me contaron que sus chicas se iban enseguida les ofrecí la estancia para que hicieran una fiesta y así yo tengo la excusa perfecta para ver a mi cachorrita, y disculparme con ella, tengo que demostrarle que no soy una mala persona y hacerle saber el porqué de mi accionar. Hace días que no dejo de soñar con su maravilloso cuerpo y con el sabor de sus labios. Soy consciente de que yo me voy a marchar por varias semanas y tengo que hablar con ella, necesito hacerlo para recuperar mi cordura. No puedo entender qué es lo que me ata a ella, hace años que no me siento tan alterado por una mujer. Han pasado muchas damas por este cuerpo desde que me divorcié pero ninguna logró despertar tanta pasión como mi infernal doctora.

Voy a tener que levantarme ya que quien está tocando tan desesperadamente mi timbre no deja de insistir. Me calzo una bermuda, me pongo una remera y salgo de mi habitación para ir a abrir la puerta.

Abro y me llevo la sorpresa de mi vida, mi hija está parada frente a mí llorando desconsoladamente. La tomo de la mano y la estrecho con fuerza entre mis brazos. Su delgado cuerpo no deja de temblar a causa de los espasmos producidos por el llanto. Si esto se debe a que algún pendejo la dañó, juro por Dios que lo busco y lo mato. Con delicadeza la separo un poco de mí y la conduzco hacia el sillón, la siento y espero un poco hasta que esté más calmada. Cuando noto que se tranquilaza un poco me preparo para preguntarle qué le pasa. Espero que no la hayan lastimado porque no voy a poder controlar mi furia.

—Hija, ¿qué sucede? —la veo tan devastada, tan dolida. Me mira a los ojos y mi corazón galopa sin parar. Mi niña, mi bella niña, ¿en qué momento creció tanto?

—Papá, tengo que darte una noticia espantosa —me confiesa con su voz tan delicada estropeada por el llanto. La veo retorcer sus delgadas manos sobre sus piernas.

—Me estás asustando. ¿Qué carajo pasa? —a la mierda la tranquilidad, verla así me está matando.

—¡No sé por dónde empezar! —toma aire varias veces antes de seguir hablando—, es mamá, tuvo un accidente y está… está muerta —declara con dolor.

—¿Qué estás diciendo? —me levanto de golpe sin poder creer lo que acaba de decir—. ¡¿Estás segura!? ¿Quién te dijo eso? —me siento encerrado no puedo dejar de caminar de un lado a otro, alterándola más si es que eso es posible. ¿Muerta? No puede estar muerta y ahora ¿qué mierda voy a hacer yo?

—Estaba durmiendo cuando recibí la llamada de la policía, me preguntaron si había algún mayor con el que pudieran hablar y como les dije que no, me dieron la noticia a mí —manga de incompetentes, no pueden darle una noticia así a una niña.

—No sabía qué hacer, papá, por eso vine. Decime que todo esto es mentira ¡no puede estar muerta! —me siento a su lado y la abrazo con todo el amor del mundo tratando de demostrarle que no está sola que yo estoy a su lado y que jamás la voy a abandonar. Su frágil cuerpo se sacude sin parar, y yo no sé cómo consolarla, no sé qué decir. No puedo creer lo que acaba de contarme.

—Ya vuelvo, hija —la dejo acurrucada en el sillón y me voy a prepararle un té. Entro a la cocina como alma que lleva el diablo, pongo la pava, busco un saquito en la alacena y dejo todo medianamente listo para cuando esté hirviendo el agua. Mientras tanto, tomo mi celular del bolsillo y marco su número, en este momento es el único que puede ayudarme.

Efectivamente está muerta. No va a quedarme otra que hacerle frente a lo que se viene, por primera vez en mi vida voy a tener que hacerme cargo de mi hija y eso me aterra. Siempre fui un padre presente, pero dada mi profesión la mayoría de las veces no estuve y no porque no quería sino porque la loca de su madre me lo impidió cuando era más pequeña y con el pasar del tiempo todo se fue enfriando, mi hija creció y el tiempo perdido no se pudo recuperar.

Camino hacia el living con la taza en mis manos y al entrar la veo dormida en posición fetal con su cuerpo que sigue sufriendo espasmos a causa de la angustia. Me imagino que por su cabeza deben pasar miles de cosas, su vida acaba de dar un giro de ciento ochenta grados. Vuelvo a la cocina y me dejo caer en una silla tratando de comprender cómo voy a enfrentar lo que está por llegar.

Mando un mensaje al grupo informando a los chicos lo que acaba de suceder. Conocían a mi ex y conocen a Mica desde que nació, necesito que estén al tanto para que puedan echarme una mano si es que la necesito. ¿Cómo es posible que haya sido tan irresponsable? Enferma de mierda, ¿y si en el auto hubiera ido nuestra hija? Menos mal que no iba, porque si no, no quiero ni imaginarme lo que habría pasado.

—Papá, ¿estás bien? —me incorporo de golpe y la miro. Veo a mi niña que ya no es tan niña, está a un paso de convertirse en mujer. Me quiero matar, el tiempo pasa tan rápido.

—Sí, reina, estoy bien. Estaba pensando.

—¿En qué? Bah, si se puede saber —indaga con seguridad sentándose a mi lado. No se puede negar que sea mía, es tan parecida a mí.

—Miky, necesito que escuches con atención y que te mantengas tranquila, hay cosas que no te van a gustar, pero tenés que escucharme —se queda mirándome. Sé que esta dudando y que el miedo está intentando derribarla pero también sé que es fuerte, tan fuerte como un roble.

—Ok, papá, podés hablar. Te escucho —afirma con certeza. Estoy tan orgulloso de ella, se está tomando esto con mucha madurez.

—Hice algunos llamados y averigüé algunas cosas —respiro hondo tomando valor para seguir—, tu madre estaba alcoholizada cuando tuvo el accidente, no solo falleció ella, encontraron en su auto el cadáver de un hombre que no ha sido identificado. Me preguntaron cuándo será el velatorio y el entierro, no supe qué contestar. Me pareció que tenía que esperarte para tomar esa decisión. El forense me recomendó que no la velemos a cajón abierto, su rostro quedó destrozado —perdón hija pero tengo que ser frívolo al hablarte, no sabés cuánto me duele ver tu mirada en este momento—. Ahora quiero que me contestes algunas preguntas, ¿ok?

—¡Dios mío! No tenés ni idea de cómo duele.

«Sí hija, sé cómo duele porque ya pasé por esto, no sabés cómo te entiendo».

—Mi amor, te entiendo, pero necesito saber algunas cosas para llegar al fondo de esto —me mira con confusión, sabe que estoy a punto de indagar sobre la vida que llevaba su madre y temo que habrá respuestas que no van a gustarme, lo puedo leer en su mirada—. ¿Hace cuánto que tu madre volvió a beber?

—Estoy segura de que nunca lo dejó, fueron muchas las noches que la encontré inconsciente tirada en cualquier parte de la casa.

«Pedazo de hija de puta, si hubiera sabido eso, le habría sacado a mi hija sin dudarlo».

—¿Llevaba hombres a la casa? —le pregunto irritado, no saber las cosas que habrá visto me hacen ponerme loco.

—De vez en cuando, pero generalmente pasaba cuando yo no estaba. Pa, a pesar de su adicción nunca me puso en peligro. Si sé de esos hombres es porque varias veces encontré ropa que dejaban o regalos que le hacían.

«Menos mal, menos mal que tuvo la decencia de evitar que la viera».

—Por lo que sé, no trabajaba. ¿Sabés de dónde sacaba el dinero para emborracharse?

—Sinceramente no lo sé, pero sospecho que lo sacaba de lo que vos depositabas —recita con desaprobación.

—¿Por qué no me contaste lo que estaba pasando? ¿Dónde está la confianza de la que siempre te hablé? —le reclamo ofendido, no sabe cuánto me duele que me haya ocultado algo como esto. Me molesta muchísimo que no haya confiado en mí.

—No te olvides de que estaban divorciados, así que yo no tenía por qué ventilar lo que hacía con su vida —me dice enojada—, espero que no te ofendas con lo que voy a decirte —me suelta irónicamente. —Vos no estabas nunca, hace meses que no te veo, cuando te llamo siempre estás ocupado o tenés algo más importante que hacer o decir. Me cansé de dejarle mensajes a tu contestador o a tu secretaria y la mayoría de las veces no los respondés, así que no tenés derecho a enojarte y mucho menos a reclamar. ¡Si hasta te perdiste mi cumple! Y ahora venís y preguntás dónde está la confianza, la confianza se fue junto con todo lo que dejaste atrás cuando te pareció buena idea irte —grita alterada comenzando a llorar de nuevo. Sabe que me está lastimando con lo que dice y lo peor de todo es que me lo merezco—. Mamá con sus defectos y virtudes siempre estuvo. No se perdió ni uno de mis cumpleaños, ni una fiesta del colegio, hablaba conmigo de todo; con ella sí tenía confianza. En cambio con vos no, puede que te haya tenido confianza cuando era una niña, pero ahora no. No me conocés, no sabés nada de mi vida.

Me acaba de dejar sin palabras, aturdido. Todo lo que acaba de echarme en cara es verdad, soy un desastre. ¿Cómo pude fallarle así? Tengo que hacer algo para recuperar a mi hija. Si bien el tiempo perdido no se recupera, siempre está la oportunidad de vivir nuevos momentos.

—¡Perdón, hija! —me levanto de la silla y me agacho junto a ella abrazándola con todas mis fuerzas.

—¡Papá, me estás asfixiando! Ya estoy grande para tus abrazos de oso —protesta sonriendo.

—Te voy a decir algo y quiero que te quede claro. Jamás vas a ser demasiado grande para mis abrazos, siempre serás mi hijita y ahora que vas a vivir conmigo te voy a abrazar todos los días a cada rato. Quiero que reconstruyamos nuestra relación, quiero volver a ganarme tu confianza y que seamos padre e hija como corresponde. ¿Qué decís? —propongo con alegría, ilusionado por disfrutar lo que en su momento no supe aprovechar. Con los ojos empañados de lágrimas me mira sin pestañear.

—Claro que quiero papá, no hay nada que quiera más que vivir contigo. ¡Te amo! Pero hay algo más que tengo que confesarte —la suelto esperando que me diga lo que quiera, a esta altura ya no sé que esperar—, hace seis meses que estoy de novia —me larga de sopetón, rápido y sin anestesia. Si me hubieran clavado un cuchillo no dolería tanto.

Me quedo mudo me dejó sin palabras; definitivamente esto no me lo esperaba. Quiero asesinar a ese pibe. «¿¡De novia!? ¡¡Mi pequeña tiene novio!? ¡No puede ser! Mi peor pesadilla acaba de hacerse realidad, un mal nacido se está aprovechando de mi hija. ¡Lo mato!».

—Pa, ¿estás bien? ¡Reaccioná! Estás blanco como un papel.

—¿¡Novio!? ¿¡Cómo que novio!? ¡Sos una nena! Ya me decís quién es ese degenerado y dónde está, lo voy a matar —se ríe, esta pendeja se está riendo de mí en mi propia cara.

—¿Se puede saber de qué te reís?

—De tu reacción, de eso me río. No vas a matar a nadie. Es un buen chico, me adora y siempre me cuida. No veo la hora de que se conozcan, te va a caer súper bien, confía en mí.

Juntos decidimos que lo mejor sería cremar el cuerpo de Rocío y arrojar las cenizas al mar. Cuando era joven amaba surfear, por lo tanto, nos pareció la mejor opción. Por eso es que en este momento nos encontramos al borde de un acantilado, arrojando sus cenizas al viento, despidiéndonos en silencio de ella, deseando que vaya donde vaya, encuentre la paz.

CAPÍTULO

En nuestras caras se ve reflejada la tristeza que nos embarga, cualquier otro día en este momento estaríamos riendo, gritando y contando anécdotas; sin embargo, nos encontramos en silencio sumidas en nuestros propios pensamientos. Puedo oír los engranajes de sus cabezas dando vueltas. Imagino que estarán pensando en la despedida de sus repentinos amores, más de una está a punto de llorar y cuando una arranque, esto se convertirá en un mar de lágrimas.

En estos días repartí mi tiempo para poder hablar con cada una de ellas, necesitaba saber que estaban bien y que no se irían con el corazón roto. Todas se llevan promesas hechas, promesas que cada una de las partes está dispuesta a cumplir al pie de la letra. Aun así no puedo dejar de preocuparme. No quiero que nada ni nadie vuelva a lastimarlas, son mujeres que lucharon por sus sueños y con mucho esfuerzo los cumplieron.

Ely se convirtió en una maravillosa diseñadora de modas, tiene varias tiendas en todo el país. Después de haber sufrido por los engaños del padre de sus hijos, logró salir de su depresión con la ayuda de ellos.

Gaby es Gaby, ella siempre nos demostró que a sus problemas les hacía frente con una sonrisa. Crió a su hijo sola, y sí que hizo un buen trabajo. Después de muchos años trabajando para un imbécil abusivo, logró poner su propio Estudio Jurídico. Uno de los mejores de su provincia.

Yoa es nuestra bella chilena, tiene su propia fábrica textil, donde hacen unas telas estupendas, de hecho Ely adquiere de ahí una buena cantidad para su producción. Dedica la mayoría de su tiempo a sus nietos, y cuando habla de ellos, le sale el amor por los poros.

Débora se convirtió en una gran chef, viajó por varios lugares del mundo perfeccionando sus habilidades. Cuando se sintió satisfecha, volvió a nuestro a país y se instaló en su provincia natal. Abrió un exquisito restaurante, que hoy en día está catalogado como uno de los mejores de la Argentina. Su hermana Alex, vivió casi toda la vida felizmente casada; un día vino y nos dijo: "me voy a divorciar", como es costumbre nuestra, nos reímos y le dijimos que dejara de decir pavadas. Una semana después nos anunció que era un hecho y que se iba con su hijo a recorrer el país. Nos dejó con la boca abierta. A su regreso, empezó a ejercer su profesión de enfermera en una clínica.

De July y Magui no tengo más que decir, ellas también lograron cumplir sus metas de vida.

Cada una, poco a poco retomó su camino, curaron sus corazones y lucharon por sus sueños. Lo que no sé si comenté es que, estas mujeres son guerreras, son personas espectaculares. No me canso de agradecerle a Dios por haberlas puesto en mi camino. Nos conocimos gracias a una pasión en común y esa pasión se encargó de marcar el nacimiento de nuestra rara y única amistad.

Para mala o buena suerte mía, mi mamá me llamó para decirme que está en cama y que es imposible que cuide a los niños. Bautista ya me avisó que él se va a una quinta con amigos, donde el padre de su novia dará una fiesta. Así que no me queda otra opción que fallarle a mis chicas.

La noticia no les agrada ni un poquitín. Según ellas, lo van a solucionar. Les digo que sí para que se calmen. Hay dos posibilidades o voy con mis pequeños o no voy, así que no sé qué piensan inventar. Las miro escribiendo en sus teléfonos a la velocidad de la luz. Cuando se proponen algo, sin duda lo consiguen. Esperan y esperan hasta que reciben lo que estaban buscando.

—¡Sí! Ya está solucionado. Nuestros pequeños diablitos vienen a pasar el día de campo junto a nosotras —anuncia July orgullosa porque logró salirse con la suya.

—¡Dios! Ustedes son únicas, de hecho estoy segura de que son únicas en su especie. No puede ser que siempre logren lo que quieren, se complementan de una forma que los demás no pueden negarse a sus caprichos —es imposible, por dentro festejaba que no tenía que ver a ese pedorro y ahora no tengo opción, sí o sí voy a tener que ir.

—En una hora nos pasan a buscar. Amiga, ¿vos venís con alguna de nosotras o vas sola? —pregunta Débora sonriendo.

—¡Ni lo sueñen! Yo voy solita con mis niños. No voy a ir a un lugar que no conozco sin movilidad. No vaya a ser cosa que quiera venirme y no pueda —contesto comenzando a ponerme molesta porque intuyo sus intenciones—. Y ya les advierto, más vale que ni se les ocurra hacer ninguna de sus locuras porque las mato. ¿Está claro?

—¡Guarda que el lobo se enoja y nos va a comer! —Ely hace ademanes como si estuviera temblando por mi amenaza. Las guachas se están matando de risa a costa mía.

—¡Ah, bueno! Ahora, de repente, todas están de buen humor. ¡Son de lo peor! Hace un rato tenían cara larga porque pronto se van y ahora están todas en plan payaso —no quiero pero mi risa hace acto de presencia y comienzo a reírme junto a ellas—. Me voy a preparar mis cosas y la de los niños, de paso los levanto.

—Voy con vos, así te ayudo y besuqueo un poco a mis sobrinos —me dice Alex. Nos abrazamos y vamos juntas hacia sus dormitorios.

Al entrar al cuarto de Tomi, me encuentro con que Amaia está durmiendo con él, desde que dejaron la cuna, mi niña tiene la costumbre de pasarse a la cama con su hermano o bien los dos se pasan a la mía. Hablé con varios colegas sobre este tema, la mayoría está de acuerdo con que es una reacción normal porque son mellizos y tienen la necesidad de compartir el espacio. Miro a Alex y está tan embobada como yo admirando a mis pequeños.

—¿No son hermosos? —le pregunto esbozando una sonrisa.

—Son hermosos y están enormes. Pensar que hace unos años eran dos bebés regordetes con cara de angelitos —contesta Alex con los ojos llenos de lágrimas. Los miro y soy consciente de lo rápido pasa el tiempo. Es impresionante como crecen, cuando quiera acordarme serán mayores y tomarán su propio rumbo.

—Pasa demasiado rápido, amiga —le digo con tristeza—, si pudiera detendría el tiempo.

—Bueno. ¡Basta! Dejemos la sensiblería para otro momento. Vamos a despertarlos porque se hace tarde.

Después de un largo y duro trabajo, logramos que se despierten. Ni bien dijimos que había caballos, se levantaron de un salto. ¡Mira si serán picarones!

—Gorda, ¿los llevás con las demás así puedo preparar mi bolso?

—¡Obvio! —me contesta feliz, tomando de la mano a los niños que no dejan de reír y saltar.

Estoy terminando de cerrar el bolso, cuando escucho varias bocinas. ¡Ya llegaron! No tardo ni dos segundos en estar abajo; me encuentro con una estancia en silencio y vacía. ¡Qué las parió! ¡Son rápidas las condenadas! Si hasta las llaves de la camioneta se llevaron. No puedo evitar reírme, parecen adolescentes…

Salgo y veo autos, motos y una camioneta. ¡Dios mío! ¿Dónde me estoy metiendo? Estos hombres no pueden ser reales. La calle de mi casa parece un montaje de cine, sin duda mis vecinas tendrán de qué hablar por mucho tiempo. ¡Qué locura! Levanto la mano a modo de saludo y los demás me lo devuelven, no pienso acercarme, ya habrá tiempo para eso.

Gaby está con mis hijos en la camioneta, ellos están sonrientes y los noto intrigados. Pobrecitos no deben entender nada.

—Gorda, mis salvajes ya están listos. ¿Vamos? —me pregunta emocionadísima.

—Sí, nena, vamos. ¿Te puedo pedir un favor? pongo mi mejor cara de pobrecita para que la descerebrada de mi amiga no se pueda negar.

—¡Dispara! —me larga ella sonriendo. «¿Desde cuándo usa ese tipo de palabras?».

—¡Cambiá la cara de enamorada empedernida, por favor! —sin poder evitarlo, largo una carcajada mientras me subo al vehículo, dejándola muda.

Por el espejo la veo dirigirse hacia su machote. Él la espera con los brazos abiertos y la recibe con un maravilloso beso. Todos se suben a sus vehículos y algunos salen, otros esperan por mí. Enseguida me doy cuenta de que pretenden escoltarme como si fuera un auto presidencial.

—Mami, ¿a dónde vamos?

—Vamos a un lugar donde hay muchos caballos —mi pequeño abre sus ojitos bien grandes, demostrando lo sorprendido que lo deja mi respuesta.

—Mamita, yo no quiero subir a los caballos, me dan miedo.

—¡Ay, mi vida! —Amaia está asustada y por largarse a llorar.

—Princesa, mirame. Si no querés subir, no subís y punto. Seguro que en la estancia hay más cosas para hacer —me mira y se tranquiliza—. Ahora duerman un ratito más, es muy temprano y el día va a ser muy, muy largo.

Pongo en marcha la camioneta e inmediatamente comienza a sonar Si tú me miras, de Alejandro Sanz. Un par de ojos marrones se vienen a mi mente, provocando que mi cuerpo se prenda fuego y mi corazón comience a latir desbocado. Sacudo mi cabeza para ahuyentar esa imagen y no ponerme frenética.

Arranco y automáticamente me siguen los que se habían quedado esperando. Delante de mí van los demás, por suerte a esta hora hay poco tráfico y podemos llevar una marcha constante y rápida.

Pasados unos veinte minutos, unos de los autos pone el guiño izquierdo para hacerme saber que tenemos que doblar. Un cartel anuncia que a un kilómetro por este camino se encuentra la Estancia Mi Estrella.

Sin poder evitarlo me entran los nervios y las manos me transpiran. Seguramente ese insoportable debe estar ahí, espero que me siga ignorando, porque no sé cómo voy a reaccionar si se atreve a hablarme.

Vamos por un camino de tierra y nos detenemos frente a una tranquera que impide el paso, el que va al frente se baja y la abre. Al pasarla me encuentro con unos árboles enormes que se alzan a mi alrededor, proyectando diferentes formas, delimitando el camino a seguir. Es impresionante el paisaje. El aire que se respira es puro y huele a tierra mojada. A lo lejos se puede ver una linda casa rodeada por un parque impecable con diferentes tipos de flores salpicadas por aquí y por allá. A un costado del camino hay algunos autos estacionados, se ve que no seremos los únicos en la fiesta.

Un auto llama mi atención. «¿¡Qué hace Bautista acá!?». Clavo lo frenos antes de llegar y me bajo. Debo, que venía atrás mío con Alexis, sale inmediatamente a mi encuentro.

—Débora, ¿qué mierda hace mi hijo acá? Según él iba a la casa de su novia. ¿Quién es el dueño de este lugar? —hablo tan rápido y alto que las palabras apenas se me entienden—. ¡Responde, mujer! —le exijo con rudeza.

—Te podés calmar —me pide retorciendo sus manos. Sus ojos viajan de aquí para allá mirando hacia todos lados buscando ayuda. Alexis aparece y se sitúa a su lado.

—¿Qué pasa que están discutiendo? —pregunta mirándonos.

—Amor, pasa que está el auto del hijo de Fran y él supuestamente iba a la casa de su novia —se apura en contestar nerviosa y a la vez sorprendida.

—Alexis, ¿quién es el dueño de este lugar? —me mira y mira pensando qué contestarme. A cada segundo que pasa me altero más. Saco mis propias conclusiones, y… y…—. ¿¡No me digas que es Brandon!? —grito alarmada abanicándome con mis manos. ¡Ay, que me va a dar un infarto! Me falta el aire, las piernas se me aflojan y de repente todo se vuelve negro.

CAPÍTULO

Abro mis ojos poco a poco, se me parte la cabeza. ¿Dónde estoy? ¿Qué me pasó?

Hago un poco de memoria y todo aparece claro y firme ante mí. ¡¡¡Brandon es el padre de Micaela!!! No puede ser. ¡Tengo que estar equivocada!

Me levanto tan bruscamente que vuelvo a marearme y emito un leve gemido más de fastidio que de dolor.

—¡Mamá! ¿Estás bien? —me pregunta Bautista preocupado y con angustia. Se sienta a mi lado y toma una de mis manos para acariciarla.

«Mi pequeño, no sabés cuanto te conozco, con solo mirarte ya puedo descifrar lo que estás sintiendo».

—Sí, hijo, estoy bien. Solo un poco mareada, seguramente me bajo la presión por el calor que hace. ¿Me desmayé? —él asiente y yo quiero que la tierra me trague ¡Qué vergüenza!

—Ma, ahora vuelvo, le voy a avisar a las chicas que despertaste.

Me quedo sola en esta enorme habitación, por el mobiliario que veo deduzco que es una oficina. Todo es de madera color roble oscuro, y el acabado de los muebles está realizado de troncos que seguramente crecieron en estas tierras. No sé descifrar qué tipo de árbol habrá sido pero sí puedo decir que es hermoso. Puedo imaginármelo de pie bailando al compás del viento en medio de una tormenta. Evidentemente cada detalle fue realizado con auténtica pasión.

En el centro de la sala, a modo de araña, cuelga una rueda de carreta restaurada.

En un rincón, una mesa baja, con dos pequeñas banquetas rústicas de acero y madera también de color roble oscuro. El sofá donde estaba recostada es de roble con un hermoso tapizado de cuero beige, debajo de este se encuentra estratégicamente ubicado un cuero de vaca, que le otorga un alucinante toque campestre a la habitación. ¡Qué lugar más relajante! Podría pasarme horas sentada sobre ese cuero leyendo.

Una de las paredes está cubierta de punta a punta por una increíble biblioteca; por lo poco que sé del tema, me imagino que los tomos son antiguos y en su mayoría primeras ediciones. Delante de la misma hay un escritorio también de roble, sobre este descansan varias cosas, pero lo que más llama mi atención, es una perfecta lámpara que a sus pies tiene una tranquera con el nombre de la estancia y la fecha 1950 grabados.

Tomo asiento en el sillón que está atrás del escritorio y es demasiado confortable, se amolda a la perfección con mi cuerpo. Cierro los ojos por un momento disfrutando del placer que siento.

El ruido de las puertas corredizas que se abren, me sacan del placentero momento. Ante mí tengo al dueño y señor de todo esto. ¡Me quiero morir!

Me pongo de pie inmediatamente y abro la boca dispuesta a decir algo. Las palabras no me salen, es impresionante como este hombre tiene la capacidad de dejarme muda con solo mirarme.

Se queda ahí parado con su mirada penetrante analizando mi estado, sopesando si debe o no hablar. Da un paso y cierra las puertas poniendo la traba. «¿Qué hace? ¡Ay que me entra el calor! Control Francesca. ¡Control!».

—La bella durmiente se dignó a despertar —sentencia con una sonrisa mientras recorre con su mirada mi cuerpo con descaro.

—Sí, desperté, lástima que las vistas sean tan espantosas, preferiría volver a desmayarme —respondo arrogante, borde y me importa una mierda que esta sea su casa. El muy idiota sonríe de medio lado y lanza un silbido antes de volver a hablar.

—Vuelvo a repetirle, señora. ¡No es lo que parece! Pondría las manos en el fuego asegurando que cada vez que me ve, se moja —afirma con seguridad.

—¡Sos un presuntuoso! ¡Un ser detestable! Si me hubieran dicho que este lugar es tuyo. ¡Ni loca vengo! Y encima, ahora resulta que mi hijo es el novio de la tuya. ¡No puedo creerlo! ¡Esto es una tortura! —me estoy poniendo nerviosa. Miro a mi alrededor analizando con qué puedo tirarle si sigue pinchándome. ¡Quiero partirle la cabeza!

—Tranquila, señora. ¡Que no muerdo! No se altere, solo quiero hablar con usted —anuncia en tono arrogante—, ¿podemos sentarnos a hablar como dos adultos? —me señala el sofá para que tome asiento a su lado. «¡Ni loca!».

—¡Encima me toma el pelo! Acá la única adulta soy yo, porque usted —le digo señalándolo con el dedo—, es un… un…, impertinente.

—Dígame todo lo que quiera, me lo merezco —dice, ¿arrepentido tal vez?

—¿Escuché bien? ¿Está insinuando que está arrepentido? —si me pinchan no sangro. Ah no, esta vez no caigo, de este puedo esperarme cualquier cosa.

—Sí, Francesca, estoy arrepentido. No tendría que haberte tratado como te traté, no soy una mala persona y creéme si te digo que todavía no sé por qué lo hice. Desde el momento en que te escuché cantando en tu cocina, no puedo dejar de pensar en tu melancólica voz. Hay algo que me dice que tengo que protegerte y a la vez hay algo que me impide hacerlo. Ni yo mismo me entiendo —confiesa para después quedarse en silencio, supongo que estará pensando qué decir. Levanta su mirada y una vez más sus ojos me atrapan. Su mirada es pura, sincera—. Te pido disculpas.

—Las acepto, solo si me prometés algo —pido sin pensar. «¿Qué estoy por hacer? Me voy a arrepentir de esto».

Me quedo observándolo, pensando por qué mierda tengo que hacer que este Dios del Olimpo me prometa que no va a volver a acostarse conmigo. ¡Soy una estúpida!

—Lo que quieras, cachorrita —asegura desprendiendo una energía sexual única. Cuando me llama así, un cosquilleo me recorre de pies a cabeza dejándome estupefacta.

—Primero, dejá de llamarme así. Mi hijo no puede enterarse que nosotros pasamos una noche juntos, menos ahora que está de novio con Micaela. Y ya que vamos a ser consuegros —hago comillas con mis dedos—, tratemos de llevarnos bien por ellos —respiro hondo y continúo—, segundo necesito que me garantices que no vas a volver a acostarte conmigo, ni hoy ni mañana ni en el futuro y exijo que me des tu palabra para avalar que accedés a cumplirlo —se lo suelto de una porque ni yo misma me creo lo que estoy diciendo. Abre los ojos sorprendido, ahora soy yo la que lo ha dejado sin palabras. —Me mira, me analiza, no sabe qué contestar.

Se pone de pie y lentamente se va acercando a mí. «¡No, no, quedate donde estás! No te acerques, Brandon por favor, no soy tan fuerte. Una cosa es decirlo y otra muy diferente es hacerlo, no me tortures».

Sus labios se curvan, dejando ver una insipiente sonrisa.

Cuando se encuentra a escasos pasos de mí, bordea el escritorio y se sitúa a mi lado. Estoy paralizada. Su aroma, su imponente tamaño, su pelo, su barba. ¡Dios su barba! Todo en él me llama, me atrae. Pero lo que más me gusta son sus ojos, esos ojos que me hechizan, me seducen, me enloquecen, todo en él me vuelve loca.

Fue creado para incitar al pecado; y yo, yo no soy la excepción. Sé que si él quisiera, una vez más, yo volvería a caer entre sus garras.

Me pierdo en la profundidad de su mirada, dejando que haga conmigo lo que quiera.

En un abrir y cerrar de ojos me toma de la cintura y me sienta sobre el escritorio colocándose entre mis temblorosas piernas. Me acaricia el pelo mientras me pregunta.

—¿Por qué tendría que prometerte esa locura?—voy a abrir la boca para contestarle pero él me lo impide. Sus labios asaltan los míos robándome la poca cordura que me quedaba. Su beso es dulce y rudo a la vez. Su lengua acaricia cada rincón de mi boca saboreándome, enloqueciéndome. Me dejo explorar, me rindo ante la pasión de sus manos, ante la devoción de sus besos.

Sus caricias fuertes, exigentes, recorren mi cuerpo abarcándolo todo.

Mete una de sus manos por debajo de mi vestido para acariciar mi pierna con movimientos ascendentes, cada vez más altos, cada vez más cerca de mi sexo. Lo roza con la punta de los dedos y yo siento que voy a colapsar.

Abandona mi boca dejándome desorientada. Me jala del pelo haciendo que estire mi cuello, dejándolo expuesto ante su caliente lengua que lo lame de arriba hacia abajo, dando pequeños mordiscos que me dejan al borde del éxtasis.

Agarro su cabello con fuerza, acercándolo más a mí. ¡A la mierda todo! No puedo contenerme.

Enrosco mis piernas en su cadera y lo aprisiono, haciendo que roce su duro pene en mi vagina, buscando un poco de alivio para calmar la sed que tengo.

En la habitación solo se escuchan nuestras respiraciones agitadas, nuestros suspiros de placer.

Me siento desbordada, cachonda, a punto de explotar.

No puedo hacer esto, tengo que detenerme. ¡Maldito autocontrol traicionero! No puedo acostarme con él. Si algo sale mal podría perjudicar la relación de mi hijo. ¡No!

Lo empujo con fuerza para que me suelte. Su cara de confusión es monumental.

—¿Qué pasa, cachorrita? —pregunta desconcertado haciendo el intento de volver a tomarme.

—No, Brandon. Esto no puede pasar. Tenés que hacer lo que te pedí. ¡Por favor! —le suplico con dolor.

—No, Francesca, no voy a prometerte algo que no voy a poder cumplir —me contesta notablemente irritado—. ¿Por qué querés que me mantenga alejado?

—Porque si algo sale mal entre nosotros, la relación de nuestros hijos se verá afectada y porque yo no quiero salir lastimada. Espero que sepas entenderlo. Tenés que mantenerte alejado. ¡Por favor! No me lo hagas más difícil —sentencio con firmeza poniéndome seria, demostrándole que hablo muy en serio.

Me mira durante varios segundos, analizando si lo que le digo es verdad. Tiene que creerme. Tiene que respetar mi decisión.

—No sé, cachorrita, lo voy a pensar —duda tocando sus labios—. Esta noche en la fiesta te doy una respuesta.

Me quedo mirándolo con mi mejor cara de boluda. No deja de sorprenderme. Se da vuelta y camina alejándose de mí, regalándome unas vistas espectaculares. ¡Qué buen culo! ¡Dios dame fuerza! Antes de abrir la puerta para marcharse, me mira una vez más dejándome fuera de juego.

—No te hice una pregunta, por lo tanto no espero ninguna respuesta. ¿Te quedó claro? —le digo antes de que salga y él no me contesta.

Me bajo del escritorio a las apuradas. Alguien podría entrar y verme en este estado. Vuelvo a tomar asiento en el sofá. Mi instinto me dice que mi hijo no tardará en venir.

A los pocos minutos entra una tropilla de yeguas al escritorio. ¡Ja! Mi instinto nunca se equivoca, alguien iba a entrar. Están nerviosas y más le vale que lo estén, porque se les viene la noche.

—¡¿Ustedes son o se hacen?! Debí imaginarme que algo tramaban —grito sin importar que alguien me pueda escuchar.

—Un momentito —retruca Gaby levantando las manos—. No grites que estamos acá y escuchamos bien.

—Fran, tampoco es para tanto. No te vas a enojar porque no te dijimos que Brandon es el dueño —acota Debo sacándome la lengua.

—Tendrían que habérmelo dicho. Saben muy bien que no lo soporto. «Uff, ni yo me lo creo».

—Amiga si te lo decíamos, no ibas a querer venir y esa no era una opción —afirma July cruzándose de brazos.

—Ahora yo pienso, pienso y pienso; y a la única conclusión a la que llego, es que Dios está en contra mío. Me da como amigas a unas mentirosas, que no hacen otra cosa que pensar en ellas mismas. Para colmo mi hijo va y se pone de novio justo con la hija de ese pedante. No es nada en contra de Micaela. Solo espero que no sea tan engreída como su padre, porque, ¡cagamos! Para rematarla soy una idiota. Cada vez que don "con una mirada te puedo" se acerca, mi maldito cuerpo traicionero se entrega a él. ¡Estoy perdida! Si Bautista se entera de lo que pasó entre Brandon y yo, no me lo va a perdonar jamás —escupo las palabras con odio sintiéndome frustrada. Sin pensar lo que digo.

—¿Qué dijiste? —Ely me increpa con su cara transformada por el odio.

—¡Ya basta! No es lugar ni momento para que empiecen con sus peleas absurdas —refuta Alex.

—¡Esto está demasiado matao! —acota la chilena frotándose las manos con diversión.

—¡Basta una mierda! Esta —dice señalándome con el dedo—, siempre hace lo mismo. Estoy podrida de aguantar sus comentarios hirientes. Venimos cada año a acompañarla, estamos siempre con ella, de hecho; ¡somos sus únicas amigas! Y a la primera de cambio, por una simple mentirita nos dice malas amigas. Por mí, Francesca D'Angelo podés irte bien a la mierda —chilla Ely caminando de un lado a otro, apretando sus puños.

—¡Andate vos a la mierda! —le contesto gritando con todas mis fuerzas. Las demás están atónitas—. Si vas a hacer las cosas para echarlas en cara, no las hagas y punto.

—¡Idiota! Usá un poquito ese inteligente cerebro que tenés —discute haciendo ademanes con las manos—. No te estoy echando nada en cara. Solo quiero hacerte ver que nosotras no tenemos la culpa de tu mala suerte. ¿Por qué no te vas al mismísimo infierno a buscar al forro de Leonardo y lo culpas a él? —Cuando se da cuenta de lo que acaba de decir, se lleva las manos a la boca tapándola. Yo solo puedo romper a llorar. No quiero descargar mi frustración con ellas. ¡Qué estúpida soy!

Ely se acerca a mí y nos abrazamos, pidiéndonos perdón por nuestras palabras.

—Ustedes no cambian más —rezonga Magui negando con la cabeza—, en vez de estar acá discutiendo por pavadas, deberíamos estar disfrutando nuestro último día juntas. ¡Maduren! —acota enojada.

Rompemos todas a reír y en eso estamos, cuando escuchamos que golpean la puerta.

—¿Se puede? —pregunta mi hijo, observando la escena que damos.

—Sí, corazón, pasá —le responde Gaby, haciéndole señas con la mano para que entre.

No viene solo, detrás de él entra una hermosa jovencita, debe ser Micaela. Es un poco más baja que Bau, tiene el pelo castaño claro recogido por una desordenada trenza al costado. Es muy delgada y lleva puesto un lindo vestido solero, muy juvenil.

Nuestras miradas se encuentran y puedo leer en ella la timidez y el miedo que la embargan.

—Mamá, quiero presentarte a mi novia —comenta Bautista, destilando seguridad.

—Bueno, nosotras nos vamos —declara Débora, empujando a las demás para que salgan —mejor los dejamos solos para que puedan hablar.

CAPÍTULO

Me pongo de pie tratando de controlar mis nervios.

Bautista se acerca, sosteniendo con fuerza la mano de su novia. Estar ante esta imagen me trae recuerdos, recuerdos hermosos que hoy no duelen.

—Mamá, ella es Micaela Santamarina: mi novia —declara con orgullo, amor y devoción.

Doy un paso al frente para saludarla.

—Mucho gusto, soy Francesca D'Angelo —me presento tomando su mano que ya estaba extendida frente a mí.

—Mucho gusto, señora —me contesta con su voz suave, agachando su cabeza.

Tiro de su mano y la estrecho en un fuerte abrazo ante la atenta mirada desorientada de mi hijo. Sé que no se esperaba esta reacción. Pero verla tan asustada, me llenó de ternura. La miro a los ojos, y descubro que su miedo desapareció y eso me llena de felicidad. Tiene una mirada transparente e inocente, en sus ojos color miel se puede ver el brillo del amor que siente por mi pequeño.

—Primero, nada de señora, soy Fran o Francesca, como más te guste. Eso sí, no vuelvas a llamarme señora, por favor. Segundo, te voy a pedir amablemente que cuando me saludes lo hagas con un beso. Solo me saludan estrechando mi mano las personas que trabajan conmigo o mis pacientes y vos, pequeña, no sos ninguna de las dos —le digo mientras acaricio su sedoso cabello.

—¡Gracias! Estoy un poco, bah, demasiado nerviosa y cuando eso sucede soy bastante retraída —comenta más relajada, mirando de reojo a Bautista que no nos saca la vista de encima.

—Te lo dije, Mica, mi mamá es la mejor —exclama largando el aire contenido—, las dejo solas para que puedan hablar, yo me voy a ver a mis hermanos.

—¡Dios, soy un desastre! ¿Cómo están mis niños? —pregunto ansiosa.

—Ma, los monstruitos están bien. Ni bien se despertaron se pusieron a jugar. ¡Quedate tranquila!

—¡Menos mal! Pedile a tus tías que los miren, en un ratito me ocupo de ellos —contesto sintiéndome mucho más relajada que hace unos segundos.

—Ok. Tómense su tiempo. Te quiero, reina —le dice a su novia mirándola con cariño. Ella lo mira a los ojos y la comisura de sus labios se levantan, regalándole una deslumbrante sonrisa.

—Yo también te quiero —le contesta lanzándole un beso que él atrapa con su mano y lo lleva a su corazón. Ver esta faceta de mi niño, que ya no es tan niño, me hace sentir completamente orgullosa. ¡Es un dulce!

Una vez solas, tomamos asiento en el sofá, una al lado de la otra.

—Mica, podés estar tranquila. ¡No muerdo! —le digo sonriendo.

—Estoy tranquila, usted me trasmite paz. No sé por qué, pero siento que a su lado voy a gozar de algo que ya no tengo —me comenta tristemente.

—Me alegra saber que sea así. ¿Puedo preguntarte algo?

—Sí, lo que quiera.

—¿Qué es lo que no tenés? Si no querés contestar, no lo hagas —expreso con amabilidad.

—Mmmmm… —se queda en silencio, dudando. —Hace unos días mi madre falleció. Por eso le dije que en usted voy a encontrar algo que ya no tengo y ese algo, es una imagen femenina. Quiero que sepa que su hijo es muy importante para mí, sé que puede verse como algo pasajero, pero para nosotros no lo es. Solo quiero y espero encontrar en usted una amiga, y quién dice con el tiempo, una madre. Bauti solo habla maravillas de su madre, no deja de decir que es la mejor y que es su ejemplo —formula las palabras con una seguridad y madurez que me dejan atónita. Mis ojos se llenan de lágrimas, lágrimas de tristeza por su pérdida, y a la vez de felicidad porque esta niña ahora es parte de nuestra pequeña familia. Mi hijo es muy afortunado.

—Lo siento —susurro acercándome para tomarla entre mis brazos y hacerle saber que siempre voy a estar para ella—, te voy a decir una sola cosa, desde este momento podés confiar en mí para todo y te exijo que dejes de tratarme de usted, me siento vieja si lo hacen.

Nos pasamos cerca de una hora charlando para conocernos, Micaela resultó ser una niña muy inteligente, simpática y madura para su edad. Me sorprendió saber que pretende seguir en parte los pasos de su padre. Quiere ser enfermera y trabajar en el hospital Naval.

Le ofrecí mi apoyo y mi ayuda para todo lo que necesite, ella muy agradecida lo aceptó. Me encanta para Bautista. Espero que la distancia no arruine su relación.

Después de nuestra maravillosa charla, Micaela se ofreció a mostrarme su casa. Salimos abrazadas de la oficina y todo lo que voy viendo me tiene deslumbrada. En todos los ambientes hay muebles con sus terminaciones fabricadas de árboles tallados. Predominan los colores claros, pastel para ser más exacta, con diferentes tipos de cueros desparramados en lugares estratégicos. El living es espectacular; en la pared del fondo hay un hogar revestido de piedra. A su alrededor varios sillones con mesas bajas acompañándolos. Es perfecto para tirarse a descansar después de una larga caminata. Grandes ventanales distribuidos en todas las paredes, permiten que la entrada del sol ilumine los espacios. Es simple y sencillamente fascinante. En el medio del comedor tienen una mesa para doce personas, decorada con jarrones llenos de calas en diferentes colores, no sé si serán naturales o artificiales pero me encantan. Las sillas de respaldo alto están tapizadas con cuero de vaca. ¡Todo es exquisito!

—¿Te gusta? —me pregunta Mica con desconfianza.

—¿Que si me gusta? ¡Este lugar es maravilloso! —le contesto fascinada—. ¿Quién fabricó los muebles?

—¡Me alegro! Los que están tallados o hechos de tronco los hizo mi bisabuelo. Son de árboles que fueron cayendo por culpa de las tormentas o de algunos que tuvieron que sacar porque eran muy grandes o entorpecían el paso. Los más modernos los eligió mi abuela y todas las cabezas de animales que ves colgadas las trajo mi padre de sus viajes. Sigamos —anuncia tirando de mi mano después de haberme dejado sin palabras. Puedo imaginarme los maravillosos recuerdos que esconden estas paredes.

Lo siguiente que vemos es la cocina y ¡qué cocina! ¡Es gigante! Podría quedarme a vivir en ella. Madera, madera y más madera. Las alacenas y bajo mesadas tienen las puertas de un color más claro que el mobiliario de los demás ambientes, los tiradores están realizados de hierro forjado en color negro. En un rincón hay un gran horno de barro. Las mesadas son de granito y una cocina industrial de hierro termina dándole el toque final a este ambiente. ¡Es perfecta!

Continuamos con el recorrido mientras yo observo cada detalle, guardándolos en mi memoria, no sé si algún día volveré a venir a este lugar.

En el exterior, la casa está rodeada en su totalidad por un alero, las paredes son de ladrillo a la vista y sus pisos de madera lustrada. A lo largo de este hay muebles distribuidos de teca color marrón claro de diferentes modelos.

—Quiero mostrarte la vista más hermosa que tiene esta casa, ¿me acompañás?

—Sí, mi niña, vamos —le contesto completamente maravillada.

Caminamos bordeando la casa y nos detenemos frente a la puerta balcón de la cocina. Me giro hacia mi izquierda y a lo lejos veo un lago. ¡Un lago! Con patos y todo, rodeado de árboles, flores y verde, mucho verde.

Inspiro el aire de este lugar llenando mis pulmones de frescura. Es la primera vez que visito un sitio tan maravilloso. No puedo decir que soy de campo porque mentiría pero tengo vagos recuerdos sobre una pequeña estancia que tenían mis abuelos, a la cual íbamos cuando era niña. Los recuerdos se pueden haber difuminado pero los aromas, las sensaciones aún persisten. Hoy me siento como aquella nena que algún día fui.

Al atardecer, me siento agotada. Si por mí fuera, me daría un baño y a la cama. En cambio, eso será imposible. ¡Mis locas amigas quieren joda!

Bau y Mica, quisieron ocuparse de Amaia y Tomás, ellos obviamente aceptaron encantados. Están embobados con Mica. Mis terremotos no pararon un segundo desde que llegamos esta mañana. Se los ve felices, divertidos, completos.

Gracias al cielo no se mandaron ninguna fechoría, aunque pensándolo bien, ya tomaron confianza, así que no me extrañaría que mañana se manden alguna de las suyas.

El cuarto que me tocó es grande, estilo vintage. Luminoso, relajante y la vista desde el balcón es espectacular. Tiene su propio baño y la cama es tamaño King.

Después de darme una ducha, me siento como nueva.

En la soledad de esta habitación, me detengo a pensar en este día tan loco.

Hasta hace unos días mi hijo ante mis ojos era un niño. Hoy pude comprobar que ya es un hombre. Atento, cariñoso, demostrativo y todo un caballero.

Analizo el pedido que le hice a Brandon, no sé cómo voy hacer para cumplirlo. Todo sea por resguardar la felicidad de mi hijo mayor.

A lo largo de la tarde, lo pesqué observándome, comiéndome con la mirada, esbozando esa sonrisa que me hace temblar las piernas.

Ni yo misma entiendo lo que me hace sentir. Tengo que reconocer que en la cama fue un semental. En cambio, no sé cómo será en otros aspectos de su vida. Es un desconocido en el cual no puedo dejar de pensar.

Pensando en él, en su mirada, en el contacto de su piel con la mía, me dejo arrastrar hacia los brazos de Morfeo.

Despierto sintiendo unas manos que acarician mi pelo. ¡Qué bien se siente! Pero a diferencia de otras veces esas manos no son pequeñas, son grandes y fuertes.

Me remuevo entre las colchas, no quiero abrir los ojos.

Escucho una dulce voz a lo lejos que me llama con tono seductor. No puede ser, ¿o sí? Sí, es él. No hay nadie más que me llame de esa forma tan peculiar.

—Cachorrita, despertate. Ya es de noche y en un rato la cena estará lista —susurra el dueño de mis sueños más pervertidos.

En respuesta a sus llamados, ronroneo de placer. Hace tanto tiempo que las manos de un hombre no acarician mi cabello, que lo dejo para que continúe. ¡Me encanta!

Lo percibo sentado a mi espalda. Dejo que crea que estoy dormida, para poder disfrutar de su contacto, sin que se dé cuenta cuanto me gusta.

Este hombre puede lograr sacarme de quicio y a la vez hace que me sienta terriblemente excitada.

Su olor, su presencia, tan solo con un simple toque, produce una corriente eléctrica que me recorre de pies a cabeza, instalándose en mi vientre volviéndome loca.

Me doy vuelta y la manta que me cubre, me deja desprotegida, mostrando mi cuerpo desnudo ante su atenta mirada.

—No me hagas esto, preciosa —pide suavemente.

El peso de la cama desaparece. Escucho sus pasos mientras se aleja. Está cumpliendo con mi pedido. Y yo me siento totalmente frustrada, confundida. ¡Soy una idiota!

Cuando al fin decido unirme a la fiesta, todos están absortos en lo suyo.

La noche está ideal para disfrutar al aire libre.

Las parejitas disfrutan sus últimos momentos a la luz de la luna. Algunos bailan acaramelados, otros charlan y algunas parejas brillan por su ausencia.

Al notar mi presencia, mis amigas me integran. Pero yo, sinceramente, me siento fuera de lugar. No quiero interrumpir sus despedidas.

Paso un rato con cada uno; charlo, me río, hasta hago alguna que otra broma.

Evito cruzar miradas con Brandon. Tengo miedo de que lea en mi mirada lo consciente que soy de lo sucedido en mi habitación.

Cuando logro escabullirme, los dejo bailando al ritmo de *Send me an angel* de *Scorpions*.

La letra de esa canción me hace pensar, analizar y tratar de entender qué es lo que realmente quiero.

Me pierdo entre los árboles que rodean una parte del lago, dejándome guiar por los débiles rayos de la luna que iluminan el camino. Después de un rato caminando en soledad, solo escucho el croar de las ranas, la dulce melodía de los grillos y el llamado de los búhos. Solo puedo pensar en la magia de estas tierras que me dan tranquilidad absoluta. Podría pasar el resto de mi vida viviendo en un lugar así, rodeada de animales, respirando aire puro.

Me dejo caer en la orilla del lago y me saco las sandalias.

Sumerjo mis pies sintiendo la cálida temperatura del agua acristalada por el reflejo de la luna.

En la oscuridad de esta intensa noche me permito pensar en todo lo que está sucediendo en mi vida.

CAPÍTULO

Un par de risas que se acercan, me sacan de mi repentina ensoñación. Como estoy sentada entre unos arbustos, no me ven. Me encuentro rogándole a la luna que pasen de largo.

Reconozco esa dulce sonrisita perversa, es de mi loquilla amiga Gaby y la voz de Juan la acompaña.

De un palazo, la realidad me golpea y me doy cuenta el motivo por el cual andan por acá. ¡No te lo puedo creer! Y yo escondida rogando que no me vean.

Definitivamente el destino quiere ponerme en situaciones de las cuales no quiero ser testigo. Me cago en todo lo que me rodea. Gracias al cielo que la noche está cerrada y la oscuridad me protege de su vista.

Unos minutos después ya no se escuchan sus risas: pero en cambio, escucho el roce de sus bocas y las palabras subidas de tono que se susurran.

Me siento una intrusa, sin querer estoy siendo testigo del encuentro fogoso entre ellos.

La intriga puede conmigo y me incita a mirar. En cuatro patas me muevo por detrás de las plantas y la imagen que ven mis ojos me deja atónita. Mi querida amiga está como dios la trajo al mundo y su acompañante la iguala.

«¡Dios! ¡Qué bueno está Juan! No, ¿qué estoy haciendo? No puedo pensar en eso».

Me da culpa estar mirando, pero mi otro yo, el chusma, quiere ver. Quiere saber que se siente por una vez en la vida ser espectadora de algo tan carnal, pasional y magnífico como la escena que están llevando a cabo esas dos personas.

La penetra sin compasión desde atrás, tomándola con una mano por la cadera y con la otra le sostiene del pelo, provocando que su cuerpo se contorsione. Sus gemidos y el sonido del choque de sus cuerpos, inundan el silencio de la noche.

Mi morbo me alienta a seguir observando. Mis manos pican y mi entrepierna se enciende buscando alivio a mi repentina excitación.

No me puede estar pasando esto. No es que sea una puritana, pero estar viendo a mi amiga mientras coge con su pareja no es de buen gusto y menos si me calienta.

Ellos siguen compenetrados en su tarea. Disfrutando su momento, gozando, transpirando, amándose sin condiciones y yo sigo y sigo observando.

Con facilidad la hace cambiar de posición colocándola a horcajadas sobre él y ella lo cabalga como si el mundo se terminara. Echa su cabeza hacia atrás, pidiendo más y más a gritos. Él, gustoso atiende a su pedido y la penetra con más fuerza, dándole más profundidad. Sus cuerpos se mueven sincronizados, convirtiéndose en uno. Un grito de ella pronunciando su nombre me anuncia que mi querida amiga, llegó a la cima del clímax. Juan da unas estocadas más y la acompaña, gritándole gatita.

Así se quedan unos minutos, perdidos en su mundo; abrazados, diciéndose con caricias lo que no se atreven a pronunciar con palabras.

Al rato que se fueron, sé que es hora de volver. Poco a poco el amanecer va llegando, los tenues rayos del sol se filtran entre los árboles, dándole a mis ojos la mejor postal para guardar en mis recuerdos.

Camino con tranquilidad, empapando mis pulmones de este agradable aire. Aire fresco, puro, cargado de paz.

Cuando estoy cerca diviso una silueta a lo lejos. ¿Quién será?

Al estar más cerca veo de quién se trata. El dueño de esa figura es el mismo que me roba los sueños, el hombre que me vuela la cabeza.

Esta noche en soledad me ayudó a darme cuenta que lo que más anhelo es a él y no puedo tenerlo. Tan solo bastó una noche, unos pocos encuentros y unas cuantas palabras para que mi corazón se ablandara y las sensaciones que estaban dormidas salieran de su largo letargo.

—Hola, Brandon —entono suavemente, tomándolo por sorpresa.

—Hola, cachorrita —responde observándome con sus maravillosos ojos—, ¿dónde estabas?

—Necesitaba soledad para ordenar mis locos pensamientos —confieso con sinceridad—. Tu estancia es espectacular, lo que más me gusta es el lago. Aquí se respira tranquilidad.

—No sabés las cosas que podría hacerte sentir dentro de ese lago —replica con picardía, guiñándome un ojo.

—No vas a respetar lo que te pedí, ¿verdad? —pregunto dándome por vencida. Ya no tengo fuerzas para alejarme de él.

—Si me regalás unas cuantas horas solo para mí. Prometo que después dejo de insistir —expresa con seguridad.

Miro mi reloj y este marca las cinco de la mañana. Se me ocurre una descabellada idea y le contesto.

—Te regalo cinco horas, ni más ni menos. Haceme vivir las mejores cinco horas de mi vida, que sean únicas, inolvidables. Pero sobre todo necesito que me hagas sentir amada —le pido con ilusión bañada de tristeza.

—Te aseguro que serán las mejores horas de toda tu vida —promete poniéndose de pie. Se acerca a mí y deposita un suave beso en mis labios.

—Dame media hora para prepararme. Tengo que avisarle a una de las chicas para que cuiden a mis hijos.

—Ponete algo cómodo y en media hora nos vemos acá.

Tomamos caminos diferentes, alejándonos. Sabiendo que las próximas horas, serán las últimas que podremos compartir.

De camino a mi cuarto hablé con Alex para pedirle que cuide a mis hijos por si se despiertan. Por supuesto no hizo preguntas, supongo que se debe imaginar lo que está pasando.

Me di una ducha rapidísima y media hora más tarde, me encuentro yendo hacia mi destino.

Llevo puesto un monito corto color verde agua, estampado con pajaritos y una ojotas. Me até el pelo en una cola alta y no me maquillé. Quiero que Brandon me vea tal cual soy, que conozca a la verdadera Francesca.

Al verlo en el lugar acordado, me quedo sin aire. Tiene puesta una bermuda de gabardina que se ajusta perfectamente a sus piernas. Una chomba de piqué que le queda pintada, entallando sus magníficos músculos. Su pelo está húmedo y la barba que se dejó me fascina. ¡Dios! Que me traigan una toalla para las babas.

Está parado esperando por mí. Extiende una mano y la tomo con total seguridad. Me dejo llevar, sabiendo que nuestras horas serán inolvidables.

En silencio caminamos hacia las caballerizas. Me tiembla hasta el alma. Nunca me subí a un caballo y realmente me aterra. Se debe dar cuenta de mi miedo porque aferra mi mano con fuerzas infundiéndome valor.

—Brandon, ¿vamos a montar? —le pregunto en un leve susurro. Se ríe divertido y su sonora carcajada es música para mis oídos.

—Sí, cachorrita, vamos a montar. ¿Tenés miedo?

«Me parece a mí, ¿o eso lo dijo con doble sentido?».

—Sinceramente sí, nunca monté. No tengo ni idea de cómo se hace —le confieso con vergüenza.

—Shhh… No te asustes. Dulce es una yegua muy amable —afirma acariciando mi rostro.

—¿Dulce? ¿Así se llama? —pregunto con curiosidad

—Sí, es la yegua de Mica. Es una Gypsy Vanner.

—¿Una qué?

«En castellano por favor», me digo para mí misma.

—Entramos a conocerla y te cuento —sentencia con seguridad.

No puedo hacer otra cosa que asentir con mi cabeza, estoy tan nerviosa que la voz por momentos me abandona.

Frena de golpe y en un segundo me encuentro en sus brazos. Me empotra contra una pared y me besa. Me besa como si el mundo se fuera a terminar. Me acaricia como si me fuera a desvanecer, presionando su dureza en mi centro.

—Me volvés loco, cachorrita —su voz suena ronca, sensual. Abandona mis labios para centrarse en devorar mi cuello. Lo imito besando su mentón y descendiendo por su clavícula—. No quería empezar así nuestra mañana, pero no puedo esperar más. Te deseo, necesito estar dentro de ti.

—No hay mejor forma de empezar la mañana, yo también te deseo y no sabés cuánto. Estoy ardiendo, Brandon —le contesto abandonando mi tarea para hablar.

Conmigo a cuestas comienza a caminar, no veo hacia dónde y tampoco me importa. Toda mi atención está puesta en él. En la suavidad de su pelo, en la aspereza de su barba, en la pasión de sus besos, en el calor de sus manos.

—Ahora mismo voy a cumplir el más importante de tus pedidos. Te voy amar, como jamás lo hicieron —anuncia deliberadamente lento y sensual.

—¡Dios! Vas a matarme. Hacelo ya —ruego con desesperación.

—No, no. Todo a su debido tiempo —sentencia dejándome apoyada sobre mis piernas, que amenazan con doblarse.

Miro a mi alrededor y me doy cuenta de que estamos dentro de una caballeriza. Brandon sale y en pocos segundos está de vuelta a mi lado. Trae en sus manos varios cueros de oveja. Al pasar por mi lado me roba un beso, un beso cálido, un beso dulce. Deja los cueros sobre las pajas, acomodándolos estratégicamente, formando un mullido colchón.

—Vení para acá —me dice tomándome por la cintura para acercarme a su lado.

Vuelve a besarme y una vez más mi mundo se detiene. Mi alma se desnuda con cada una de sus caricias. Lentamente me desviste, explorando a su paso cada curva de mi cuerpo. Atrapa mis pechos, los chupa, los succiona, los mima con atención.

Abandona mi delantera para ponerse de rodillas ante mí, venerándome, haciéndome sentir una reina, su reina. Suavemente baja mi culotte, y se frena para oler mi vulva, relamiéndose los labios, ansioso por beber mi néctar.

Levanta una de mis piernas y la pone sobre su hombro. Cuando su lengua entra en contacto con mi clítoris, me siento desfallecer.

Le da pequeños toques, alternándolos con succiones, llevándome con cada lengüetazo hacia la cima del placer. Me penetra con sus dedos, rotándolos sin dejar de saborearme. Poco a poco una corriente eléctrica se va formando dentro de mí, recorriendo cada fragmento de mi cuerpo para alojarse en mi vientre y explotar como si fueran fuegos artificiales destellando en el cielo. El poco aire que entraba a mis pulmones me abandona mientras lo veo degustando hasta la última gota de mi placer, saciando así, su sed de mí.

Detiene sus penetraciones con suavidad para darme relajación y yo me siento vacía.

Me mira con sus impresionantes ojos marrones cargados de deseo. Me estudia mientras los últimos espasmos del orgasmo van desapareciendo.

Baja lentamente mi pierna y se pone de pie. Comienza a desvestirse suavemente y yo solo puedo observarlo, empapándome de sus rasgos masculinos, de su sensualidad.

Su pene se alza gloriosamente ante mí. Muerdo mis labios, ansiosa por probar su sabor. Espero que no se me haya olvidado cómo hacer esto, porque de ser así, estoy perdida.

Caigo de rodillas frente a él, dispuesta a saborearlo y provocarle tan solo un poco de placer. Tomo su pene con mi mano y acaricio con mimo su longitud. Lo miro a los ojos atenta, admirando cada una de sus expresiones. Paseo mi lengua por su cabeza y delicadamente lo introduzco en mi boca, una y otra vez. Lento y suave. Rozando mis dientes en su latente vara. Acompaño cada succión con un masaje continuo en sus testículos. Tomo más profundidad con cada estocada. Agarra mi cabeza y marca un ritmo uniforme.

Solo se escuchan sus gemidos roncos, está disfrutando y eso me alienta a seguir. Aumento mi succión y su pene comienza a dar sacudidas, está ahí, está a punto de alcanzar su liberación. Se deja ir, gruñendo mi nombre, derramando su espeso semen dentro de mi boca. Lo trago sin pensarlo, degustando hasta la última gota. Instintivamente me pongo de pie, sintiéndome un poco cohibida por todo lo que acaba de pasar. Siento la fuerza de su mirada analizando mis reacciones.

—Cachorrita, eso fue maravilloso —susurra mientras me toma entre sus brazos, besándome con ternura.

—Capitán, eso fue demasiado intenso —confieso sonriente.

—Me encanta cuando me llamás así. Lo pronunciás con tanta sensualidad que lográs volverme loco.

—Hace unos días me corregías, ¿ahora te gusta? —me contesta con una sonora carcajada que retumba dentro de estas paredes—. Durante estas horas, te lo repetiré una y mil veces. Mi capitán. Mi capitán —reitero dándole pequeños besos en su torso desnudo.

—Sabés… yo tenía planes, pero en este momento lo que más me apetece es hacerte el amor una y mil veces —dice lleno de satisfacción.

—Entonces cambiemos esos planes y haceme el amor como si viniera el fin del mundo.

Me mira a los ojos sin perderse detalle de cada parte de mi cuerpo. Me observa como si fuera la última bocanada de aire que existe. Acaricia lentamente mi cadera y me besa saboreándome como si fuera un exquisito manjar. Ese beso que era delicado ya no es tan cariñoso, se está transformando en algo carnal, pasional. Nuestras lenguas salen a su encuentro, danzando con pasión. Sus manos ya no me acarician, me aprietan. Aprietan hasta que siento el fuego encenderse en cada parte de mi piel.

Ya no estamos solamente parados, me tiene anclada a su cadera rodeándolo con mis piernas. Me empotra contra la pared penetrándome de una sola estocada hasta lo más hondo de mi cavidad. Sus movimientos son pausados y delirantes, me llevan hasta lo más alto de la cima.

Mis manos se pierden en su espalda arañando todo a su paso, marcando el camino hacia su cabello. Lo agarro con fuerza de la nuca, tirando hacia atrás para acceder a su cuello. Succiono y chupo a mi antojo desde su oreja hasta su hombro. Solo eso bastó para que sus arremetidas se volvieran más potentes, más profundas, más feroces logrando que la llama se convirtiera en una hoguera de puro placer catapultándome hacia un orgasmo liberador que me recorre de pies a cabeza explotando en el centro de mi ser.

Me dejo vencer por este loco amor, dándole con mi último suspiro la satisfacción de gritar su nombre arrastrándolo a él en esta dulce sensación, llevándolo a vaciar en mi interior hasta la última gota de su esencia, escuchando como con su último aliento pronuncia de la forma más sensual que existe: Francesca.

CAPÍTULO

Esta mañana fuimos solo el capitán Santamarina y la doctora D'Angelo. Dos desconocidos que se encontraron en el camino y descubrieron que sus mundos podían colisionar.

Compartimos las horas más extraordinarias de nuestra vida. Hablamos de todo y nada. Reímos, nos contamos nuestros gustos y preferencias dejándonos al descubierto frente al otro.

Hicimos el amor una y otra vez hasta caer exhaustos. Disfrutamos del roce de nuestras pieles sudadas, expresando con el cuerpo lo que no nos atrevíamos a decir con palabras. Recorrimos el cuerpo del otro con caricias, memorizando cada una de las curvas, conociendo cada rincón de nuestras almas.

Con la lluvia que se desató de testigo, nos amamos y guardamos esa despedida en lo más profundo del corazón, atesorándola como lo más preciado.

Creímos y dimos por hecho que el destino de nuestras vidas era estar separados. Ese destino que es escrito al nacer y que mueve los hilos hasta que las fichas encajan a la perfección; las nuestras encajaban como piezas de rompecabezas, pero no podía ser. Nuestros caminos están demasiado embarrados como para marcar un paso lento y uniforme.

Luego de una triste despedida, volvimos a la casa separados. Tratando de hacer de cuenta que nada había pasado, que no era real.

Antes de marcharme le dedico una última mirada cargada de dolor, de frustración, trasmitiéndole con mis ojos el amor que despertó en mi corazón. Entierro en esta estancia mis sentimientos, volviendo a encapsular mi corazón entre muros indestructibles.

Acompañada por mis dos hijos, vuelvo a casa sumida en un profundo silencio, escuchando de fondo Perdimos el control de Carlos Baute. Cuanta verdad dice este tema. Nosotros perdimos el control, nos quemamos con fuego y ahora las heridas que están en carne viva nos hacen ver cuánto duele este amor.

Mientras manejo, derramo una sola lágrima, una lágrima de angustia, de anhelo y de dolor; una lágrima que salió desde lo más profundo de mi alma. Sintiéndome identificada con partes de esa canción. Como dice Baute: hoy sé que si no estás conmigo se me parte el alma y que si no estás tú, no sé cómo seguir. Este tema habla de una realidad que atormenta, una realidad que te catapulta hacia el vacío, desterrándote de ese repentino amor que se clavó en tus huesos.

Al llegar a casa me ocupo de mis pequeños, dándoles todo el cariño que tengo acumulado. Juego con ellos, los baño y les preparo su comida preferida: milanesas con papas fritas.

Ellos saltan de alegría, me abrazan y me dicen cuanto me aman cuando descubren su cena. Así y todo me siento vacía, una parte de mí se quedó en esa caballeriza junto al hombre que me robó la cordura. Junto al hombre que me robó el corazón.

Llamo a mi madre para saber cómo está. Me dice que está bien pero intuye que algo me pasa porque lo pregunta reiteradas veces. Achaco mis males a la marcha de mis amigas y supongo que se lo cree. La que no se lo traga soy yo, ya que mis amigas seguirán estando ahí; sin embargo, él no.

Se ofrece para venir a casa y cuidar de los niños mientras las voy a despedir, y yo se lo agradezco de todo corazón. Mi madre es la mejor y eso no hay quien lo discuta.

Se despide con un hasta pronto y nuevamente esa sensación de vacío me invade el cuerpo. Mis amigas deben volver a sus rutinas y yo una vez más me quedo sola. Tengo a mis hijos, tengo mi trabajo, tengo a mis amigas y a mi madre, pero me siento terriblemente desamparada.

Un rato más tarde mi madre entra en la casa. Nos saludamos con un cariñoso abrazo y estoy a punto de largarme a llorar cuando siento el calor de sus brazos.

Tomamos un café, mientras le cuento lo maravillosa que es la estancia y la sorpresa que me llevé al llegar. Inés, mi madre no sale del asombro, mientras escucha las últimas noticias relacionadas con su amado nieto. Lagrimea de felicidad al saber que su Bautista, su chiquitín, como ella lo llama, tiene novia. Asume que ya no es un niño, que se está convirtiendo en todo un hombre.

En este momento voy manejando rumbo al aeropuerto, escuchando a *Jesse y Joy* que cantan *Ecos de amor* mientras rememoro cada uno de los momentos vividos este último mes. Los días de playa junto a mis amigas, sus risas, sus peleas, cada una de sus locuras y lo descaradas que fueron en determinadas situaciones.

Más temprano insistieron en volver a casa, pero me negué rotundamente sin darles la posibilidad de discutirlo. No les permití convencerme y con los aliados que tengo fue mucho más fácil. Esos hombres que llegaron a sus vidas de la manera más loca, hoy las hacen suspirar. Fue maravilloso ser testigo de sus miradas, de admirar como se confesaban en silencio los sentimientos que los asaltaron de repente, sin ser esperados.

Lo que más deseo es la felicidad absoluta para cada una de mis chicas. Yo mejor que nadie sé de las situaciones vividas por cada una, sé de cada lágrima que han derramado, y de cada esfuerzo hecho para cumplir sus metas. Nadie las conoce mejor que yo; tan solo con una palabra, una acción o una mirada sé cómo se sienten y lo que sienten.

Estoy segura de que esta vez el destino ha obrado bien poniendo a Alejo en el lugar y hora indicada para que Juli lo conociera. En fin, ellos fueron el desencadenante de casi todas las relaciones que surgieron de esa fiesta y ahora está en manos de ellos hacer el trabajo duro, alimentar día a día ese cariño o amor que los une para vencer la distancia que los separa.

Estaciono la camioneta y me quedo sentada en el interior preparándome para la despedida. Este año será más difícil que otros y más para ellas que tienen que separarse de sus hombres.

Me bajo cuando me siento medianamente lista y camino lentamente hacia las puertas de entrada, suspirando una y otra vez, manteniendo al margen las lágrimas que luchan por salir.

Nada más entrar las veo a lo lejos, tan bellas, tan únicas, irradiando una mezcla de felicidad y tristeza. Algunas están sentadas, perdidas en su mundo, completamente en silencio con la mirada fija en un punto cualquiera. Sosteniendo con fuerza la mano de sus parejas.

En cambio otras, hablan y sonríen divertidas por algún comentario hecho.

Detengo mis pasos por un momento, dudando si debo o no acercarme. Evalúo la posibilidad de dar media vuelta y marcharme sin importarme que mañana se caiga el cielo por haberme ido sin despedirlas. Es que yo acá no corto ni pincho, este es su momento es su despedida.

Sí, eso es lo mejor, doy media vuelta y cuando estoy comenzando a caminar el grito de Magui me hace frenar en seco. ¡No te lo puedo creer! Justo esto me faltaba. Mejor me voy inventando una excusa si no quiero aguantarlas.

Pongo mi mejor sonrisa y camino hacia ella que me espera con los brazos abiertos. Al llegar a su lado nos miramos a los ojos y nos fundimos en un gran abrazo al que no tardan en unirse las demás. No aguanto más y me largo a llorar con fuerza. Ellas se suman a mi repentino llanto y sin quererlo derramamos lágrimas teñidas de dolor.

Los hombres se mantienen al margen, observando como este grupo de locas, pasa de la risa al llanto en cuestión de segundos. Es que como hace nada llorábamos, ahora nos reímos. En mi caso producto de los nervios y en el de ellas, simple y sencillamente facilidad para cambiar el humor ante determinadas situaciones.

Tomadas de las manos unas con otras nos dirigimos a la puerta de embarque.

Esperamos pacientemente a que anuncien su vuelo, y cuando eso pasa nos damos un nuevo abrazo, nos decimos cuánto nos queremos y nos prometemos que pronto nos volveremos a ver.

Puede que nos separen muchos kilómetros pero eso no es un problema para nosotras ya que nuestra amistad es fuerte, íntegra y verdadera.

Capítulo

SEIS MESES DESPUÉS…

Definitivamente las guardias de un sábado por la noche son lo peor que hay. No paré un segundo desde que entré. No sé en qué momento se me ocurrió aceptarlas, es frustrante.

Amo mi profesión pero en días como este quiero salir huyendo por más satisfacción que me dé salvar una vida.

Entré a las diez de la noche y recién puedo tomarme un descanso. Son las cuatro de la madrugada. ¡Las cuatro! Una locura.

No solo me tocó operar, sino que también les di una mano a mis colegas en los consultorios. Estoy agotada. No entiendo a las personas, en vez de venir temprano esperan a última hora para acudir al médico. Más de uno llega con malestares que no son graves. Se quejan y arman alboroto porque no son atendidos rápidamente. No entienden que la guardia es para urgencias y que estas tienen prioridad.

Entro en la sala de médicos y me sirvo un café. Realmente lo necesito para mantenerme despierta. Me dejo caer en el sillón y reviso mi teléfono, corroborando que no hay llamadas perdidas ni mensajes de casa, ni de Bautista Eso me tranquiliza porque desde que mi niño se mudó, vivo un poco intranquila, y eso que ya hace cinco meses que se fue a La Plata a estudiar. Me llama todos los días y cada fin de semana libre que tengo voy a verlo, pero lo extraño demasiado. Sigue de novio con Micaela y cada día su relación es más fuerte. Ella es una jovencita muy simpática y madura. De vez en cuando pasa por casa a vernos y siempre que coincidimos viaja con nosotros para ver a su novio. Me encanta pasar tiempo en su compañía, es amable, comunicativa y sinceramente estoy encantada de que forme parte de nuestra familia. Amaia la adora. Cuando la escucha llegar se enloquece y la vuelve loca. "Mica, ¿me peinás?" "Mica, ¿jugás conmigo?" Para mi pequeña no existe otra persona en su mundo cuando está ella.

Tomás, sin embargo, es un poco más reacio. No sé de dónde sacó que ella le va a robar a su hermano y que le va a quitar su lugar. Pobre mi niño está celoso.

Una llamada de recepción me saca de mis pensamientos. «¡Dios será que hoy no podré descansar!». Me tomo el resto del café de un trago y salgo bufando para allá.

—Ya estoy acá —anuncio entrando en la sala—. ¿Qué pasó? —pregunto con urgencia.

—Doctora D'Angelo, acaba de entrar un paciente con una herida de bala, la esperan en quirófano. Antes, déjeme decirle que sus acompañantes cuando supieron que usted estaba en la guardia pidieron verla —relata la recepcionista con suma tranquilidad.

—¿A mí? ¿Para qué querrían verme? «Qué raro que me busquen».

—No lo sé —contesta prestándole atención a la computadora.

—Bueno hágame el favor de decirles que deben aguardar en la sala de espera de quirófanos y que ni bien tenga noticias se las daré personalmente —entono mientras salgo de la recepción para dirigirme al quirófano.

Salgo del ascensor de personal con paso firme y apresurada, entro a la sala subestéril del quirófano.

El paciente ya se encuentra sobre la mesa de operaciones completamente cubierto con el paño quirúrgico.

Comienzo con la rutina de preparación. Me lavo las manos con jabón antiséptico y las seco. Me coloco la cofia, el barbijo y las gafas de protección. Vuelvo a lavar mis manos tal como indica el reglamento y cuando las estoy secando salen dos enfermeras del quirófano.

—Doctora, que bueno que ya llegó. El paciente está grave, tiene que comenzar ya —me informa una de ellas.

—Bien, póngame al tanto mientras termino de prepararme —le pido estirando los brazos para que la otra pueda ponerme la bata.

—El paciente ingresó con un balazo en la cavidad abdominal. Perdió mucha sangre, por lo que está débil. Ni bien lo recibimos le hicimos una tomografía y la bala está alojada en el intestino grueso causando una hemorragia interna. Es un masculino de cuarenta y cinco años en muy buen estado físico; las personas que lo trajeron informaron que pertenece a la milicia, estaban en una misión cuando el disparo fue efectuado —escucho atentamente cada palabra que dice la enfermera, mientras termina de colocarme los guantes.

—Bien, salvemos la vida de este honorable hombre.

Entro al quirófano seguida por ellas. Me posiciono en mi lugar de trabajo y extiendo una plegaria a Dios, pidiéndole que esté a mi lado y que proteja a este hombre.

Al encontrarse totalmente cubierto solo puedo ver por la abertura del paño el orificio por donde entró la bala.

—Señores, a trabajar, cada uno a sus puestos —ordeno con amabilidad y seguridad—. Dentro de este quirófano, se trabaja en equipo así que manos a la obra y salvemos la vida de este caballero que sirve a la comunidad.

Al frente mío está posicionada la instrumentadora quirúrgica, atenta a cada uno de mis movimientos esperando que comience con la operación.

—Bisturí —pido extendiendo mi mano para que me lo pase. Lo tomo y comienzo a deslizarlo en la parte media del abdomen abriendo primero las capas de piel, para seguir por el músculo y por último el peritoneo.

Inmediatamente comienza a correr la sangre. «Mierda, esto es peor de lo que suponía».

—Coloquen el tubo succionador, ¡ya! —ordeno con urgencia. Una de las enfermeras limpia la zona con gasas y a la vez otra coloca las pinzas para abrirme camino, así puedo ver qué tan grave es el daño.

Lo que veo me deja pasmada. El intestino grueso está desgarrado a la altura del colon. No solo tendré que buscar la bala, sino que también tendré que cortar. Esto no lo tenía previsto, debo abocar al exterior para detener la hemorragia. «Que no se me vaya de las manos, por favor», me digo mentalmente.

Saco el intestino en su totalidad al exterior y corto la parte dañada. Extraigo la bala con una pinza y la tiro en el recipiente que sostiene una de las enfermeras.

—Doctora, ¿va a realizar una colostomía? —pregunta el residente que está presenciando la operación.

—Haré una Colostomía Transversal Transitoria, es necesario. Lamentablemente no tengo otra opción. Esta podrá ser revertida cuando la herida esté completamente curada —le contesto al muchacho bajo su atenta mirada.

Sé que cuando el paciente despierte y se encuentre con esto, no lo querrá ver. Pero es esto o su vida, todo está en juego.

Estoy realizando las suturas correspondientes cuando la alarma del monitor cardíaco comienza a sonar avisándonos que le está dando una arritmia severa. Su corazón está fallando. Dejo de coser y comienzo a realizar la reanimación cardiopulmonar con mis manos. ¡Mierda!

—¡Lo estamos perdiendo! Carlos, administra una ampolla de atropina ya —indico con seguridad. El anestesista inyecta el líquido en el suero pero su corazón sigue sin responder. «¡Dios no me abandones ahora!».

—Doctora, no reacciona. Lo perdemos —afirma el anestesiólogo buscando mi mirada y negando con su cabeza.

—Aplica una ampolla de adrenalina. —Lo hace y automáticamente su corazón reacciona, yéndose al otro extremo. «¡La puta madre!».

—Haré una cardioversión. Coloquen los parches —le digo al encargado de esa tarea.

—Listo —informa una vez que lo hace.

—Despejen. Activen la descarga —da su primer descarga y nada, su corazón sigue latiendo desbocado—, descarguen una vez más —exijo con esperanza.

Pasados unos segundos que se me hacen eternos veo que su corazón vuelve a latir a un ritmo normal.

—Equipo, lo tenemos de vuelta con nosotros. Terminemos con nuestro trabajo —anuncio satisfecha por nuestro accionar.

Después de varias horas dentro del quirófano, estoy muerta. En un momento creí que perderíamos a ese paciente.

Soy consciente de que mis pequeñas manos salvaron una vida. La vida de un hombre que seguramente es esperado por su familia.

Su estado sigue siendo grave, ahora solo queda esperar. Las primeras horas luego de la operación serán cruciales para su salud. Lamentablemente no pudimos salvar completamente su intestino, pero eso no cambiará su forma de vida. Si la bala hubiera perforado otro órgano, todo habría sido diferente. Gracias a Dios, eso no sucedió.

En el silencio de mi box, me detengo a pensar que ese hombre podría haber sido un amigo, un conocido o mi hijo. Hoy en día la seguridad de nuestro país está destruida. Día tras día, ingresan a esta guardia víctimas de accidentes, robos, violaciones y/o violencia de género, con graves secuelas en sus cuerpos, algunas son leves, otras demasiado graves y no solo físicamente sino que también psicológicamente.

La sociedad está podrida, intoxicada, contaminada por drogas, alcohol, los jóvenes y niños son arrastrados a vivir en condiciones deplorables, acorralados a cometer delitos que marcarán sus vidas y la vida de sus víctimas para siempre.

Nadie se preocupa ni ocupa de velar por su bienestar, a nadie le interesa sacarlos de las calles y darles un futuro mejor. Millones de veces me paro a preguntarme donde están los padres de esos jóvenes, cómo pueden ser capaces de desentenderse de sus hijos o de orillarlos a cometer tales locuras para su beneficio.

A lo largo de mi carrera me ha tocado ver y tratar con muchísimas cosas, desde abusos de menores, hasta ancianos golpeados hasta ser asesinados. Así y todo no dejo de asombrarme. Esta noche me tocó velar por el bienestar de un hombre que se ocupa y preocupa por la seguridad de todos los habitantes de esta ciudad. No sé si será policía, gendarme, guardaespaldas o militar, solo sé que arriesgó su vida para hacer que este país sea un poco mejor. Ya me ocuparé de saber la verdadera historia detrás de esa vida y personalmente le agradeceré por cuidar de todos nosotros.

Caminando tranquilamente me dirijo hacia la sala de espera con la historia clínica en mis manos. Tengo que darle el parte médico a los acompañantes de mi paciente.

Desde que salí del box siento mi celular vibrando en el bolsillo, pude echarle una ojeadita y vi que los mensajes recibidos son de mis locas. Mirá si serán chifladas que a estas horas ya le están dando a la lengua. Yo acá rogando por llegar a mi casa para poder descansar y ellas muy frescas dándose los buenos días o hablando de lo que se les ocurra.

Llego a la doble puerta de la sala de espera y no escucho nada, todo está en silencio. Seguramente todos los que estén ahí dentro estarán caminando por las paredes, angustiados, nerviosos e imaginándose lo peor. La intervención ha demorado demasiadas horas, más de lo previsto.

Abro la puerta despacio, concentrada en la carpeta que llevo en mis manos, repasando una y otra vez las palabras que debo decirle a los familiares. Una familia desconocida que estará esperando las noticias al borde del colapso.

Doy vuelta la historia clínica para leer el apellido del paciente, ya que como todos saben tengo una regla inquebrantable en mi quirófano. No pregunto, no me dicen y no leo el nombre de los pacientes que entran al quirófano durante la guardia. Hasta ahora son pocas las personas que me preguntaron el porqué de esa rara regla. Puede ser por cábala, por costumbre o simplemente porque se me antoja, esa fue mi contestación.

—Familiares del señor Santamarina —entono completamente desorientada.

CAPÍTULO 19

Una ola de sentimientos me golpea sacudiendo cada una de mis terminaciones nerviosas. Acabo de tener en mis manos la vida del hombre que fue luz en medio de mi oscuridad, quien con sus rayos de sol me sacó de los días nublados en los que vivía. Estuve a punto de perderlo definitivamente. Podría haber perdido a mi buzo táctico, a mi paracaidista, a mi piloto, podría haber perdido al hombre que amo con todas las fuerzas de mi corazón.

Todos los recuerdos se amontonan en mi mente y los sentimientos se mezclan en mi corazón haciendo que mis piernas tiemblen, amenazando con dejarme caer.

Puedo vivir en un mundo donde no lo tenga a mi lado, siempre y cuando sepa que está bien; en cambio, no podría vivir en un mundo donde él no esté.

En estos meses que pasaron lo extrañé horrores, miles de veces sostuve el teléfono en mi mano, marcaba su número y me arrepentía. Yo le pedí que se alejara, fui yo quien no permití que viviéramos de ese dulce amor. Hay días en los que me arrepiento, y hay días en los que no. Sé que esa fue la mejor decisión que pude haber tomado. Mi corazón es frágil como un cristal, cualquier maltrato puede convertirlo en pequeños fragmentos que después no tendrán reparación. Ahora me toca ser fuerte, colocarme la máscara de hierro, y volver a ser la imponente cirujana D'Angelo y no la débil mujer que está enamorada de un imposible.

Levanto mi cabeza y me preparo para anunciarle a quien sea que esté aquí, como se encuentra el paciente.

—Familiares del paciente Brandon Santamarina —repito alzando la voz.

—Acá estamos, Francesca —responde Alejo que viene seguido por Juan, Alexis, Damián, Matías y una mujer que no conozco. Pelirroja de cabello lacio tanto o más que el mío. Sus ojos son color miel y está llena de pecas. Es bajita y demasiado flaca.

—¿Cómo está Brandon? —interroga Juan, ansioso.

—Primero, hola, ¿no? ¡¿O ya no tienen modales!? —exclamo tratando de ser graciosa para alivianar el mal trago que me estoy llevando.

Esa mujer que no me quita los ojos de encima me está poniendo nerviosa. Está acá por él, de eso estoy segura. No sé qué los unirá, pero en su mirada puedo ver el miedo y la rabia que la embarga. Si las miradas mataran, sin duda ya estaría muerta. ¿Qué le pasa?

Después del intercambio de recién, todos me saludan con un afectuoso abrazo, es como si por un momento él me estuviera sosteniendo entre sus brazos.

—Fran, ella es Sol la novia de Brandon —dice Matías y mi mundo se rompe en mil pedazos. Los ojos se me llenan de lágrimas, lágrimas que pelean por salir. «Pero no, queridas, ahí se quedan, ni en sus mejores sueños van a salir».

Yo revolcándome todos los días en mi mierda, pensando en él, arrepintiéndome por haberlo alejado y él en cambio no perdió el tiempo. ¡Maldito mujeriego!

—Mucho gusto, doctora —saluda presentándose tendiéndome la mano. La tomo y descubro que su apretón es firme, demasiado firme. Quiero gritarle que es una… una… ¡Estúpida!

—El gusto es mío, señora —respondo devolviéndole el apretón de mano con cordialidad. Le cortaría la mano.

—Tomemos asiento así les doy el parte médico —nos sentamos uno al lado de otro, mientras que la mujer queda en el medio de ellos.

Me da la sensación de que la protegen, la sienten parte de ellos y eso me molesta, me duele mucho.

—Doctora, ¿cómo está Brandon? ¿Él está bien? —me pregunta la ardilla, sonando lastimada. Ni siquiera sé por qué se me ocurrió ese apodo, lo que sí sé es que: ¡La odio!

—Voy a ser sincera con ustedes —digo recorriendo con la mirada a los chicos—, son mis amigos y les debo respeto, así que les voy hablar con la verdad. La operación no fue fácil, la bala estaba alojada en la parte inferior del intestino grueso, lo desgarró. Eso produjo una hemorragia interna, por lo que perdió mucha sangre. Tuvimos que amputar gran parte de su intestino y realizar una colostomía transversal transitoria para mantener la materia fecal fuera del área operada. Dependiendo del proceso de sanación, la colostomía se requerirá por un lapso de semanas o meses. Con el paso del tiempo la herida sanará y esta será reversible. Su calidad de vida será normal, solo deberá mantener una alimentación sana y tomar algunas vitaminas de por vida —suspiro, sintiéndome agotada—. Estuvimos a punto de perderlo dentro del quirófano, gracias a Dios, que nos acompañó en todo momento, pudimos salvarlo —todos me observan con los ojos abiertos, están sorprendidos—. Estaba suturando la herida, cuando su corazón falló.

—¿Un infarto? —pregunta Alejo susurrando. Se nota que le cuesta reproducir lo que su mente afirma.

—No, Alejo. El corazón de Brandon tuvo un descenso importante en la frecuencia cardiaca que no es lo mismo que un infarto. Gracias a Dios y al proceder del equipo, pudimos traerlo de vuelta. No sabremos las consecuencias hasta que no despierte. Lo sedamos, dejándolo en una especie de coma inducido. Se estarán preguntando porqué, ¿verdad? —todos asienten con la cabeza—. Es necesario y de suma importancia que él descanse y esté relajado para que sus heridas internas sanen. Imagino cómo será para él despertar y verse así, no lo aceptaría y en su estado, lo principal es que se cure. Realmente siento mucho esto, hice todo lo que pude. Ahora solo queda esperar hasta que se recupere y su cerebro vuelva a reaccionar —Sol emite un grito desgarrador que es amortiguado por los brazos de Matías que la contienen. Los demás están en silencio, analizando mis palabras, cayendo en la cruda realidad de que su amigo está entre nosotros físicamente, pero no mentalmente.

—Fran, ¿qué es una colostomía?

—Alexis, una colostomía es una abertura en la pared abdominal. Se saca una parte del intestino, para formar una estoma, donde se coloca una especie de bolsa para que la materia fecal sea expulsada por ahí y no tenga contacto con las heridas que quedaron en el otro tramo, así podrá sanar y prevenimos cualquier tipo de infección —le explico tratando de ser lo más clara posible.

—Antes dijiste algo de transitoria. ¿A qué te referías?

—Eso quiere decir que es por el momento. Una vez que veamos que ya está todo cicatrizado por dentro, volvemos a operar para revertir la colostomía y su intestino vuelve a funcionar con normalidad.

—Francesca, ¿cuánto tiempo estará en coma? —indaga Juan, interrumpiendo mi discurso. Se lo nota agotado, triste.

—No lo sé. Todo depende del tiempo que le lleve recuperarse físicamente. Pueden ser días o semanas —contesto sintiéndome derrotada—. Tengo que ir a supervisar que todo esté bien, ya tiene que estar en terapia. Esperen acá, en unos minutos vendrán a informales cuando pueden pasar a verlo —me pongo de pie dispuesta a marcharme, cuando la voz de su mujer me detiene.

—Lo hiciste a propósito —escupe con rabia—, como no podés tenerlo a tu lado, me lo arrebatás de esta forma —sus ojos que hasta hace un momento eran color miel, ahora están rojos inyectados de odio. Se pone de pie enfrentándome, retándome a que le conteste y yo, ni corta ni perezosa, pienso hacerlo.

—Sol, ¿qué estás diciendo? Te volviste loca. Francesca jamás haría algo así, no la conocés, así que mejor cerrá la boca —Alejo se encarga de defenderme, poniéndose entre nosotras. Yo estoy muda tratando de asimilar las palabras que esta arpía acaba de soltar. No sé quién carajo se cree que es, pedazo de estúpida.

—Hacete a un lado, Alejo —le exijo corriéndolo con mi mano—. Mire, señora, le voy a informar algunas cosas que usted no sabe. Primero —exclamo enumerando con los dedos—, cuando entré a ese quirófano no sabía que en mi mesa estaba tendido el cuerpo de él. Lo supe cuando vine a dar el parte médico y leí su nombre. Segundo, dentro de mi guardia, no se pierden vidas, porque yo —afirmo señalándome con el dedo—, soy buena en mi trabajo, una de las mejores; por eso doy hasta la última gota de mi sudor para salvar a mis pacientes. Tercero y último, no hable de mí, no se atreva a ensuciar mi nombre y jamás, escúcheme bien, jamás vuelva a insinuar que haría algo para dañar a Brandon. ¿Le quedó claro? —sentencio con la respiración agitada al borde de un ataque, asesinándola con la mirada. Si no fuera porque estoy en mi lugar de trabajo, agarraría a esta idiota de los pelos por decir tales barbaridades. Ella se queda en silencio, respirando fuertemente, luchando en su interior, debatiendo si debe o no retrucarme.

—Fran, no le tomes en serio lo que dice, está alterada por lo que está pasando —comenta Damián, negando con la cabeza, hasta ahora se había mantenido en segundo plano, evaluando la situación.

—Está bien. Dejémoslo así. Chicos, después los veo, voy a ver a mis pacientes para irme a casa. Mañana cuando vuelva a trabajar, hablamos —los saludo con la mano, y me voy caminando hacia la puerta para huir de este infierno.

ALEJO

Todos nos quedamos en la sala de espera en silencio, sin entender cómo pasó esto.

Juan y Alexis discuten quién le va a dar la noticia a Micaela, esto la va a matar.

Jamás la dejaríamos sola, pero no podemos evitarle el sufrimiento que esto va a causarle. La vimos nacer, fuimos testigos de sus primeros pasos y de sus primeras palabras, todos y cada uno de nosotros la amamos como si fuera nuestra.

La hueca de Sol sigue refugiada en los brazos de Matías, el tarado la consuela mientras ella llora sin parar maldiciendo a todos los que se le cruzan por la cabeza. Yo no le creo una palabra y mucho menos confío en sus lágrimas.

No deja de repetir que la culpa es de Francesca, más exactamente: de esa "maldita doctora", como la llama ella.

—Matías, voy a pedir una entrevista con el director de este hospital para que le abra un sumario —le dice muy compungida la hipócrita. Miro a Damián que sigue tan atento como yo la charla que mantienen y no puedo callarme, me le tiro directo a la yugular.

—Estás loca del todo, ¿no? Ni se te ocurra hacer tremenda estupidez. Pensá alguna vez en tu vida, date cuenta de que haciendo eso podés poner en riesgo la profesión de Fran —le escupo en la cara con cero cortesía.

—Me importa una mierda la vida de esa —espeta con odio—. A esta mina la tengo montada en un huevo.

—Te voy a decir una sola cosa —dice Damián interviniendo—, dejá en paz a Francesca. Es una buena mujer y jamás lastimaría a Brandon. No te metas con ella, no te olvides que acá —enfatiza señalándonos con las manos—, todos nos conocemos.

Si la advertencia de mi amigo no la hace acobardarse, estamos perdidos.

—¡Váyanse a la mierda! —contesta gritando. «Loca, eso es, una loca».

—¡Ya basta! Estamos en un hospital tengan un poco de respeto y háganme el bendito favor de mantener la calma —exclama Juan irritado.

Vuelvo a mirarla con odio, me saca el papel de víctima en el que se pone.

—Familiares del señor Santamarina —anuncia una enfermera. Nos acercamos a ella y con mucha amabilidad nos informa que nuestro amigo se encuentra en terapia intensiva y que por órdenes inamovibles de la cirujana debe permanecer ahí las primeras veinticuatro horas.

Inconscientemente dirijo mi mirada hacia Sol y veo que su cara está transformada por la rabia. Como me gustaría meterme en su cabeza para saber qué tanto piensa y qué trama, porque estoy seguro de que alguna telaraña está tejiendo. Esta mujer no da puntada sin hilo. No sé si amará o no a Brandon; tengo mis dudas, pero si hay algo de lo que no tengo dudas es que va a hacer hasta lo imposible para mantenerlo a su lado por eso sé que anteriormente hablaba en serio. Va a hacer todo lo que pueda para alejar a Fran de su lado.

—¿Podemos verlo? —pregunta Matías sacándome de mis cavilaciones.

—Sí, pueden verlo, solo puede pasar una persona por vez y no se demoren más de cinco minutos; se les permite el acceso porque conocen a la doctora D'Angelo —nos indica la enfermera mientras camina hacia la puerta de la sala—, esperen acá —sentencia Mary, así se llama la mujer por lo que vi en su distintivo. Entra y después de lo que parece una eternidad vuelve a salir para que alguno de nosotros entre. Sin pensarlo me les adelanto y me mando. Me importan una mierda las quejas de esa maldita mujer, primero voy a ver yo a mi amigo, le pese a quien le pese.

La sigo por la zona de terapia sin dejar de prestar atención a todo lo que me rodea. Este lugar es enorme, hay unos doce box y su mayoría están ocupados por viejos. «¿Qué es esto, el Pami?». Por un momento me causa risa la pregunta que yo mismo me formulo, soy un asco, no puedo estar queriéndome reír en medio de esta situación. Esas ganas de reírme se me cortan cuando veo a mi gran amigo inmóvil sobre una fría cama de hospital. Está conectado a diferentes máquinas que no dejan de chillar, pálido con los labios resecos, no parece él.

—Mi viejo amigo, mirá lo que te hicieron. Tenés que salir de esta, Bran, afuera hay mucha gente que te quiere. No pierdas la fuerza hermano, te juro que vamos a encontrar al malnacido que te disparó, te lo juro por mi vida.

CAPÍTULO

Decir que estoy cansada o exhausta sería poco, pero de todas formas no puedo conciliar el sueño. No puedo dejar de pensar en Brandon, en como su vida pende de un hilo.

Sin saberlo, sin siquiera tener la mínima sospecha, le rogué a Dios por su vida, le aclamé que con la magia de sus manos hiciera un milagro.

En ese momento donde un paciente se debate entre la vida y la muerte, me doy cuenta de lo insignificantes que somos, somos seres que caminamos en esta ruta queriendo llevarnos todo por delante, seres egoístas, que no valoramos lo que tenemos, destruimos este maravilloso mundo y lo contaminamos con nuestras miserias.

No somos conscientes de la magnitud del amor verdadero, de ese que te atrapa, que te consume como madera entre las llamas, ese que sabe cuando dejarte volar.

El amor sincero no lastima, te da vida, te hace feliz, te eleva por el aire hasta llevarte a tocar el cielo. Si tan solo las personas harían el intento de recorrer este camino, viendo, viviendo, conociendo esa clase de amor, nuestro mundo sería mucho mejor. Ese es el que yo siento hacia mi familia. Ese tipo de amor llevo escondido en lo más recóndito de mi corazón, un corazón que llora en silencio por lo perdido.

¿Quién le dará la noticia a Mica? No sé qué será de esa niña cuando se entere lo que está pasando. No tiene ningún familiar de sangre, no hay abuelos paternos, ni tíos que la puedan cuidar, sé que tienen a sus abuelos maternos en algún lugar pero ellos no quieren saber nada de ella y menos de su padre, los culpan por la vida que eligió llevar su hija.

Gracias a Dios tiene a los amigos de su padre, sé que ellos la protegerán, consolarán y estarán siempre a su lado pase lo que pase. Obviamente también está mi hijo; él va a cuidarla, de eso estoy completamente segura. Y de más está decir que me tiene a mí, en estos meses forjamos una relación espléndida, adoro a esa niña. Desde el primer día traté de ser su amiga, su confidente y hasta una madre, por supuesto ella me lo permitió con orgullo. Definitivamente es la mujer para mi hijo, y yo como madre tengo que ponerlo al tanto y hacer hasta lo imposible por tenerla a mi lado para decirle lo que pasa con su padre.

Tomo el teléfono y llamo a Bautista. Suena una, dos, tres veces y salta el contestador, que linda voz tiene mi pequeño. Vuelvo a intentar y esta vez me atiende.

—*Hola, ma* —*saluda sorprendido.*

—Hola, hijo. ¿Cómo estás?

—*Bien* —contesta con la voz entrecortada—. *¿Vos cómo estás?*

—Bien Bauti, un poco cansada. Anoche estuve de guardia, no hace mucho que llegué a casa.

—*Mamá. Son las dos de la tarde* —exclama sorprendido.

—Sí, hijo, ya lo sé. Hubo muchas urgencias.

—*No deberías trabajar tanto y mucho menos hacer guardias tan largas* —dice con reprobación.

—Sabés que amo mi trabajo. No te enojes —contesto angustiada.

—*Ya, mamá. No me enojo, es solo que no me gusta escucharte tan agotada.* «Ay mi niño, si supieras la causa de mi agotamiento».

—¿Mica está con vos?

—*Sí mamá, está acá. ¿Querés que te la pase?*

—No, no. Necesito que te alejes de ella, tengo que decirte algo muy importante —respondo con miedo, no quiero que me escuche.

—*Dame un minuto que busco algo para anotar* —contesta mintiendo.

Unos segundos después escucho el sonido de una puerta cerrándose.

—¿Qué pasa, ma? ¿Por qué no puede escuchar Mica? —interroga alarmado.

—Ay hijo, no te asustes. El padre de Micaela tuvo un accidente anoche. Llegó al hospital muy grave y yo sin saber que era él lo atendí —le cuento nerviosa, sintiendo que mi corazón se estruja por el miedo.

—¿Qué? ¡La puta madre! ¿Está vivo? —me habla aterrado.

—Sí, está vivo, pero está grave. Es necesario que la traigas lo antes posible. No me parece adecuado que le den una noticia como esta cuando ella está a cuatrocientos kilómetros de casa. Inventá una excusa que sea creíble y viajen lo más pronto que puedan —sentencio con firmeza y muy agitada.

—*Estoy de acuerdo con vos. Esto la va a devastar. ¡Dios, mamá!* —me dice prácticamente en un susurro.

—Tenés que estar tranquilo, ella te va a necesitar mucho. Se me ocurren dos opciones, se toman un micro o te saco dos pasajes en avión. ¿Qué querés hacer?

—*Si viajamos en micro vamos a llegar a la noche; en cambio, si viajamos en avión en unas tres horas estaremos llegando. Creo que es mejor en avión.*

—Ok. Si no me equivoco sale un vuelo a las cinco, si se apuran pueden tomar ese. Ya te saco los pasajes por Internet y te mando todos los datos por un mensaje. No olvides lo que te dije, ante todo tranquilidad. Te quiero bebé, en unas horas nos vemos.

—*Yo también te quiero mamá. Gracias por todo. Sos la mejor* —asegura mi niño.

Al cortar la llamada, inmediatamente busco en Internet el horario y la disponibilidad que hay en los vuelos. Cuando doy con lo que busco hago la compra sin siquiera pensarlo y le mando todos los datos a mi hijo. En unas horas, debo estar entera y preparada para darle la noticia.

Abro el Whatsapp para leer los mensajes del grupo, porque con tanto ajetreo y el cansancio que tenía no fui capaz de hacerlo antes.

Me encuentro con que los primeros mensajes son de esta madrugada y en su gran mayoría pidiendo que aparezca porque tenían que decirme algo importante. Los que le siguen son de Gaby avisando que estoy dentro del quirófano y que por eso no contesto. Parece que Juan fue el primero en confirmar dónde me había metido. Después de eso vienen los de asombro y plegarias. Todas y cada una a su forma pidieron por su vida y mandaron palabras de apoyo y aliento para mí. Los últimos son de estas horas y en ellos me preguntan cómo está Brandon.

Me tomo el trabajo de contestar y contarles cómo se dieron las cosas. Se sorprenden cuando les digo que no sabía quién era mi paciente y que me enteré cuando fui a dar el parte médico.

Ely y Juli son las primeras en ofrecerse a viajar para acompañarme y ayudarme en lo que necesite, les digo que por mí no hace falta y se quedan en el molde al igual que las demás que ya se estaban prendiendo. Me despido de mis amigas diciéndoles que las mantendré al tanto de todo lo que pase. Qué difícil se me hace, porque si fuera por mí hablaría todo el santo día, pero hoy no me da la cabeza para todo. Omito la parte menos significativa de todo esto, por eso no les cuento sobre la ardilla ni el mal trago que me dio cuando vi cómo la protegían, más que nada porque no quiero alarmarlas ni sembrar dudas, sobre todo en Ely. No me gustó nada cómo Matías abrazaba a esa tipa y si lo menciono, mi amiga no tardará en atar cabos y sacar conclusiones equivocadas.

Me tiro boca arriba sobre la cama y una vez más mi mente vuela hacia mi amor. Necesito saber de él, saber que está mejorando.

No puedo dejar de rememorar el momento en que casi lo pierdo, ni quiero imaginarme como hubiera sido perderlo en esa fría mesa de operaciones, sin saber que se trataba de él. Tengo que alejar esa imagen de mi mente y descansar. Los días y semanas que se vienen no serán fáciles, debo esforzarme para reforzar la estabilidad de los muros que protegen mi corazón, bajo ningún motivo se pueden derribar. Tengo que estar entera para acompañar a Micaela, tomar valor y juntar fuerzas para luchar por traer de vuelta a su padre, no voy a dejarme vencer.

Soy una guerrera, y las guerreras no se dan por vencidas sin presentar batalla; una batalla que voy a ganar porque nadie del más allá me va a arrebatar al hombre que es mi cambio de aire, mi sol y mi luna. Él junto a mis hijos es mi todo, y esta vez estoy dispuesta a luchar hasta el final.

BAUTISTA

¡Mierda! Y ahora, ¿qué excusa meto para llevarla de regreso? Tengo que dejar de dar vueltas en el baño y salir antes de que sospeche, no vaya a ser que se imagine cualquier pavada.

No puedo hacerle caso a mi mamá. No voy a mentirle, no voy a romper la promesa que le hice. Sé que esta noticia va a devastarla, odio verla llorar pero no me queda otra.

Salgo del baño decidido, con la cabeza hecha un puto tambor no sé cómo voy a hacerlo pero tengo que apurarme.

Llego a la puerta de la habitación y me quedo observándola. Es tan linda, amo su pelo castaño que le cae en cascada sobre los hombros. Está acostada en mi cama con su vista fija en la televisión totalmente concentrada en el documental de medicina que están emitiendo, se emboba de tal forma que es adorable. Todo en ella es adorable y yo estoy loco de amor.

Respiro hondo sintiendo como el corazón me bombea con fuerza amenazando con salirse de mi pecho, y me acerco a ella.

—Hola, nena, ya volví —le digo acostándome a su lado.

—Hola, bebé —me contesta regalándome un casto beso—. ¿Pasó algo?

—Amor, tengo que darte una noticia. Pero antes tenés que prometerme que me vas a escuchar, y vas a mantener la tranquilidad —le pido con calma. ¿Por qué carajo le tiene que pasar esto a ella?

—No me asustes, Bau. ¿Qué pasó? —pregunta sentándose en la cama y como siempre que se pone nerviosa, empieza a sonarse los dedos.

—Mica, tu papá tuvo un accidente. Mi mamá lo atendió y me llamó para darme la noticia y pedirme que viajemos lo antes posible. Me pidió que no te dijera, pero como ya sabés no puedo ocultarte nada —le suelto de sopetón. Se pone pálida de golpe y sus manos se vuelven dos témpanos de hielo, se las aprieto con fuerza para hacerle ver que estoy a su lado.

—¿Está vivo? —pregunta susurrando. Tanto su voz como su cuerpo le tiritan al hablar. Sé que se imagina lo peor, puedo sentir desde mi posición como le late el corazón.

—Sí, amor, está vivo.

Mi mamá nos sacó pasajes en avión para que viajemos, tenemos que salir hacia el aeropuerto —le informo estrechándola entre mis brazos, sintiendo cómo su cuerpo tiembla como una hoja. Se larga a llorar con una fuerza arrolladora, me mata verla así. Le acaricio la espalda con suavidad, porque no sé qué más hacer—. Ya, princesa, no llores. Por favor, sabés que me mata verte sufrir, daría todo por no hacerte pasar por esta situación. Mantené la calma —le suplico con pesar. Que ella la mantenga, me va a ayudar a mí porque definitivamente yo no la tengo.

—No puedo, Bau. No puedo perder a mi papá cuando recién lo recuperé —me confiesa asustada. Mi pequeña no sabés cómo te entiendo, no te das una idea.

—Mirame, Mica, mirame —le exijo colocando una de mis manos en su mentón para hacer que lo haga—, no lo vas a perder, es un hombre fuerte, vas a ver que dentro de poco va a estar bien.

—¿Me lo prometés? —pide tratando de aferrase a algo que la convenza.

—Sabés que no puedo hacer eso. Sí puedo decirte, jurarte y prometerte que siempre voy a estar a tu lado. Te amo nena —le digo depositando suaves besos por toda su carita, absorbiendo sus lágrimas. Tratando de arrancarle el dolor que está sintiendo.

Unas horas más tarde, el avión en el cual viajamos aterriza en Mar del Plata. Hace un frío espantoso. Agosto es uno de los peores meses en esta ciudad.

Nos abrigamos bien antes de salir al exterior, porque el viento sopla con fuerza y está lloviendo torrencialmente.

Micaela está completamente distraída, imagino que su mente está en el hospital. El accidente de su padre la tiene asustada, pero algo más la está perturbando, lo puedo ver en su mirada. Espero que la causa no sea la demente esa que Brandon tiene como novia, porque sé bien que a Mica le pone los pelos de punta. Esa mina; como ella la llama por no usar algo peor, es una odiosa, una engreída, y en más de una oportunidad intentó poner a Brandon en su contra, inventando mentiras y diciendo que la relación que tiene conmigo la perjudica, es insoportable. Textuales palabras de mi novia.

El sonido de una bocina me saca de mis pensamientos, ni siquiera había reparado en que ya estamos fuera del aeropuerto. A lo lejos veo a Alejo, el mejor amigo de su padre. Mi mamá seguramente está descansando así que nos pareció buena idea pedirle a él que nos recogiera. La llamada lo tomó desprevenido porque tanto para él como para los demás ella no sabía nada, así que por suerte no se negó y vino. Si bien se lo escuchaba desconcertado, sé que jamás le diría que no a esa muchachita de ojos color miel que lo tiene comiendo de su mano.

—Hola, tío —le dice lanzándose a sus brazos y él la recibe encantado devolviéndole el abrazo.

—Hola, pequeña. ¡Qué grande estás! —le contesta divertido, sabe que ella odia que la llamen así.

—Eh, yo también estoy acá —interrumpo su abrazo porque ya me estaba molestando. ¿Qué le voy a hacer? Soy demasiado celoso. Alejo larga una carcajada y choca su puño con el mío.

—Hola, pibe. Más te vale que hayas cuidado bien de mi sobrina —me advierte en tono divertido.

—Ya no soy una niña, sé cuidarme y dejen de hablar como si no estuviera acá —acota Micaela enojada

—Tío, ¿cómo esta mi papá? —le pregunta con preocupación.

—Ya sé que no sos una niña, pero para mí siempre serás mi niña de ojos color miel. Tu papá está estable, vamos que los médicos te podrán explicar mejor que yo —responde con adoración. Es impresionante.

—Lo está atendiendo Francesca, ¿no? —pregunta Mica. Esto parece un partido de tenis y yo un espectador. No creo que sea conveniente meterme, así que me mantengo al margen.

—Ella lo operó y ahora lo está atendiendo un médico clínico —dice dudoso—. ¿Cómo estás?

—Bien, Tío, un poco asustada. No quiero perder a mi papá —confiesa largándose a llorar. Quiero abrazarla y poder curar sus heridas, maldita sea, voy sentado en el asiento trasero así que solo puedo apretarle el hombro para hacerle ver que sigo a su lado. Apoya su mano sobre la mía y siento la suavidad de su piel, lástima que esa piel cálida ahora está fría como el hielo.

—No llores, tesoro. Tu padre es un hombre fuerte, va a salir adelante. Te lo prometo —afirma su tío con convicción y ella solo mueve la cabeza asintiendo

—Mica, ¿querés ir al hospital o vamos primero a la casa de mi madre? —le pregunto; espero que quiera ir a casa, sé que mi mamá va a poder calmarla.

—No sé, Bau, no quiero molestar a tu mamá y a la vez necesito hablar con ella para tranquilizarme.

«Lo sabía».

—No se habla más. Alejo, llevanos a lo de mi mamá —le ordeno sintiéndome más tranquilo.

Cuando entramos a casa, me encuentro con todo oscuro y en silencio. ¿Dónde estarán mis hermanos? Abro las cortinas para que entre un poco de luz natural. Todo está limpio y en orden. Ay, mamá, siempre vas a ser una maníaca de la limpieza, no puede ser posible que nunca haya nada tirado. Realmente la admiro. Trabaja muchísimo, les dedica tiempo a sus hijos y además atiende la casa. Es una mujer única y estoy orgulloso de ella.

Dejo a los demás en la cocina y subo a buscarla. La encuentro plácidamente dormida en su cama. Su cabello largo cubre toda la almohada y sus facciones están relajadas. Mi mamá es realmente hermosa. Me causa gracia ver que se durmió con el velador prendido; eso sí, el resto de la casa está completamente a oscuras. Con mucha delicadeza me acuesto a su lado y le acaricio el cabello con mucha suavidad para que se despierte.

—Ma, despertate. Ya estamos acá —le anuncio tratando de arrancarla de los brazos de Morfeo. Lentamente abre los ojos para mirarme fijamente.

Francesca

—Hola, bebé. Cuando eras un niño pequeñito te encantaba hacer lo mismo —le confieso con adoración. No sé en qué momento me habré quedado dormida, pero despertarme con sus mimos es lo mejor que me puede haber pasado.

—Hola, Ma. ¿De qué hablás? —me pregunta desconcertado.

—Desde los tres hasta los siete u ocho años te encantaba meterte en mi cama. Me acariciabas el pelo, y cuando no aguantabas más me despertabas. Siempre te ponías en la misma posición, exactamente como estás ahora, de frente a mí. Yo abría los ojos feliz con tus caricias. Hasta que un día mi bebé creció, y le pareció más divertido salir a jugar que acostarse con su mami. Eso sí, jamás dejaste de pasar y darme un beso —sin darme cuenta, unas pequeñas lágrimas resbalaron por mi rostro, lágrimas de felicidad. Tengo tantos recuerdos guardados de mis hijos, que jamás me canso de demostrarles que el amor va siempre por encima de todo.

—No me acordaba de eso. Sos una mujer maravillosa. ¿Cómo hacés para guardar tantos momentos en tu cabecita? —expresa con la voz temblando. No sé cómo lo hago, pero siempre logro darles la calma que necesitan. Supongo que será parte del paquete de madre.

—Hijo, los seres humanos nos alimentamos de emociones, sonrisas y situaciones vividas. Cuando estas son verdaderamente inolvidables perduran por siempre en uno. Tenés que aprender que el amor auténtico, vive por siempre. El amor de una madre o un padre hacia sus hijos es único, maravilloso e irremplazable. No existe amor más puro que este. Vos y tus hermanos son mi vida, la razón de mi existir. Mi corazón late al compás del de ustedes. Jamás olvides que siempre estaré a tu lado mencionando lo valiente que tenés que ser. Cada batalla de la vida se debe luchar con orgullo, con la cabeza en alto, no importa si la ganás o la perdés, yo siempre estaré ahí, caminando a tu lado —le digo mientras le acaricio la cabeza y el rostro con infinita ternura.

—Te amo. Gracias por ser la mejor madre del mundo, no sé qué haría sin vos —me agradece él a mí, cuando la que está agradecida soy yo—. Abajo está Mica con Alejo, no quería ir a ver a su padre sin hablar con vos. Está muy asustada, tiene miedo de perderlo.

Mi hijo acaba de confirmar mis temores. Sabía que me iba a desobedecer. A diferencia de lo que creía; eso no me enoja, al contrario, me hace sentir más orgullosa de lo que estaba porque que le haya dicho la verdad habla bien de él y de la relación que tienen.

—Pobre mi niña, no debería estar pasando por esto. Andá con ellos, ni bien esté lista, bajo —le pido con calma, una calma que estoy empezando a perder. Las imágenes de Brandon asaltando mi mente sin previo aviso me dan taquicardia.

Lo veo levantarse de la cama y caminar hacia la puerta. Se detiene antes de salir y se da la vuelta corriendo para llegar a mí. Se me tira encima y me da besos por toda la cara. Lo abrazo con fuerza y le devuelvo el doble de besos de los que el acaba de darme. Hasta que por fin se va y ahí sí me levanto y voy directo al baño, tengo que ducharme urgentemente. Tengo los músculos agarrotados, estoy cansada y bastante débil físicamente. Pasar tantas horas de pie trabajando y mal alimentada, tarde o temprano me pasan factura y si le sumo el estrés que me causó enterarme de que Brandon estuvo al borde de la muerte tengo la cuota casi completa. No sé cómo me mantengo parada.

No sé cuánto tiempo pasé bajo el agua pero lo necesitaba, ahora me siento mucho mejor. Me termino de secar a los pies de la cama pensando que ponerme. No tengo ganas de usar jeans, ni tacos ni nada que pueda incomodarme. Lo mejor va a ser una calza.

Entro al vestidor y me pongo la ropa interior mientras voy buscando con qué abrigarme. Elijo una calza color chocolate, una musculosa y un sweater beige con hilos dorados que va genial porque me llega por la mitad de la cola y para terminar mi atuendo me pongo unas pantubotas del mismo color que la parte de arriba. Es una de mis manías combinar los colores del calzado con lo que lleve arriba, no lo puedo evitar y aparte de eso, este calzado es lo mejor que han diseñado para el invierno y más para mí, que vivo con los pies congelados.

Me dejo el cabello suelto para no llevar la nuca al descubierto, no quiero pasar frío.

Del maquillaje ni hablar, no tengo ni ganas ni humor para eso. Me doy una última repasada en el espejo y salgo.

Cuando llego a la puerta de la cocina veo que Mica está sentada en un sillón mirando la nada, la noto nerviosa, angustiada, con su mirada perdida observando como poco a poco va cayendo la noche.

Alejo y Bautista charlan sobre los sucesos de la noche anterior. Así que me quedo quieta escuchando lo que dicen, quiero saber con exactitud qué pasó.

—No entiendo cómo llegó esa bala hasta él. No lo vimos venir, estaba todo tan oscuro que era imposible distinguirlos. No sé de dónde salieron, Bautista. Todo estaba marchando tal cual lo planeado, habíamos desmantelado a la banda de narcotraficantes con éxito, hace varios meses que le venimos siguiendo el rastro, por eso actuamos —le comenta con preocupación y culpa—. Lo habíamos conseguido, logramos agarrar a cada uno de ellos, pero cuando ya nos íbamos, recibimos varios disparos, una de esas balas le dio a Brandon —le confiesa cabizbajo.

—¿Y el chaleco? —pregunta mi hijo con intriga.

—No lo tenía puesto. Después de la muerte de Rocío, son pocas las veces que Brandon sale a los operativos con nosotros. No quería que pasara esto. Le aterra la idea de que le pase algo y dejar sola a su hija. Al ser nuestra autoridad no hace falta que lo haga, pero es tan cabeza dura que esa noche decidió venir y el muy idiota no se puso el chaleco antes de bajar del camión. Cuando se despierte se las verá conmigo —relató molesto.

No lo soporto más, ¿es que no se dan cuenta de que los está escuchando? Irrumpo en la cocina como alma que lleva el diablo directo hacia donde está sentada Micaela que ni bien nota mi presencia se refugia en mis brazos dejando que las lágrimas abandonen su cuerpo dándole tan solo un poco de alivio.

CAPÍTULO

Shhh, mi niña. No llores, tu padre va a estar bien —le aseguro con suavidad tratando de trasmitirle tranquilidad.

Su delgado cuerpo se sacude entre mis brazos por el llanto. Está aferrada a mi cintura con fuerza como si yo fuera su ancla en medio del mar. Es desgarrador sentirla sufrir así. La miro y leo en sus ojos el terror y la angustia que siente, aunque también puedo ver una leve esperanza.

Maldito hijo de puta el que emitió ese disparo, te maldigo una y mil veces.

Dejo que se descargue entre mis brazos hasta que la siento calmarse, y con mucha tranquilidad la vuelvo a sentar. Seco con una de mis manos sus lágrimas porque la otra la tiene agarrada con fuerza, pidiéndome en silencio que no la abandone. «Corazón, jamás te dejaría».

Miro la mesa de la cocina y ahí están mi hijo y Alejo, mirándonos con cara de sorpresa. Les devuelvo la mirada queriendo decirles que jamás entenderán nuestra conexión, y reprendiéndolos en silencio por ser tan descuidados. Dios, a veces los hombres se pasan de cuadrados.

—Mi amor, voy hacerte un té y vuelvo —le digo con paciencia a lo que ella solo me responde con un leve movimiento de cabeza. Deposito un dulce beso en la frente de Mica y me retiro a prepararle un té de tilo, necesito que se tranquilice para poder hablarle con sinceridad.

—Buenas tardes, Alejo —saludo amablemente. Me quedo observando y me doy cuenta de que desde esta mañana hasta ahora, su aspecto decayó terriblemente. Debajo de sus ojos asoman unas ojeras espantosas, su cabello luce más despeinado de lo normal y su mirada está perdida, triste y preocupada. Es en este momento cuando caigo a la realidad, dándome cuenta de que el accidente de Brandon afecta a todos mis seres queridos—. ¿Comiste? —le suelto la pregunta en un tono demasiado borde, me enferma que las personas no se cuiden como deben.

—Hola, Fran. Eh no, no he comido nada desde anoche, de hecho no tengo hambre —me contesta firmemente desviando su mirada a cualquier parte de la cocina. Está evitando mirarme a los ojos y eso me molesta mucho.

—Te voy a decir algo, a Brandon no le gustaría verte en este estado y a Julieta menos, así que si no querés que en este mismísimo momento la llame, haceme el favor de ir a darte un baño. Bautista puede prestarte ropa, mientras la tuya se lava y se seca, mientras tanto voy a preparar algo para cenar. Ya te aviso que no acepto un no como respuesta —espeto con tono amenazador, apuntándolo con un dedo.

—A sus órdenes, capitán —expresa haciendo su saludo habitual. Sale de la cocina acompañado de mi hijo y yo aprovecho este momento de soledad para dedicarle toda mi atención a mi niña.

Preparo el té, poniéndolo sobre una bandeja con algunas galletas caseras, esta chiquilla tiene que comer algo y es mi deber cuidarla. Me acerco a ella y dejo la bandeja sobre una mesita baja que está entre los sillones al frente de la ventana que da al patio trasero de mi casa. Su mente está lejos de nosotros, así que con una mano acaricio su mejilla, trayéndola de vuelta a nuestro lado.

—¿Por qué tiene que pasarme todo esto a mí? —me pregunta con la voz temblorosa. Mi corazón se encoge, si pudiera evitarle este sufrimiento lo haría encantada.

—Princesa, son situaciones de la vida que uno debe aprender a sobrellevar. Tu padre está vivo, eso es lo más importante y en unas semanas va a estar bien. Solo tenés que esperar un poco para verlo despierto.

—¿Cómo está? Necesito que seas sincera conmigo, por favor, Fran —me suplica mirándome a los ojos.

—Siempre voy a ser sincera con vos, por más dura que sea la realidad jamás te mentiría. Ahora quiero que tomes tu té y comas al menos una o dos galletas, mientras yo te cuento, ¿sí?

—Gracias —me contesta asintiendo con su cabecita.

—Mica, tu padre entró al quirófano muy grave. Le dieron un disparo en el abdomen, la bala perforó el intestino. Lamentablemente perdió mucha sangre a causa de una hemorragia interna y tuve que hacerle una colostomía transitoria. Necesita que la herida interna sane lo antes posible para poder retirarle los sedantes y que vuelva a la realidad. Yo no voy a mentirte, por eso mismo voy a decirte que es muy probable que el coma inducido demore en ser revertido. Puede ser que esté días, semanas o meses dormido, eso no lo sabremos con exactitud hasta que pase un poco de tiempo —le conté todo con sumo cuidado, analizando cada una de sus reacciones. Ella, al estar interesada en la medicina se la pasaba horas leyendo y consultándome cosas, así que ya sabía qué era la famosa colostomía, por eso mismo no hizo falta que entrara en detalles.

—Ahora que lo escucho de tu boca estoy más tranquila. Confío en vos y sé que jamás me vas a mentir. ¿Puedo contarte algo? —me dice distraída removiendo el poco té que queda en la taza.

—Sí, hija, decime —la noto ansiosa y hasta un poco perturbada, pero intuyo que esta vez no se trata directamente sobre la salud de su padre.

—Es sobre la novia de mi papá —escupe de golpe. «Mierda qué le habrá hecho esa ardilla maldita».

—¿Qué te hizo esa mujer? —interrumpo su repentino silencio llamando su atención al completo.

—¿La conocés? —me pregunta sorprendida.

Deja la taza en la bandeja y observo cómo se lleva la mano a la boca, está intentando comerse las uñas. Intercepto su mano y le doy un leve apretón, infundiéndole ánimos para que hable.

—Sí, la conocí en el hospital. Ahora contame qué pasó con ella —ordeno sin tapujos.

—Es una víbora. No hace más que intentar poner a mi padre en mi contra. ¿Podés creer que hasta fue capaz de insinuar que Bauti no es buena influencia para mí? —cuando termina de decir las últimas palabras, creo que voy a estallar.

«¿Cómo mierda esa estúpida es capaz de hablar así de mi hijo? ¡Ah no, querida! Esta sí que no te la dejo pasar, ya me vas a escuchar, definitivamente no sabe dónde se está metiendo».

—Prácticamente se mudó a mi casa, se cree que puede mandar sobre mí. Se la pasa queriendo darme órdenes y lo peor es que cuando está mi padre se hace la buenita, dejándome a mí como la mala de la película —continua hablando, es como si algo en su interior se hubiera abierto porque veo en sus ojos determinación, está dispuesta contarme todo lo que le sucede con respecto a la ardilla.

—¿Desde cuándo te trata así?

—Un día yo estaba tirada en el sillón de casa estudiando para una prueba de biología, y como estaba tan concentrada me olvidé de lavar los platos y poner la ropa a lavar. Ella llegó como pancho por su casa, entró, me miró y ni me saludó. Cuando llegó a la cocina, comenzó a gritar, me decía que era una irresponsable, una mantenida y lo último que dijo fue: si yo fuera la borracha de tu madre, ya te habría dado una buena paliza, para que aprendas a cumplir con tus deberes. Se acercó a mí y me dio una cachetada. Desde ese día no ha parado de agredirme. Te juro Fran que yo trato de evitarla, pero ella siempre me está buscando. Ya no sé qué hacer, no quiero que mi padre se enoje conmigo, me aterra que él comience a escucharla y me prohíba estar con tu hijo —me confiesa todo esto tan de repente, que no caigo hasta que siento unas lágrimas que se escapan de mis ojos.

Cómo es posible que esa mujer trate así a una adolescente que hace poco perdió a su madre, diciéndole esas cosas. Encima se atreve a pegarle. Se pasó de la raya, definitivamente esto no va a quedar así, ya me va a escuchar.

—Hija, tendrías que haber hablado con tu padre, él debería haber estado al tanto de esto. De todas formas ella no es quién para tratarte así. Yo me voy a encargar de decirle unas cuantas cosas. Te vas a quedar en casa hasta que tu padre esté recuperado, bajo ninguna circunstancia vas a convivir con esa mujer —tuve que hacerme de todo mi autocontrol, quiero patear todo, pero sobre todo, me pican las manos, quiero cachetear a esa idiota.

—¿Por qué no hablaste con nosotros sobre lo que estaba pasando? —la pregunta de Alejo nos saca de nuestro silencio, logrando que ambas nos sobresaltemos. Él y Bautista nos están mirando enfurecidos. Me pongo de pie dispuesta a interceder por ella en caso de que sea necesario.

—Amor, podés contestar la pregunta de tu tío —le ordena mi hijo en un tono nada amigable, su mirada es fría, está muy enojado, lo que no sé es hacia quién va dirigido ese enojo. Sin acobardarse, ella les hace frente y con su cabeza en alto les contesta.

—Porque no se me dio la gana. Ustedes —les dice apuntándolos con el dedo—, no se habrían callado y yo no tengo ninguna prueba que avale lo que digo, no sé si mi papá habría creído lo que pasaba. Son impulsivos, calentones y sobreprotectores, por eso no les conté. No quiero problemas, saben bien que odio la violencia ya sea verbal o física —expone lo que piensa sin reparos, ellos solo la observan sorprendidos por su repentino ataque de furia, internamente la aplaudo, no tiene que dejarse intimidar por ningún hombre. ¡¡Hurra para mi niña!!

—Debiste contarme lo que pasaba, yo tenía que cuidarte, protegerte —interrumpe mi hijo, acercándose a ella, la toma entre sus brazos y le dice—: No quiero que vuelvas a ocultarme nada, por favor, Mica, prometémelo.

—Te lo prometo —le contesta dándole un pequeño beso. «No pueden ser más lindos».

—Micaela Santamarina, no hay excusas que valgan. Que sea la primera y última vez que me ocultás algo así. Soy tu padrino; si tu padre no está yo seré quien te cuide y si él está, también. No voy a permitir que esa loca vuelva a estar cerca tuyo —exclama Alejo enojado. Me causa gracia verlo en ese plan—. Ey, soltá, que es mi ahijada y yo tengo más derecho que vos, mocoso —le dice a mi hijo apuntándolo con un dedo, usando ese tono de burla que él odia.

Bautista le devuelve una mirada que no es nada amigable, le da un beso en la coronilla y la deja ir. Mica se refugia en los brazos de Alejo, él le dice unas palabras al oído y ella sonríe, me hace feliz verla sonreír.

—Hija, no quiero interrumpir, pero tengo que saber qué querés hacer. ¿Vas a ir al hospital ahora o esperás a mañana?

—Creo que voy a esperar hasta mañana, necesito descansar y reponer energías. Mi padre me necesita entera.

—Es la mejor decisión, princesa —acota Bauti en plan protector.

—Sí, Miky, es mejor que descanses, mañana te paso a buscar y vamos juntos al hospital.

—No, padrino, no hace falta. Voy con Fran y Bauti. ¿Sí?

—Sí —contestamos mi hijo y yo al unísono—. Al final no preparé nada para cenar. ¿Pedimos algo?

—Pizza —dicen los tres a la vez, estallando en carcajadas. Ni que se hubieran puesto de acuerdo.

—Ok. Vayan pidiendo, voy a llamar a mi mamá —me retiro de la cocina directo a mi oficina.

Debo reconocer que este es mi lugar, lo amo. Dediqué muchísimo tiempo a su decoración, cada rincón está hecho con pasión. Lo hice pintar en colores pastel, logrando que el ambiente sea luminoso, relajante y fresco.

Los muebles son de madera caoba, aún hoy recuerdo cuando me encapriché con ellos. Fue amor a primera vista, es que son tan finos, tienen un acabado perfecto y su color, su color es lo más maravilloso, sus tonos se mezclan desde un rojo oscuro, pasando por un borgoña hasta fundirse en un acabado más claro, es único.

Las cortinas que surcan el gran ventanal que ocupa toda una pared son de color arena, la mayor parte del tiempo están sujetas por un grueso cordón que yo misma realicé, permitiendo que cada rayo de sol se refleje aquí dentro.

Un gran sofá Augusta de pana color marfil se encuentra debajo de la ventana, es cómodo, mullido y elegante. Podría pasarme horas, sentada entre los almohadones color bordó que lo engalanan leyendo algún libro.

Una gran biblioteca ocupa toda una pared, repleta de libros de medicina, enciclopedias de mis hijos, eso sí, la mayor parte está ocupada por libros de literatura, novelas románticas, eróticas, policiales, de acción, resumiendo: de todo un poco. Estos son mi mundo, amo leer, es una adicción.

Tuve la suerte de conocer a varias escritoras en estos años, así que la gran mayoría están autografiados y dedicados hacia mi persona. Una parte de esa pared lleva guardados dentro de una vitrina los premios que gané a lo largo de mi carrera. Para mí es un orgullo verlos todos los días, más que nada porque me recuerdan que tengo que seguir aprendiendo día a día.

Este ambiente al igual que las habitaciones, está alfombrado, dándome la dicha de poder andar descalza. En cada pared libre hay una foto de mis niños; de hecho, una pared entera está decorada con fotos de ellos. Desde que nacieron, hasta a la actualidad cada año un fotógrafo les toma fotos para seguir sumando a mi rincón.

Me siento en el sofá y recorro con la mirada cada detalle de este lugar, sintiendo una paz que en otro espacio no consigo. Este es mío, es mi espacio, el único lugar donde mi mente tiene libertad absoluta, donde me permito soñar despierta.

Capítulo

Hoy el día está asqueroso, llueve y hace mucho frío, este invierno está siendo muy crudo en la ciudad.

Esta mañana me levanté directo a preparar el desayuno. Los pequeños están con mi madre, con tanto traqueteo en casa prefiero que estén con ella para mantenerlos alejados de tanto drama.

Desayunamos todos juntos ya que Alejo se quedó en casa, quiere estar junto a Mica todo el tiempo que pueda. Es impresionante verlos interactuar, se llevan de maravilla. Ver a mi niña más relajada me llena de orgullo. No tengo palabras para describir lo que siento hacia Micaela, esa pequeña me robó el corazón.

Un rato más tarde estoy guardando mi vehículo en el estacionamiento del hospital y bajamos en silencio. Una vez en la puerta, les pregunto si quieren ir directo a la terapia o prefieren esperarme, como era sabido Mica me informa que me esperarán en la sala de ese sector. Quiere que en todo momento yo esté a su lado, dice que le trasmito seguridad y calma. Es tan linda.

Llego a mi consultorio y cuando estoy por entrar, la voz de mi secretaria me detiene.

—Doctora D'Angelo, que bueno que ya llegó. El director me acaba de llamar, la quiere ver en su oficina lo antes posible.

—Buenos días, Verónica. ¿Sabés por qué quiere verme con tanta urgencia? —le pregunto sorprendida.

—Disculpe que no la saludé, es que estoy nerviosa. Al señor se lo escuchaba muy ofuscado, solo me dijo eso, no me dio un motivo.

—Está bien, llamá a su secretaria y decile que en cinco minutos estoy ahí. Pasale mis citas a otro cirujano, no sé cuanto voy a demorar con esta reunión. También llamá a terapia y que le informen a mi hijo que tengo un asunto que resolver, que decidan ellos qué quieren hacer —se queda mirándome como si tuviera dos cabezas.

—¿Su hijo? ¿Qué hace Bautista en la terapia? —inquiere sorprendida.

—Verónica haz lo que te pedí y haceme el favor de no ser tan entrometida —espeto enfadada. Que el director me esté llamando con tanta urgencia me parece muy raro. En el camino hacia su oficina me dedico a repasar todo lo que sucedió en estos días, no tuve fallas, hice mi trabajo al pie de la letra, no entiendo para qué quiere verme. Solo espero que no sean malas noticias.

Su secretaria me anuncia, dándome permiso para entrar. Marcos Valenzuela es el director del hospital, un hombre de cuarenta y cinco años que le saca el aire a cualquier mujer.

Es altísimo, tiene el cabello rubio a la altura de los hombros, siempre lo lleva peinado hacia atrás. Sus ojos son impresionantes, de un color aguamarina único. Mejor ni hablemos de su físico porque es espléndido, debe dedicarle muchas horas al gimnasio para mantenerse en ese estado. Hace más de un año que se divorció y por lo que sé, está soltero.

Tomó el lugar de su padre cuando este se jubiló, y debo admitir que hace su trabajo perfectamente, el hospital avanzó y mejoró muchísimo desde que él está al mando. Se aclara la garganta divertido, ya que otra vez me quedé mirándolo. «¡Dios qué vergüenza!».

—Buenos días, doctora D'Angelo —anuncia con su voz varonil, ronca.

—Buenos días, doctor Valenzuela. Mi secretaria me informó que necesitaba verme. ¿Qué precisa?

«Mierda desde cuando me tiembla la voz al hablar. Francesca no seas idiota, compostura».

—Tome asiento, doctora. Tenemos que hablar —expresa serio. Esto no me gusta nada, se me hace que lo que tiene para decirme va a dejarme helada.

Tomo asiento y dejo mi bolso en la silla de al lado, ya que mi madre siempre dice que dejar la cartera en el suelo es miseria. Inspiro hondo, posando mi mirada en la suya. ¡Qué impresionantes son sus ojos!

—Ya estoy acá. ¿Me puede decir qué pasa? Porque sinceramente estoy desconcertada.

—Antes que nada, reemplacemos el usted por el vos, es muy molesto tratarnos con tanta formalidad —dice muy tranquilo, esbozando una sonrisa de medio lado que me deja atontada.

—Como quieras —contesto ante su pedido, a cada minuto que pasa me siento más nerviosa.

—Francesca, lo que voy a decirte no te va a gustar. Ayer en la tarde recibí una queja presentada por la prometida de un paciente. La señora Rosso María Sol pidió que no te acerques a su prometido, alegando que su estado de coma fue provocado adrede.

»Puso el nombre de esta institución en riesgo, diciendo que los profesionales que trabajan acá son incompetentes, maleducados y poco profesionales. Por otro lado me informó que en el pasado, el paciente Santamarina Brandon mantuvo una relación con vos, según ella, él te dejó y por eso te desquitaste de esta forma —no puedo creer lo que estoy escuchando, esa maldita zorra se pasó de la raya. Abro la boca para decir algo en mi defensa pero Marcos no me lo permite—. Dejame terminar de hablar —exige molesto—, como sabrás yo no puedo permitir que esta señora inicie acciones legales, por lo tanto hice un trato con ella. Más allá de eso me tomé el trabajo de revisar la historia clínica del paciente y hablé con el equipo que te acompañó en el quirófano, no vi ni escuché ninguna irregularidad, tus compañeros hablan maravillas de tu trabajo y yo mismo revisé al paciente para asegurarme de que todo estuviera bien.

»De todas maneras no me quedó otra opción que tomar la decisión de separarte de tu cargo hasta que esto esté solucionado. Lamento mucho todo esto Francesca, sinceramente me costó muchísimo llegar a esta resolución. Espero que esto se arregle lo antes posible, no me favorece en nada suspenderte. Sos una de las mejores del país, por eso mismo que esto quede entre estas cuatro paredes en cierta forma también te favorece.

—¿Me estás hablando en serio? Marcos, nos conocemos bien, sabés que soy intachable, no pueden hacerme esto —apenas soy capaz de hablar en susurros, no pueden sacarme mi puesto, esto no puede pasarme a mí.

Esa maldita me las va a pagar, no sabe con quién se metió, la voy a hundir, no; mejor la mato. ¡Hija de puta! La odio. Sin darme cuenta, las lágrimas que hace segundos estaban luchando por salir comienzan a caer, las compuertas se abrieron, estoy rota, devastada. Jamás imaginé que esto pudiera sucederme.

—Fran, quiero escuchar tu versión. Esto no es definitivo. Le dije a la junta directiva que habías pedido una licencia. Mi intención no es manchar tu carrera, todo lo contrario, fui testigo más de una vez de cómo realizás tu trabajo, yo mejor que nadie sé que sos perfecta.

—Nada de lo que digas justifica lo que estás haciendo. Esa perra se está saliendo con la suya y vos estás siendo su cómplice. ¿Querés escuchar mi versión? Bien, te la cuento: Brandon Santamarina es mi consuegro y aparte de eso hace unos meses tuvimos algo que se acabó cuando nos enteramos que nuestros hijos tienen una relación. Su hija es una adolescente maravillosa, que a principios de este año se quedó sin madre. Pasa mucho tiempo en mi casa ya que su padre trabaja demasiado y cuando el no está; "su prometida" la maltrata. Amo a esa niña como si fuera mía, jamás la lastimaría y dejame decirte que esto que está pasando la lastima muchísimo, espero que con esto te quede claro que yo no hice lo que esa mujer está diciendo.

Nos quedamos en silencio, en la cara de Marcos se refleja la sorpresa por lo que acabo de contarle. Sabe que está cometiendo un error así como yo sé que no va a remediarlo. En este preciso momento me doy cuenta de que nadie es indispensable, yo saldré por esa puerta y otra entrará en mi lugar. Él no me asegura nada y yo tengo que mantener a mis hijos.

Acabo de tomar una decisión, la primera de muchas que terminará con el giro que quiero para mi vida. Me pongo de pie con toda la seguridad de la que soy capaz, mientras que con voz fuerte y segura anuncio lo que acabo de decidir.

—Renuncio.

—¿Qué? Te volviste loca. No podés renunciar, Francesca —suplica nervioso, caminando de un lado para otro.

—Vos —le digo apuntándolo con el dedo—, preferís creerle a una loca antes que a mí. No tengo por qué estar soportando que pongan en duda mi nombre y no voy a permitir que ensucien mi carrera. Así que ya escuchaste: RE-NUN-CIO —mi voz subió varios tonos, la furia está creciendo cada vez más y en cualquier momento exploto—. En media hora tendrás todo por escrito junto con mis credenciales sobre tu escritorio —se queda estático mirándome, sé que quiere frenarme, lo que no sabe es cómo hacerlo.

—Fran por favor, no podés renunciar. Este es tu lugar. Desde que te recibiste estás trabajando acá, amás este hospital tanto como yo, y todo tu equipo es parte de él. Pensá bien las cosas antes de hacerlas, no te dejes llevar por la bronca.

—Si tu padre estuviera al frente, nada de esto habría pasado. La decisión está tomada. Hasta pronto, Marcos —le anuncio saliendo de su oficina con la cabeza en alto, manteniendo mi orgullo intacto.

Abro mi WhatsApp mientras salgo a las corridas de esa maldita oficina. Tengo que hablar con alguien sobre lo que acaba de pasar y nadie mejor que ellas para entenderme.

¡¡Buen día, mis locas!! Tengo mucho para contarles. ¿Están?

¡¡¡Hola, Fran!!! ¿Cómo estás? ¿Qué pasó? —**saluda July.**

Hola, bella. ¡¡Acá estamos!! —**dice Debo.**

🟢 Hola, Amiga... ¿Qué pasó? —**pregunta Gabriela.**

🟢 Ey, nena. ¿Cómo está todo? —**pregunta Magui.**

🟢 Las necesito. Acabo de renunciar a mi trabajo. Estoy enojada; enojada es poco, estoy FURIOSA. Esa puta barata presentó una queja en mi contra alegando que el estado de Brandon es mi culpa, el idiota de Marcos me suspendió y yo le contesté renunciando. ¡La voy a matar!

🟢 ¿Qué? ¿Te volviste loca?

🟢 Sí, me volví loca Gaby, tan loca que voy a matarla.

🟢 ¿A quién vas a matar? Pará, porque no entiendo nada.

🟢 A la novia de Brandon. A la ardilla.

🟢 Francesca te das cuenta de que le das el gusto a esa zorra. No renuncies —**sugiere Magui.**

🟢 Ya está hecho, estoy a punto de redactar mi carta de renuncia. Eso sí, esa maldita no se la lleva de arriba. Esta me la paga.

🟢 ¿Qué estás diciendo? Grrrrrr me tomaría un avión para agarrar de los pelos a esa ardilla maldita. Tenemos que hacer algo. Esto no se puede quedar así —**dice Debo.**

🟢 Obvio que no se va quedar así. Si la mato, Gaby va a tener que viajar para defenderme.

🟢 Vos no te preocupes. La ley es bastante manipulable y podemos hacer varias cosas. Lo primero, tranquilízate y pone en modo off tu instinto asesino porque si seguís echando humo, ni Burlando te salva. Pero...

pero como yo le tengo unas ganas tremendas a la perra cara de ardilla, voy a ser tu asesora legal en esto y obvio tu cómplice. Alegamos que la agresión fue realizada bajo una emoción violenta. Estabas en estado de estrés post traumático luego de la actitud mal intencionada de la demandante (que sería la zorra de Sol). También podemos alegar que tenés un poco desequilibradas las ideas, seguro que con eso te bajan los años de condena y sumando a eso tenés garantías constitucionales de las que podemos valernos para demostrar fehacientemente que tu accionar fue impulsado por su actitud. ¡Con eso estamos listas! Además…. Para ese entonces ella ya puede estar siendo comida para peces en el mar. ¿Qué te parece Fran? ¿La matamos?

Acá estoy, justo estaba ocupada por eso no contesté antes. No puedo creer lo que estoy leyendo. Esa mina está loca del todo.

Hola Ely. Créelo porque es lo que está pasando. Esperen que no es todo, hay más. Gaby, me encanta tu defensa. Sin duda eres una puta genio, estás contratada.

¿Más? ¿En serio?

Síííí, mucho mássss.

Desembuchá ya —**pide July.**

Se atrevió a levantarle la mano a Micaela. La muy puta la trata mal y la insulta. Anoche mi niña me contó todo. Se podrán imaginar que yo quiero comérmela cruda.

Ah no, esto es el colmo. Esa está completamente loca. Fran no permitas que se acerque a Miky.

Débora, obvio que no se lo voy a permitir; esa, hoy mismo me va a conocer.

Pueden dejar de tirar leña al fuego. No cambian más. En vez de tranquilizarla le dan más manija. Fran déjala correr. No vale la pena, no te rebajes. Por una vez en tu vida escúchame. Gabriela, deberías aconsejarle que no cometa locuras, en vez de armarle una defensa. ¡Están locas!

Siempre te escucho, Magui, pero esta vez no lo puedo dejar pasar. Se metió con mi trabajo, ensució mi nombre y encima maltrata a mi nuera. Mica es una adolescente, ustedes mejor que nadie saben que solo tiene a su padre, no voy a dejar que se lo arrebate. Es una loba con piel de cordero y yo la voy a esquilar.

Magui no seas tan estirada.

No soy estirada, Ely. Soy ubicada, uso mi cabeza para pensar y analizar. Ustedes se dejan llevar por impulsos y esos no las llevan a ningún lado.

¡Ya! No empiecen a discutir. Acá hay que buscar una solución. Todas sabemos que Fran habla literalmente, es incapaz de matar a una mosca, así que no sería capaz de matar a una persona.

No sé, July, yo en su lugar contrataría un sicario para que haga el trabajo —saludó Alex.

¡¡Miren, apareció el ojo de las *Chicas Grey*!! Ya me parecía raro que no opinaras.

Fran, querida, sabes que yo veo todo. Estaba dándole vueltas a unas ideas que se vinieron a mi maravillosa cabecita.

¡¡¡Hola mensa!!! ¿Nos comentas tus ideas? —dice Debo.

📱 Se me ocurren varias cosas.... Primero, la secuestramos, atamos unas piedras a sus pies y la ahogamos viva jajajajajajaja. En serio están todas re chaladas. Tenés que actuar en frío, Fran, armá una buena estrategia. Es hora de que recuperes lo que es tuyo con inteligencia, correla a un lado demostrando que miente. ¡Desenmascarala!

📱 Ay, chicas, les juro que me estoy volviendo loca. Enamorada de un hombre que es mi consuegro y encima está comprometido. Me prohíben verlo. Renuncio a mi trabajo. Su hija busca apoyo continuo en mí y ahora cómo le explico que yo no puedo atender a su padre, ella confía en mí ciegamente. ¡Estoy jodida! Mi vida es una mierda. Las dejo, tengo que arreglar estos papeles. Las quiero con mi vida. Gracias por ser mi apoyo. Besos.

Miro por última vez mi consultorio, estas cuatros paredes fueron mi segunda casa, me vieron reír, llorar, y dentro de ellas cuidé y atendí a muchos pacientes. Recojo mis pertenencias, fotos, dibujos, cartas, papeles, miles de recuerdos que serán sepultados en una simple caja de cartón. Es triste darse cuenta que nadie es imprescindible, siempre creí que me jubilaría dentro de este hospital. En cambio, hoy me estoy yendo, dejándole mi adorado puesto a una persona cualquiera. Solo espero que sepan elegir bien a mi reemplazante, no cualquiera puede llevar adelante el departamento de cirujanos.

Con lágrimas en los ojos me despido de mi secretaria, dejándole todo lo que me pertenecía junto a mi carta de renuncia para que se la entregue a Marcos.

Salgo al estacionamiento y dejo las cajas en la camioneta.

La entrada al hospital no pueden prohibírmela así que nada ni nadie me detendrá, es el horario de visita, seguramente esa maldita debe estar dentro. Que se prepare porque acaba de despertar a la fiera.

CAPÍTULO

Decidida a todo, camino por los pasillos del hospital. Lo primero que me preguntan muchos de mis colegas al cruzarme, es por qué no estoy trabajando. Amablemente les explico que ya no formo parte del personal. Más de uno se queda sin palabras ante tal confesión.

Entro a la sala de espera y la recorro con mi mirada hasta que doy con lo que buscaba.

La sangre me hierve, me pican las manos y mi sed de venganza aumenta con cada respiración. Por mi cabeza solo pasan imágenes de diferentes escenarios asesinando a la ardilla.

Camino hacia ella con paso firme y cuando tan solo la tengo a uno o dos metros, un cuerpo se interpone en mi camino. Me sujeta por los brazos, impidiendo que llegue a cumplir mi propósito.

—Fran, ¿qué vas hacer? —me pregunta con tono suave, calmado.

—La voy a matar.

—Te volviste loca, estás en tu lugar de trabajo.

—Alejo, ¡soltame ya! No trabajo más en este hospital. Así que no hay nada que me impida destrozar a esa zorra —digo con furia. Me vuelve a sujetar con fuerza tratando de tranquilizarme. Una tarea casi imposible en este momento.

—No cometas ninguna locura, ¡afuera está tu hijo! —exclama suplicando.

—¡Que me sueltes te dije! —le ordeno liberándome de su abrazo—. Alejo, acabo de perder mi trabajo por su culpa, le pegó a Micaela y está comprometida con Brandon. Esto no va a quedar así.

—Así que la pendeja ya fue con el cuento —acota la ardilla llena de malicia interrumpiendo nuestro intercambio.

Me doy vuelta decidida a darle una trompada cuando nuevamente soy interrumpida.

—¿Qué pasó, doctorcita? ¿Ya la echaron? —pregunta irónica.

—No, pedazo de engendro, no me echaron. Te voy a decir algo. Que sea la primera y la última vez que le levantás la mano a Micaela, no sos nadie, me escuchás: nadie —le escupo prácticamente sobre su rostro.

—Sí, y ¿quién me lo va impedir? ¿Vos? No me hagas reír.

—No, yo no, su padre.

—Tengo a Brandon comiendo de mi mano, no les va a creer.

—Si Brandon no te lo impide, lo voy a hacer yo. Alejate de mi ahijada. ¿Entendido? —le advierte Alejo en un tono nada amigable, la presencia y la rudeza de su voz provocan miedo en cualquier individuo.

—No te metas, Alejo, sos sapo de otro pozo. Esa pendeja es una malcriada, la borracha de su madre no supo hacer su trabajo y su padre menos. Cuando me case con Brandon, me voy a ocupar de educarla.

—¿Por qué mierda no te educás vos? Estás loca, demente. Ah… Otra cosita, está por verse si te casás con Brandon, yo que vos no estaría tan segura —comento con burla mirándola altivamente. Provocándola, gozando de sus nervios.

—No me busques idiota, no sabés con quién te metés —me amenaza perdiendo los papeles.

—No, estúpida, la que no sabe con quién se mete sos vos. Dejanos tranquilos y no habrá problemas, ¿ok? No sabés la que te espera, querida.

—Andate a la mierda —suelta de sopetón dándose media vuelta y dejándonos con la palabra en la boca.

La satisfacción que siento es única, ahora tengo como demostrar que Mica no miente.

—Ale, ¿lo grabaste todo? —le pregunto ansiosa.

—Sí, Fran, lo tengo todo. Ahora solo queda esperar —me responde un poco cabizbajo.

—Tranquilo, pronto va a despertar. Está en buenas manos, acá lo van a cuidar bien —afirmo queriendo demostrarle a mi amigo que estoy segura de lo que digo, por más que no exista esa seguridad porque solo el tiempo dirá si él debe o no despertar.

—¿Cómo se te ocurrió que podíamos grabarla?

—Después de pensar un buen rato, llegué a la conclusión de que esta mina está mal de la cabeza. Pensé… pensé y pensé hasta que se me ocurrió esto. En un momento te juro que quise arrancarle todos los pelos o matarla, pero mi yo interior es más inteligente y se frenó. Te digo algo Ale, el poder de la mente humana no deja de sorprenderme.

—¿Por qué? —interrumpe sonriente, divertido.

—Preparate porque te vas a reír mucho —pronuncio frotándome las manos—. Mejor vamos afuera. Necesito salir de este hospital y fumarme un cigarrillo.

Tomamos asiento en el café de la esquina, ese mismo que tantas veces fue mi lugar de despeje.

Le cuento todo lo que hablé esta mañana con las chicas y Alejo no para de reírse, así como tampoco sale de su asombro. Me dice que somos una panda de locas y que se nota cuanto nos queremos.

Me doy cuenta de que está perdido por July, ama a mi amiga con todo su corazón. No se cansa de repetir que el espíritu libre que posee lo tiene hechizado.

—Fran, necesito hacerte una pregunta, pero tenés que ser completamente sincera conmigo —me dice nervioso.

—No me asustes, hasta te pusiste pálido —comento intrigada.

—Quiero hacerle una propuesta a July y no sé cómo hacerlo, tengo miedo que su respuesta sea negativa —me cuesta no reírme, es muy cómico ver como se inquieta a causa de lo que quiere decirme.

—¡No me digas! ¿Le vas a pedir que se case con vos? —le pregunto burlándome.

—Podés dejar de tomarme el pelo. Sabés que no le pediría matrimonio, sé muy bien su postura con respecto a esa clase de acontecimientos. No soy idiota —me responde molesto. ¡Qué poco sentido del humor!

—Bueno, no te enojes, era una joda. ¡No seas amargado!

—No me enojé. Volvamos a lo que importa, no me interrumpas —exige con seguridad.

—Ok, cierro la boca —le digo haciendo con mis dedos un broche imaginario sobre los labios.

—Desde hace varias semanas se me está complicando viajar a verla, como ya sabés es muy difícil que ella pueda venir todos los fines de semana, ya que su trabajo se lo impide. Hablé con mi superior y le pedí el traspaso de base. Me fue negado.

»Así que después de pensarlo mucho y darle millones de vueltas llegué a una conclusión. La única solución para que podamos estar juntos es que ella se venga a vivir conmigo. —«Suerte con eso»—. Quiero proponerle que abra un jardín acá, estoy dispuesto a darle el dinero que haga falta para que se instale en esta ciudad y pueda manejar todo estando a mi lado. Lo único que me impide que se lo proponga es el miedo a que su respuesta sea un no. No sé qué hacer, te juro que estoy desesperado. Lo hablé con Brandon antes que pasara todo esto y él me dijo que no sea cobarde. Que él no está al pie del cañón, que lo que tengo que hacer es buscar un sí de su parte. Sos la única que puede darme un consejo que valga porque al ser una de sus mejores amigas sé que no te vas a equivocar —lo observo en silencio estudiando cada una de sus expresiones. No tengo dudas sobre el amor que sienten el uno por el otro, así que le voy a contestar con total sinceridad.

—Te voy a ser sincera, muchas veces hablamos de esto con July, hace unos años estaba decidida a mudarse, pero el banco le negó el crédito así que todo quedó en la nada. Su hijo ya está grande, vive solo y es independiente, no creo que tenga motivos para negarse, eso sí, tené en cuenta que le va a costar mucho aceptar tu dinero. July es muy terca, y no le gusta que le regalen las cosas, está acostumbrada a luchar por lo que quiere y vos la debés conocer muy bien. Dale para adelante y proponéselo. Estoy de acuerdo con Brandon, así que andá a buscar tu sí. Estoy segura de que te lo dará.

—Gracias, Fran. No sabés el alivio que acabás de darme. Esta noche la llamo y se lo digo —me anuncia plenamente feliz.

—Ale, tengo que ir a buscar a mis hijos. Le avisás a Bautista que me fui y que después nos vemos en casa. Por favor no le digas nada de todo lo que pasó, quiero ser yo quien se lo diga.

Nos despedimos con un abrazo sincero, cargado de cariño y una vez más le doy ánimos para que de ese paso tan importante que cambiará sus vidas.

CAPÍTULO

Para mí no hay nada más satisfactorio que pasar tiempo junto a mis hijos. Tener a los tres en casa me hace sentir completamente feliz. Eso sí, no puedo dejar de pensar en mi militar, a cada hora me encuentro preguntándome cómo estará.

Ya pasaron dos semanas desde el accidente y diariamente hablo con mis excolegas para informarme de las mejorías de Brandon, sus cicatrices internas ya sanaron y pronto será intervenido nuevamente para revertir la colostomía. Esas son muy, pero muy buenas noticias, porque eso quiere decir que pronto despertará.

En este último tiempo, no pararon de llegar las propuestas de trabajo. No habían pasado ni dos días, cuando se corrió la voz sobre mi renuncia y, ni bien se supo, las clínicas y hospitales de la ciudad comenzaron una dura pelea para tenerme entre sus empleados.

Decidí tomarme unos meses de descanso. No estoy segura de cuánto tiempo me llevará volver a trabajar, quiero aprovechar al máximo esta oportunidad para estar más tiempo al pendiente de mi familia.

Varios días después…

El día de la intervención llegó y no puedo quedarme en mi casa, necesito verlo antes de que vuelva a estar tendido sobre una mesa de operaciones. Esta mañana muy temprano hablé con mis ex compañeros y todos estuvieron de acuerdo en ayudarme.

Así es como en este preciso momento me encuentro en la puerta de su habitación. Tomo una larga bocanada de aire tratando de infundirme el valor necesario para abrir esa puerta y ver al amor de mi vida.

Cuento hasta tres y entro. La habitación está en silencio, el único sonido que se escucha es el de los monitores que controlan sus signos vitales.

Me acerco lentamente a su cama temblando completamente por culpa de los nervios que tengo. Mi corazón bombea a mil por segundo, y no puedo dejar de sentir miedo, ese miedo que me orilla a imaginarme las peores cosas. Sé que las consecuencias del coma podrían ser devastadoras.

¿Y si él no me recuerda? Esa maldita pregunta me está carcomiendo la cabeza hace días. Aunque eso no sería tan malo, lo que más me aterra es que elija a la ardilla.

Coloco la silla junto a su cama y me quedo observándolo. Se lo ve en paz, perdido en sus sueños. Lo noto mucho más delgado. El cabello y la barba le crecieron más de lo normal y eso lo hace ver más rebelde aunque esté dormido. No podría ser más hermoso, es tan inalcanzable que me da miedo sentir tanto por él. Por eso me aferro a la idea de que me escuche cuando le abra mi corazón.

—Hola, mi amor —le susurro tomando su mano—, no sé si serás capaz de escucharme, pero tengo esta terrible necesidad de confesarte cómo me siento —añado suspirando—, no pasó un día sin que haya pensado en vos. Miles de veces estuve a punto de llamarte, pero mi cobardía me vencía.

»El día de tu accidente tuve un maldito presentimiento, como si algo o alguien trataran de advertirme que algo malo iba a pasar, obviamente no le presté atención, hasta que descubrí que eras el paciente que había estado a punto de perder. Cuando salí a la sala de espera y me encontré con tu nombre en la historia clínica, sentí que me moría, jamás había sentido tanto dolor, ni siquiera cuando murió Leonardo me sentí así. Después de eso, todo fue oscuridad, la sorpresa que me llevé al comprobar que habías continuado con tu vida me golpeó duro, me enojé, me sentí engañada, hasta que me di cuenta de que eso lo provoqué yo al alejarme de tu lado y ahí me di cuenta de que estoy dispuesta a luchar, mi amor —me quedo en silencio, acariciando esa mano que tantas caricias me regaló—. Esa mujer con la que estás comprometido es mala, manipuladora y egoísta. Maltrató a Mica psicológicamente y físicamente y mi niña, por miedo a que no le creyeras se calló, hasta que no pudo más y me lo confesó.

»Tu hija te necesita, no podés abandonarla. Cuando te despiertes y estés recuperado, tenemos pruebas para demostrar lo que esa mala mujer hizo. No voy a perder el poco tiempo que me queda a tu lado hablando de ella, tengo algo más para decirte antes de marcharme —anuncio con seguridad, sabiendo que después de estas palabras tengo que abandonar esta habitación—. ¿Recordás aquella mañana donde nos juramos amarnos en silencio? Yo sí la recuerdo, la llevo grabada a fuego en mi piel. La suavidad de tus manos y la fuerza de tu amor me mantienen en pie, no pierdo la esperanza de que elegirás vivir a mi lado. Volvé a mí Brandon, no puedo vivir en un mundo donde no estés, sé que sueno egoísta, pero te necesito de pie para seguir luchando. Tu ausencia me está matando.

Lentamente me pongo de pie y me acerco a sus labios. Deposito un delicado beso en ellos, un beso cargado de amor. Un beso en el cual le transmito toda mi fuerza para que salga de ese quirófano, un quirófano donde no puedo estar para traerlo de vuelta a mi lado.

Al salir del hospital, enciendo mi celular y aparecen unas cincuenta llamadas perdidas que me paralizan. Débora estuvo tratando de localizarme. «¿Qué le habrá pasado?», me pregunto preocupada.

—Nena, ¿qué pasó? —le suelto ni bien me atiende.

—Fran, ¿dónde estás? Necesito hablar con vos, estoy en la puerta de tu casa.

—¿Qué? Ya estoy yendo para ahí, no te muevas.

Camino rápidamente hasta la camioneta, me subo y salgo disparada hacia mi casa. No puedo dejar de pensar en cuál será el motivo de mi amiga para viajar sin avisar.

Al llegar, la encuentro sentada en la puerta, hecha un mar de lágrimas. Me bajo y corro a su encuentro. Nos fundimos en un abrazo y así abrazadas entramos a la casa en completo silencio. La conduzco hacia la cocina y la hago tomar asiento en una de las sillas sin entender qué sucede.

La incertidumbre me está volviendo loca pero yo mejor que nadie, sé que tengo que darle su espacio hasta que pueda hablar. Ella es así, cuando algo le sucede se toma su tiempo para procesarlo y después desecharlo.

—Tengo un atraso de dos meses —escupe de repente—, no me animo a realizar la prueba sola, por eso vine.

«Ok, me acaba de dejar estupefacta».

—¿Qué? ¡¿Me estás diciendo que viajaste hasta acá para hacerte un puto Evatest!? —le grito sin piedad, no puedo creer que haya hecho esta locura.

—Sí, Fran, mi hermana está de viaje y no sabía a quién recurrir. Tengo miedo —me confiesa entre sollozos. Me acerco y la vuelvo a tomar entre mis brazos.

—Perdón, soy una bruta. Me tomaste de sorpresa, no me esperaba esa confesión. ¿Querés un té? —me disculpo llena de culpa.

—No, amiga, no me entra nada en el estómago, lo tengo completamente cerrado. Mejor hagamos esa bendita prueba así salgo de dudas de una puta vez, porque los nervios me están consumiendo —sentencia temblado—. ¿Me acompañás?

—Obvio, vamos al baño —le contesto tomándola de la mano y juntas caminamos en busca de la confirmación que cambiará la vida de Débora.

Cinco minutos después, Débora, temblorosa y miedosa retira la tapa del dispositivo, descubriendo dos rayitas rosadas que le confirman que en pocos meses tendrá un bebé en sus brazos.

—Estoy embarazada —me dice en voz alta como si yo no lo hubiera visto con mis propios ojos—, voy a ser mamá, le voy a dar un bebé a mi gran amor —confiesa llorando de felicidad.

—¡Felicidades! —anuncio dando saltitos de emoción, mientras que mi amiga está estática asimilando la noticia.

CAPÍTULO

Al fin comienza a salir el sol después de la tormenta. La operación de Brandon fue un éxito y él, poco a poco va despertando. Estoy al tanto de cada cambio, de todos los estudios y de cada avance que va haciendo, esa es la única forma que tengo de mantenerme cerca.

No puedo dejar de pensar en las últimas palabras que le dediqué ese día. Sé que no hay nada que demuestre lo contrario, por eso albergo la esperanza de que me haya escuchado.

La ansiedad me está consumiendo, no veo la hora de que le den alta para poder acercarme y verlo. Tengo la necesidad de sentir la calidez de sus brazos y la pasión de sus besos. La urgencia de gritarle al mundo que estoy enamorada de ese hombre me está asfixiando.

Por otro lado, me siento feliz por el embarazo y la próxima mudanza de mi amiga, saber que pronto la voy a tener cerca para poder disfrutar de su bebé me llena de alegría. Y eso no es todo, ayer me enteré que July aceptó mudarse con Alejo. Así que en breve, las tres podremos vernos a diario. Lo que hace tantos años planeamos, al fin está llegando.

Hoy es un día muy importante para mí, ya que decidí aceptar una entrevista de trabajo. Me siento preparada para retomar mi profesión, creo que va siendo hora de que vuelva a ser yo. Por eso en este momento me encuentro bajando de mi camioneta, rumbo a mi entrevista.

Soy consciente de cada una de las miradas que me llevo cuando entro a la clínica, eso me da la seguridad de que mi vestimenta es la adecuada para este momento. Esta mañana a la hora de vestirme estuve absolutamente desconcertada, hasta que de tanto revolver en mi vestidor di con este conjunto que es maravilloso y se ajusta a mis curvas perfectamente, dándome un aire sensual y a la vez profesional. Los pantalones negros de gabardina corte chupín logran que mis piernas se vean interminables, no puedo obviar que eso es gracias a los altísimos stilettos que acabo de estrenar. Lo acompañé con una camisa blanca de raso con cuello cerrado y un bléiser negro de la misma tela que el pantalón. El cabello me lo até en una cola desordenada que me da el aspecto juvenil necesario, me puse un poco de maquillaje y voilá, el resultado es todo un éxito.

Me anuncio con la secretaria del director, y ella me pide que tome asiento, porque el doctor Gonzales se encuentra demorado en una reunión. Solo espero que no se tarde mucho, los nervios están empezando a dar sus primeras señales.

Media hora más tarde, un hombre de avanzada edad se acerca a mí presentándose como el doctor Gonzales y pidiendo disculpas por la demora.

Entramos a su oficina y me invita a tomar asiento. No tardo en hacerlo, mis piernas me pueden jugar una mala pasada y no quiero terminar dando un espectáculo nada favorecedor.

—Disculpe la demora doctora D'Angelo, era necesario dar por terminada esa reunión hoy sí o sí. ¿Le gustaría tomar algo mientras charlamos? —me pregunta amablemente.

—No tiene por qué disculparse doctor, si no es mucha molestia, me gustaría tomar un café —expreso con seguridad, ocultando mis manos que están temblando como locas.

Levanta su teléfono y le pide dos cafés a su secretaria y le ordena que nadie nos interrumpa.

—Bueno, primero déjeme decirle que es más hermosa en persona. Me hablaron maravillas de usted, por eso tomé la decisión de ofrecerle el puesto —comenta convencido.

—Gracias por el halago. Me alegra saber que le hablaron bien de mí, y de mi trabajo. Fue una sorpresa su propuesta, por eso mismo no dudé en venir a esta reunión. Ahora si le parece, cuénteme mejor de qué se trata —relato impaciente, últimamente no estoy llevándome nada bien con los cumplidos. Cuando está por comenzar a hablar, unos golpes en la puerta lo interrumpen.

—Adelante —anuncia. Su secretaria entra, deja la bandeja sobre el escritorio y se retira —sírvase doctora—. Tomo el pocillo con mis manos y le pongo un sobre de edulcorante. Lo llevo a mis labios, y lo saboreo con gusto, el sabor de este café es maravilloso. Automáticamente la cafeína ayuda a relajarme, dándome la posibilidad de escuchar atentamente lo que está por decir.

—Ahora sí podremos hablar tranquilos —asegura sonriendo—, como verá ya estoy un poco mayor y quiero descansar, por eso mismo después de analizarlo detenidamente, decidí retirarme de mi puesto. Lamentablemente ninguno de mis hijos siguió mis pasos, así que no me queda otra opción que proponer a alguien externo para este puesto. Después de meses de búsqueda, me llegó un rumor que alegró mis días, obviamente me aseguré de que era completamente verdadero y por eso la llamamos. La comisión directiva de esta institución estuvo de acuerdo en que usted es la indicada para ocupar mi lugar y llevar adelante la dirección de esta clínica.

«¡Mierda! No lo puedo creer, este hombre me está proponiendo que sea directora de una clínica. ¡Dios! Cuando me llamaron estaba creída que era para ofrecerme empleo como cirujana, jamás me imaginé esto».

—Doctora D´Angelo, ¿me escuchó?

—Sí, doctor, disculpe es que no me imaginé que esta era la propuesta —le contesto anonadada.

«Madre mía, ¿y ahora qué hago? No sé si estoy preparada para semejante responsabilidad. ¿Qué hago? ¿Qué hago?».

—Por lo que puedo ver, está sorprendida. No necesita darme una respuesta ahora, piénselo y mañana me llama. Eso sí, que no pase de mañana. ¿Le parece si hablamos de los honorarios? —me pregunta con total y absoluta tranquilidad, mientras que yo, no sé si quiero salir corriendo o ponerme a saltar.

—La verdad es que me ha dejado sin palabras. Le agradezco mucho que me haya tenido en cuenta para el puesto, no va a hacer falta que espere hasta mañana porque al final de esta reunión le daré una respuesta. Hablemos del sueldo y los horarios por favor —sentencio hablando rápido y firme.

—Los horarios son variables, puede ser que un día esté un rato, otro doce horas y capaz que al siguiente deba estar veinticuatro horas. No le voy a mentir, este puesto puede ser muy esclavo y sobretodo el primer tiempo. En cuanto al sueldo, usted empezaría cobrando cuarenta mil pesos.

«¿Qué? ¡Ay, dios! ¡Ay, dios! Me va a dar algo».

—Respire, doctora. ¿Se encuentra bien? —me pregunta asustado.

—Sí, sí estoy bien, continúe por favor.

—Como le decía, durante el primer tiempo, ese será su sueldo; después se le sumarán algunos plus, que hacen que ese monto se eleve bastante —asegura, mirándome atentamente—. Esta pasaría a ser su oficina y junto a usted trabajaría la comisión directiva, siempre con usted a la cabeza. Llegó la hora de la verdad. ¿Se siente capacitada para aceptar este puesto doctora D'Angelo? —me quedo petrificada preguntándome internamente si estoy preparada para tomar tantas responsabilidades.

En este momento de mi vida no sé si sería lo correcto, pero no puedo obviar todo lo que este puesto trae consigo. Es un cambio de aire, algo distinto. Digamos que es algo que no cualquiera recibe, por algo me llamaron a mí. Eso quiere decir que me creen capaz, que confían en mí para que dirija este lugar, y yo no sé qué carajo hacer. Estoy entre la espada y la pared, una vez más el miedo me ata, me acorrala y no sé si seré capaz de ahuyentarlo. Esa neblina causada por los nervios que me produce el miedo es disipada por la mirada más pura, fuerte y atrapante que vi en mi vida. Pareciera que en este momento lo tengo en frente diciéndome esas palabras que tanto me embobaron: "Cachorrita, sos una mujer única, maravillosa, pero sobre todo sos fuerte. Tan fuerte como el viento de un tornado. Todo lo que te propongas lo lograrás, no te rindas, siempre estaré apoyándote".

Recordar esas palabras era lo que necesitaba para aceptar este puesto.

—Sí, doctor Gonzales estoy capacitada para aceptar su propuesta —aseguro firme y concreta.

—No esperaba menos de usted. Desde un primer momento supe que era la indicada —comenta poniéndose de pie y extendiendo su mano hacia mí.

—Gracias por su confianza, espero contar con usted si lo necesito —respondo tomando su mano y dándole un apretón cariñoso, apretón que él devuelve con firmeza.

Capítulo

La primavera llegó, trayendo plena seguridad a mi vida laboral. Tan solo hace unas cuantas semanas que dirijo esta clínica y ya me siento en casa. Reconozco que no es una tarea fácil, así y todo me encanta. Aquí se respira aire fresco, el personal es amable y gracias al cielo no me dan dolores de cabeza. Quedaron atrás las guardias estresantes y la adrenalina del quirófano; obviamente lo extraño, es difícil pelear con la tentación de sentir otra vez el frío metal de los instrumentos en mi mano.

Solo hay una cosa que perturba mis días, mejor dicho, una persona, un hombre de ojos marrones que un día me robó el aliento y la razón. No lo volví a ver, pero sigo manteniéndome al tanto de su estado de salud, lo cual me da tranquilidad.

Hoy recibe el alta, ya está totalmente recuperado y según me contaron, desborda energía. Dicen que cuenta con más vitalidad que antes y que emana fuerza por sus poros. Su hija está feliz, sigue viviendo en mi casa, porque el problema que la aleja de su hogar no está solucionado. La maldita ardilla sigue ahí, asechando y asegurándose de que nada va a cambiar. Es una víbora, ojalá un día de estos se muerda la lengua y se envenene.

Con mis amigas instaladas acá me siento fuerte para enfrentar lo que se venga, no sé qué decisión tomará Brandon, solo sé que estoy dispuesta a gritarle al mundo que estoy enamorada de él. Después de una dura discusión logré convencer a Alejo, él es el indicado para contarle y mostrarle las pruebas. Yo no quiero estar presente cuando se decepcione de su prometida. Mentira, lo que no quiero es decepcionarme, me hice la idea de que él está enamorado de ella; de lo contrario, sería imposible que colocara un anillo en su dedo. En momentos como este me siento una idiota, yo acá suspirando por él, llorando por su amor y él hace unos meses le propuso matrimonio a otra. Eso debería alcanzarme para aceptar que no me ama, pero no me alcanza, hay algo dentro de mí que me lleva a pensar lo contrario.

No sé si será el recuerdo de sus palabras, o la intensidad de las mismas, pero mi tonto corazón asegura que él me ama. Jamás pensé que a esta edad me iba a estar sintiendo como una adolescente, me odio, odio sentirme perdida, confundida y herida. El amor es un asco. Mi mente pide a gritos silencio, y mi corazón llora enjaulado por mi tosco militar.

Camino a casa, me propongo dejar todo lo malo fuera de mi hogar. Seguir dedicándome a mis hijos y amigos, es la mejor medicina para mi loco corazón. Ellos compensan y llenan los vacíos que dejaron los dos hombres que descontrolaron mi vida.

Al entrar, todo está en silencio. Mis diablitos ya están durmiendo, ahora me gustaría saber dónde está mi mamá. Hoy más que nunca necesito uno de sus abrazos de oso. Recorro la casa y la encuentro dormida en el jardín de invierno con un libro en su regazo. Su rostro está relajado, algunas arrugas enmarcan sus facciones, demostrando el paso de los años y dejando ver las secuelas de la triste vida que le tocó vivir. Tengo que agradecerle a ella por cada sonrisa dada, por cada palabra de aliento, por cada herida curada. Mi madre es un ser especial. Siempre irradió luz, su personalidad es única y su alma es libre. A sus casi sesenta años, sigue disfrutando de su vida sin límites. Sinceramente la envidio, ojalá hubiera heredado tan solo un poco de su valor. Me acerco y le doy un beso en la frente, automáticamente abre sus ojos, dejándome ver el espectacular color que los cubre, otra cosa que hubiera querido heredar de ella, sus iris negros como la noche.

—Hola, mamita —le digo dándole un abrazo.

—Hola, hija. Tu mirada está triste. ¿Pasó algo? —me pregunta alargando su abrazo, transmitiéndome el calor que tanto necesito.

—La vida pasa, mamá. Se me escurre como arena entre los dedos y no encuentro la felicidad absoluta —le comento acurrucándome en su falda, como cuando era una niña pequeña.

—¡Ay mi niña! La vida es el regalo más preciado que tenemos. La felicidad debe ser construida por uno mismo, es un sentimiento que nace desde lo más profundo del corazón —me explica acariciando mi cabello.

—Mamá, ¿puedo contarte algo?

—Sí, hija, lo que quieras.

—Primero prometeme que esto no va a salir de acá y que me vas a escuchar sin interrumpirme.

—Te lo prometo —me dice poniendo su mano sobre el corazón.

—En el verano, cuando vinieron las chicas, conocimos a un grupo de militares. Entre ellos había uno que se llama Brandon, al principio me cayó un poco mal, me parecía egocéntrico, eso sí, me atrajo automáticamente, había algo en su mirada que me cautivó, parecía que podía leer mi alma. Una noche, nos dejamos llevar y estuvimos juntos. Al siguiente día, se comportó como un idiota, me hizo enfurecer y después de eso hice todo para evitarlo, a pesar de no verlo, no podía sacarlo de mi mente, su mirada me perseguía hasta en los sueños. Hubo un día que no pudiste venir a cuidar a los niños. ¿Te acordás?

—Sí, hija —confirma asintiendo con su cabeza.

—Ese fin de semana nos invitaron a una estancia que está en las afueras de Mar del Plata. Cuando llegamos, el auto de Bautista estaba ahí, él casualmente me había dicho que pasaría esos días en la casa de su suegro, enseguida até los cabos sueltos y me di cuenta en dónde estábamos. Esa estancia es de Brandon, y él es el padre de Micaela. Fue tanta la impresión que me dio, que me desmayé. Cuando desperté estaba recostada en un sillón dentro de la casa, hablé brevemente con Bautista y cuando él me dejó sola, entró Brandon. Me besó como nunca lo habían hecho, con tanta pasión y cariño que mis barreras se terminaron de romper. En ese momento me di cuenta que lo nuestro no podía ser, es el padre de mi nuera y si lo nuestro salía mal, ellos saldrían perjudicados. Ya era tarde ma, no podía borrar de mi corazón lo que estaba sintiendo. Le pedí que no me buscara, traté de hacerle entender que no podíamos estar juntos, él accedió y creí que con eso bastaría, pero más tarde me di cuenta de que me estaba mintiendo a mí misma, y volví a caer en sus brazos.

»La mañana antes de regresar a casa, la pasamos juntos, amándonos en silencio, demostrando con besos y caricias lo que estábamos sintiendo; esa mañana, la lluvia fue testigo de la profundidad de nuestro amor. Nos despedimos y prometimos no volver a caer —mi madre me escuchaba atentamente, no me interrumpió. Cuando levanté la vista, me di cuenta de que estaba llorando—. ¿Por qué lloras? —le pregunto suavemente, atrapando una lágrima que caía por su mejilla.

—Ay, hija, es tan hermoso lo que me estás contando. No entiendo por qué lo alejaste de tu lado. Las relaciones se construyen de a dos, y vos usaste a los chicos como excusa. Te acorraló el miedo, no debés dejar que la inseguridad te ate. Esta clase de amor se cruza en nuestro camino una sola vez. Si dejás pasar el tren, no hay vuelta atrás —pronuncia con seguridad.

—Ya es tarde, mami. Se va a casar y eso solo quiere decir una cosa, está enamorado de ella —aseguro con tristeza dejando que las lágrimas se escapen sin siquiera intentar contenerlas. Ahora que las compuertas se abrieron ya no hay quien las cierre.

—No sé si lo que voy a decir está bien o mal, Francesca: nunca es tarde. No te olvides que vos lo orillaste a esto. Cada piedra es colocada estratégicamente en el camino para que uno tropiece y caiga, pero sabés bien que bajo ningún concepto tenés que quedarte en el piso, te levantás y seguís luchando. Vos, mi ángel, te caíste y te levantaste varias veces en este camino, solo tenés que encontrar la forma de hacerlo una vez más. Escuchá a tu corazón hija, él te guiará.

¿Cómo llegamos hasta aquí? No lo sé. ¿Qué hacemos hoy aquí? Eso si lo sé. Estamos festejando una boda y no una boda cualquiera, una boda doble. Así es, mis dos locas cometieron la locura de casarse. Una de ellas a sus treinta y nueve años por fin encontró ese amor con el que siempre soñó, ese amor que le robó la cordura, que la hace sonreír, suspirar y que la hace completamente feliz.

La otra a sus treinta y siete años, dejó todo por su reciente marido. Embarazada de cuatro meses y nada menos que de gemelos. La veo radiante y sonríe como nunca en su vida.

Nos encontramos en un barco en el medio del mar, festejando con los recién casados. Se puede decir que estamos en familia, ya que los invitados somos pocos y la mayoría nos conocemos.

Hace casi un año, cada una de ellas creía que la vida era lo que tenían, hoy puedo asegurar que vida es la que llevan ahora, que están construyendo un camino paso a paso con los hombres de sus sueños. Alguna que otra vez le pidieron a Dios que les regale a sus hombres literarios y hoy los tienen. El destino les concedió sus deseos, y yo no puedo ser más feliz. Ellas son parte de mí, son mis hermanas en este camino y no puedo hacer otra cosa que agradecer por tenerlas.

Un rato más tarde, con varias copas de más, nos encontramos bailando y gritando a todo pulmón al son de Enrique Iglesias que está cantando El perdón. Por un momento todas las miradas son puestas en mi persona: me hago la boluda, tratando de esquivar el tsunami de sentimientos que golpea mi corazón.

Se estarán preguntando qué fue de mí, les paso a contar: Sigo dedicando mi tiempo al trabajo y obviamente a mis hijos, mis pequeños diablitos son mi felicidad. Mi madre se mudó a mi casa, así que me siento acompañada. Bautista volvió a La Plata y Micaela tiene su propio departamento, ya que su padre así lo quiso, me hubiera gustado que se quedara en casa y así poder cuidarla pero a él no le pareció buena idea.

En lo demás hay poco para contar, mi corazón sigue latiendo porque tengo que vivir, pero dejé de sentir hace mucho tiempo, cuando las barreras volvieron a fortalecerse para no romperse nunca más.

Brandon se enteró de toda la verdad y decidió seguir adelante con su compromiso. No hubo una llamada, ni un mensaje nada que me alentara a luchar por él, absolutamente nada y no lo volví a ver, hasta hoy. Admito que verlo me destrozó, pero eso solo lo sé yo, frente a los ojos ajenos volví a ser la Francesca que algún día fui.

Nadie, salvo mi madre, sabe lo que sentí, nadie sabe cómo me afectó su decisión. Me volví una gran mentirosa, aunque no sé si esa es la palabra correcta. Aprendí a demostrarles a los demás lo que ellos quieren ver, aprendí a decir las palabras que quieren escuchar, pero sobre todo aprendí a ocultar mis verdaderos sentimientos, no sé si eso es bueno o malo, pero es lo que mejor me sale. Si él siguió con su vida, yo también me merecía seguir con la mía y eso estoy haciendo.

Por ahora no me permito abrirme a nuevas relaciones, me centré en las personas que verdaderamente me quieren. No estoy preparada para dejar entrar a nadie en mi vida, si es que a esto se le puede llamar vida. Tengo una rutina marcada, a la que me aferro con uñas y dientes, nada de lo que hago es espontáneo, ya no. Me quedé con los mejores recuerdos, guardando cada beso en mi memoria, y por la noche me permito derramar algunas lágrimas por las caricias que ya no tengo ni tendré.

Muchas veces me encuentro preguntándome cómo habría sido si él me hubiera elegido, lamentablemente son preguntas que no tienen respuestas, son preguntas vacías, que solo logran enterrar un poco más mi corazón. Me resigné.

Cuando termina la canción, me doy cuenta que estoy llorando. Quiero darme la cabeza contra algo, cuando veo que Brandon me está mirando, esos ojos que algún día me miraron con amor, hoy me miran con dolor, su mirada está vacía. Por unos minutos nos quedamos observándonos, nos sumergimos en lo profundo de nuestras almas, buscando algo que no quiere salir a flote. Podría dejarle ver lo que siento, pero no estoy dispuesta a permitirlo.

Camino hasta una de las mesas y me siento bajo su atento escrutinio. Sin dejar de mirarme se va acercando a mí y yo solo quiero huir, no quiero tenerlo cerca, no quiero escuchar su voz, no quiero oler su aroma. Por algún extraño motivo mi cuerpo no obedece las órdenes que le doy y me quedo paralizada esperando por algo que no quiero vivir.

—Hola, Francesca. ¿Cómo estás? —me pregunta colocándose a mi lado sin dejar de mirarme.

—Hola, Brandon. Bien, ¿y vos? —le contesto automáticamente como si fuera un robot, dirigiendo mi vista hacia la pista de baile donde las dos parejas de tórtolos hacen su primer baile como marido y mujer.

—Bien. ¿Te puedo hacer una pregunta?

«No, no podés. Andate, alejate de mí, no me lastimes una vez más».

—Sí, decime.

«Estúpida, estúpida. Ahora es cuando tenés que ser fuerte e irte de su vista». Me reprendo a mí misma, como si eso sirviera de algo.

—¿Por qué estabas llorando? Ni se te ocurra mentirme, a mí no —me advierte colocando su mano en mi mejilla, para que lo mire a los ojos.

«Si pudiera desnudar mi alma, te lo diría. ¿Cómo hago para decirte todo lo que siento?, ¿será que así podré dejarte atrás?».

—No tengo por qué mentirte, ni a vos ni a nadie. Sabés que podría obviar tu pregunta, pero soy tan educada que no lo haré. Estaba llorando de felicidad, ver a mis amigas tan plenas, me puso sensible.

—No, no... No estabas llorando de felicidad, estabas llorando con tristeza, tu mente estaba lejos. Los minutos que duró esa canción, no estabas acá. No trates de hacerme creer lo contrario, vi los sentimientos que pasaron por tus ojos —asegura interrumpiendo mi mentira a medias.

—Sinceramente me importa muy poco lo que digas. No sos quien para cuestionar mis respuestas y hace mucho que tu opinión dejó de importarme —sentencio con seguridad.

«¡Ay, amor! Si supieras cuanto me duele ser borde contigo».

—¡Auch! Eso dolió. Francesca sé que no soy quien para cuestionarte, no lo pude evitar. Verte tan vulnerable, me partió el corazón —me confiesa apenado.

—¡Mirá si serás hipócrita! ¿Que te partí el corazón? No seas mentiroso. Creo que jamás te importé y dudo que eso pase ahora. ¿Querés saber lo que siento? Bien, te lo voy a decir. No siento nada, Brandon, estoy vacía. Mientras vos seguiste con tu vida, yo traté de recomponer la mía. No vengas ahora a decir que mis lágrimas te lastiman, porque no te creo. No creo en ninguna de tus palabras —mi tono de voz ha subido varios decibeles, estoy empezando a enojarme y eso no es bueno, tengo tanto acumulado que si llego a explotar, se arma y de lo lindo.

—¡Mierda! Ahora me doy cuenta de cuánto te lastimé. No me va a alcanzar la vida para pedirte perdón. Tenés que darme la oportunidad de explicarte qué fue lo que pasó, por favor Francesca, escuchame —a medida que las palabras salen de su boca, soy consciente del dolor que trasmite su voz. Una vez más mis fuerzas comienzan a flaquear, no puedo dejarlo entrar, no esta vez.

«Idiota, no seas idiota, se va a casar, nada de lo que diga cambiará eso».

—No sé si quiero escucharte. Nada de esto va a cambiar, así que no creo que valga la pena arriesgarme. Lo mejor va a ser que me dejes en paz, continúa con tu vida Brandon y dejame seguir con la mía —sentencio con tristeza.

—No la amo, Francesca. Ella no es la mujer de mi vida, solo hay un motivo, un maldito motivo que me orilló a cometer esta locura.

—¡No me importa! ¿No entendés? No quiero escucharte, no quiero saber tu motivo, no quiero saber nada. ¡Entendelo! —le grito interrumpiendo su vil discurso. Me pongo de pie dispuesta a marcharme de su lado y automáticamente me imita.

En un rápido movimiento me sujeta los brazos con sus grandes manos, impidiendo que pueda moverme. Su tacto en mi piel desnuda, me causa escalofríos. Maldigo la hora que decidí ponerme este vestido. Maldito encaje que deja al descubierto mi piel, dejándole ver los efectos que su toque causa en mí.

—¡Haceme el favor de soltarme! No sos quien para retenerme, no quiero verte, no quiero escucharte, por favor, dejame ir —le suplico agotando la poca paciencia que me queda.

—¡No! No voy a dejarte ir, esta vez vas a escucharme, te guste o no —ordena rudo y fuerte, con seguridad, ejerciendo un poco más de presión en mis brazos temblorosos.

—¡Bien! ¿¡Querés que te escuche!? Lo haré. No quiero dar que hablar, y si seguís agarrándome así, la gente sacará conclusiones erróneas. Soltame y vamos afuera, ahí tendremos más privacidad —expreso fuera de eje, ya no hay forma de parar el maremoto que se formó amenazando con arrasar con todo lo que se encuentre en mi camino.

CAPÍTULO

Al pasar la puerta hacia el exterior, la brisa marina golpea mis extremidades, logrando que mi piel se erice por completo. Una vez más maldigo este vestido tan escotado, no sé en qué estaba pensando cuando lo elegí. Camino lentamente en dirección a la proa del barco, sintiendo sus fuertes pisadas que me siguen.

La vista desde este lugar es impresionante, no hay palabras que le hagan honor a tal belleza. Los colores se van fundiendo unos con otros a medida que el sol se va escondiendo más y más. Desde aquí nada parece imposible, la puesta de sol se encuentra tan cerca, tan maravillosa, que es posible soñar con lo inimaginable. La tranquilidad que me trasmite el mar, logra que mi mal humor se vaya disipando poco a poco, dejándome ver con claridad la situación que se me presenta.

A mi lado, Brandon me observa fijamente analizando mis reacciones. Sé que está buscando las palabras adecuadas para empezar a hablar y no sé si estoy preparada para seguir escuchando sus excusas.

—Vamos Brandon, hablá. No quiero demorar mucho, estar acá me hace perder el tiempo que podría estar disfrutando con mi familia —relato de forma automática, dejando de lado los sentimientos que pelean por salir a flote. Tengo la necesidad de herirlo, quiero que sepa lo que se siente.

—Francesca, no trates de herirme, te aseguro que no hay nada que me duela más que esta situación. No sabés cómo me siento, esto no es fácil —confiesa dejando que su mirada se pierda en el horizonte. Habla con dolor, su voz denota derrota.

—Si nos encontramos en esta situación es porque vos así lo quisiste, nadie te pidió que hablaras conmigo, nadie te obligó a acercarte a mí. No entiendo que querés, podrías haberte quedado en tu espacio, no hacía falta esto —le aclaro gesticulando con mi manos—, sé claro de una vez por todas, el tiempo sigue corriendo y dejame decirte que no se recupera, así que hablá de una vez o me voy.

Y una mierda la tranquilidad, este hombre siempre logra sacar mi bronca a la luz. Lo veo suspirar y se gira hacia mí, recostando el peso de su cuerpo sobre la barandilla. Tengo que reconocer que su belleza sigue sacándome el aire. Por una razón que desconozco se volvió a cortar el cabello y lleva una barba de tres o cuatro días, que le queda espectacular. Está vestido con un conjunto de pantalón y chaleco de vestir color gris, debajo lleva una camisa blanca con los primeros botones desprendidos y las mangas arremangadas, dejando ver la suave piel de su pecho y brazos. No puedo evitar recordar las veces que mis manos acariciaron esos pectorales, y que las suyas recorrieron cada rincón de mi cuerpo. No puedo evitar excitarme al verlo tan apuesto, tan sexy, tan hombre.

Sacudo levemente mi cabeza para ahuyentar los pensamientos pervertidos que asaltan mi mente. Lo descubro escudriñando mi cuerpo con su mirada, deteniendo la vista en mis piernas y subiendo nuevamente para detenerla en mi pronunciado escote.

De repente, el aire se vuelve denso y una burbuja de deseo nos encierra, acelerando el ritmo de nuestra respiración. Sus ojos se oscurecen de deseo, su mirada me devora, calentando cada célula de mi organismo. Cierro mis ojos, rogándoles a todas las hadas que no se acerque; porque no soy capaz de rechazarlo en este momento.

Pasados unos segundos, los abro y me encuentro con su rostro a escasos centímetros del mío, estoy aprisionada entre su cuerpo y la baranda del barco, no tengo escapatoria. Sus labios carnosos entre abiertos me llaman, su lengua me tienta, el roce de su piel en mis brazos desnudos me produce una corriente eléctrica que se instala en mi vientre, despertando con su paso las mariposas que dormían plácidamente en mi estómago.

Mi boca seca pide a gritos sentir el sabor de su saliva, me debato entre mis sentimientos que me empujan a besarlo, a devorarlo, a perderme entre sus brazos y la parte racional de mi cerebro que me exige que pare con esto, que me recuerda una y otra vez que está comprometido, que se va a casar, que sus caricias le pertenecen a otra mujer. Reacciono y de un empujón logro romper la magia que nos envolvía.

—¿Qué buscás, Brandon? Terminá con esto de una vez por todas —le exijo secamente.

—¡Perdón! No debí acercarme así. No dejo de cagarla con vos, soy una bestia —me susurra cabizbajo—. Tengo que confesarte algo, ¿podés escuchar sin interrumpirme?

—Sí, hablá de una vez.

—Como te dije antes, mi comportamiento tiene un motivo. Sé que lo que voy a contarte puede sonar como excusa, pero te aseguro que no lo es. Conozco a Sol hace muchos años, en el pasado tuvimos una breve relación que se terminó cuando ella decidió irse del país. Lo nuestro terminó relativamente bien, cada uno continuó con su vida. Yo me casé con Rocío y al tiempo llegó Mica. Cuando Sol se enteró del nacimiento de mi hija, volvió a Argentina y vino a vernos, me confesó que seguía enamorada de mí y me pidió que dejara todo por ella, le dije que estaba loca, que no la amaba y que jamás dejaría a mi familia —por un momento deja de hablar y su mirada se pierde una vez más en la profundidad del mar—, se fue diciéndome que iba a arrepentirme, que Rocío no era lo que yo esperaba y que algún día volvería a ella. En ese momento no le di importancia a sus palabras, después de unos años comprendí de lo que hablaba. Mi exmujer se volvió una mujer interesada, egoísta, cruel, alcohólica y drogadicta. Dejó de hacerse cargo de Micaela, para poder hacer de las suyas. Ahí fue cuando comprendí la veracidad de las palabras de Sol, nadie podía conocerla mejor que ella ya que eran muy amigas.

«¡Stop! Me está diciendo que se casó con la mejor de amiga de su exnovia, esto es de no creer, no tenían ningún tipo de código».

—No volví a saber nada de Sol hasta hace unos meses. Me la encontré de casualidad una noche que los chicos me sacaron a rastras de mi casa, estaba devastado, no podía dejar de pensar en vos. No entendía por qué el destino se encaprichaba en separarnos. No hacía otra cosa que pensar en tus besos, en la calidez de tus caricias, en la suavidad de tu cuerpo. Me repetía una y otra vez que debía respetar tu decisión, que tenía que mantenerme alejado. «¡Madre mía! Si supieras que yo me sentía igual o peor que vos». Sin pedir permiso las lágrimas comienzan a correr por mi rostro, empapando todo a su paso mientras él continúa hablando. —Esa noche en un bar, me encontré con Sol. Ella se sorprendió tanto o más que yo al verme. Hablamos, nos pusimos al tanto y quedamos para almorzar al otro día. Logró que por unas horas me olvidara del dolor, me hizo sonreír recordando viejos tiempos, fue un respiro de aire fresco en medio de una tormenta —suspira apesadumbrado, como si lo que va a decir a continuación fuera muy grave—. Al otro día, después de almorzar me dijo que tenía que contarme algo muy importante, la animé a que lo haga y cuando me confesó que tenía cáncer terminal, quise morirme.

»En ese momento me dijo que había vuelto porque quería morir en su tierra, rodeada de la gente que amaba, incluyéndome a mí entre ellos. La consolé lo mejor que pude y le pregunté si había algo que yo pudiera hacer. Aún no entiendo por qué dije eso, si no hubiera abierto mi boca, todo esto no estaría pasando.

«Juro que no entiendo nada, solo logro imaginarme algo y si estoy en lo cierto, lo que voy a escuchar a continuación me aterra».

—Me dijo que solo había una cosa que no tenía y que anhelaba muchísimo, me confesó una vez más que jamás había dejado de amarme, y me pidió que la hiciera feliz el tiempo que le quedaba de vida. Sin pensarlo, le dije que sí, en ese momento no tenía nada que perder, la única mujer que verdaderamente amaba ya la había perdido por caprichos del destino y sin dudarlo acepté su propuesta.

—¿¡Me estás jodiendo!? —grito sorprendida.

—No Francesca, jamás en mi vida hablé tan en serio —confiesa con pesar, clavando su penetrante mirada en mí.

—No puedo creer lo que acabo de escuchar. Esto confirma que es una manipuladora. Si realmente te amara, no haría esto —afirmo enfurecida, si la tuviera en frente la mataría.

—Necesito que entiendas el motivo por el cual hago esto. No la amo, Fran, jamás podría amarla porque mi corazón te pertenece. Desde el primer instante en que te vi, no he dejado de desearte. No hay un momento en el cual no te extrañe. Mi corazón late por y para vos, jamás dejaré de amarte, por favor no lo olvides, no me olvides.

CAPÍTULO

Dirigir una clínica no es tarea fácil. Papeles por acá, autorizaciones por allá. Reuniones y más reuniones. Personal a cargo que en más de una ocasión, dejan mucho que desear. Quedaron atrás esos días en los que esto me divertía.

Sumarios que revisar y carpetas médicas que se amontonan en mi escritorio sin fin y como si fuera poco, me llega una orden para firmar portando un nombre que no quería volver a leer ni escuchar en lo que me resta de vida.

En Mar del Plata hay unas cinco clínicas privadas y otro tanto que son del Estado y justo tiene que venir a parar acá. Si hasta hoy creía que tenía mala suerte, esto lo termina de confirmar, estoy meada por un rinoceronte.

A medida que leo el resumen de su historia clínica, me hundo cada segundo un poco más en mi cómodo sillón. Eso lo provoca la culpa por tantas maldiciones, el remordimiento por esos malos deseos que tiré durante años, o quizás el saber que yo no podría hacer nada para ayudar, vaya a saber qué será esto que siento.

Lo que empezó en la paciente como un simple dolor de cabeza, un poco de pérdida visual y el bajo reconocimiento de objetos, se convirtió en un tumor alojado en el centro del lóbulo occipital, y he aquí la incógnita de sus cambios. Puedo asegurar que es inoperable. Aunque si lo analizo desde mi punto de vista como cirujana, es un riesgo que tomaría, siempre que el paciente esté sumamente informado sobre las consecuencias que traería extirpar ese invasor. Siempre está la posibilidad de que salga bien, así como existe la posibilidad de que salga mal, pero en este caso hay un noventa y nueve por ciento de probabilidades de que salga mal. Una operación de este calibre dejaría más de una secuela en el paciente de por vida. Empezando por los riesgos de entrar al centro del cerebro, y que es casi imposible no afectar a más de un sentido. De todas maneras eso no va a suceder. No tomaría el riesgo de operarla, ni loca.

Su oncólogo evaluó la posibilidad de hacer radioterapia, un tratamiento que consiste en enviar partículas ionizadas de alta energía contra las células del tumor, atacando su material genético pero al final terminó descartándolo porque al ser justamente en el cerebro no era posible. Por eso se inclinó por la quimioterapia, sin duda un proceso más agresivo, ya que es por vía intravenosa.

Por eso mismo pidió este traspaso, porque somos una de las clínicas mejores equipadas de la ciudad, contamos con máquinas último modelo y una variedad de personal exquisita. Su médico cree que este es el mejor lugar para que comience y finalice el tratamiento y yo no estoy de acuerdo. Podría transferirla a otra clínica, o a otra ciudad, pero no, el puto destino se empeña en poner a esta mujer en mi camino. Y por más que yo haga acopio de toda mi paciencia no soporto estar en el mismo lugar que ella, solo de pensar que respiramos el mismo aire me pone cardiaca. No entiendo cómo es que algún día fuimos tan inseparables. Dos niñas unidas, corriendo de la mano, jugando a las muñecas, descubriendo desde nuestra infancia cuales serían nuestras pasiones.

La quise y solo los del más allá saben cuánto. Hasta que un día nuestra conexión se rompió, decisión del destino o malas acciones nuestras, no lo sé. Cada una siguió con su vida sin preocuparse por el que habrá sido de la otra, dejé de pensarla y lo único que me acompañaba eran los buenos recuerdos. Esos recuerdos que estuvieron atesorados por años, lástima que esos que fueron tan buenos, se convirtieron en pesadillas, donde ella era la protagonista, nada más ni nada menos que con mi difunto esposo. La imagen de sus cuerpos desnudos sobre el escritorio me acompañó hasta hace unos meses, atormentándome cada noche logrando que descendiera a las tinieblas, queriendo haber muerto solo para no tener que revivir esa mierda.

Ahora por alguna razón que desconozco tengo en mis manos una decisión muy importante. Una decisión que podría salvar la vida de una persona y como lamentablemente aprendí a no mezclar los asuntos personales con los profesionales, firmo a esa maldita orden y el traslado de mi querida prima Gisela, está autorizado.

Unas horas más tarde sigo encerrada en mi oficina, la cabeza no para de darme vueltas. Tengo claro que no puedo mezclar las cosas, pero esta situación me lleva a sentir demasiadas cosas que no me permito. La opresión que siento en el pecho, el estúpido sentimiento de culpa que quiere volver a mortificarme. La falta de explicaciones una vez más me hace replantear muchas cosas, me arrastra a sentirme confundida, dolida y traicionada. Esto es un calvario.

Veamos, hay una sola persona que puede darme las respuestas que necesito para darle el punto final a esto y dudo que me las dé. Aunque si lo pienso bien no pierdo nada con intentarlo y si me pongo pesimista, mi autoestima caerá directo al vacío.

Por eso es que, varios días después de su traslado, me encuentro en la puerta de su habitación buscando respuestas. Entro sin tocar porque lo que menos me importa en este momento son las formalidades. La encuentro acostada en la cama conectada a varias máquinas que controlan sus signos vitales. Como pude ver con anterioridad en su historia clínica, los tratamientos no están funcionando y su oncólogo no le da mucho más tiempo. La persona que veo no es ni por asomo lo que fue. Está delgada en extremo, su cabello no existe y el color de su piel se desvaneció. Prácticamente es un cuerpo sin vida, se parece más a un vegetal marchito que a un humano. Verla en este estado me produce mucha pena. No sé qué habrá sido de su vida ni tampoco quiero saberlo, estoy acá solo por un motivo y por más duro que parezca lo voy a conseguir.

Me acerco hasta ponerme en los pies de la cama y es cuando ella me ve. No sé descifrar lo que dicen sus ojos sin vida. Podría ser sorpresa o rabia, pero no logro descubrirlo.

—Hola, Gisela —le digo con tranquilidad—. ¿Cómo te sentís?

—Hola, Francesca. Como verás no puedo sentirme muy bien. ¿Qué querés? —me pregunta con franqueza.

—No quiero molestarte, pero tengo que hacerte una pregunta, ¿puedo? —abre los ojos con asombro, intuye lo que quiero.

—Sí, hacela y andate —contesta haciendo una mueca de dolor.

—¿Por qué? —espero que me conteste con la verdad para poder dar por cerrado este tema de una vez por todas.

—Leonardo te amaba, Francesca. Eso es lo único que tenés que saber. Lo demás no importa, si pensás que saber el porqué te va a ayudar, estás equivocada. Estoy pagando con creces lo que hice, Dios se encargó de darme mi merecido así que podés irte con tranquilidad —afirma con pesar y yo no siento nada ante sus palabras.

—La equivocada sos vos. Dios no castiga Gisela, no busques a quien echarle la culpa porque no existe ese alguien. Esto no se trata de merecidos ni de pagarle nada a nadie, simplemente es obra del destino —declaro desde mi punto de vista.

—¡Perdón Francesca! No tendría que haber hecho lo que hice. Ahora andate y no vuelvas, no quiero volver a verte. Quiero morir en paz y ahora que hablé con vos lo voy a poder hacer —asegura con resignación.

Así son las vueltas de la vida. Ella se resigna ante la muerte como yo me resigné a vivir sin él en mi vida. No se puede comparar un caso con el otro pero así como ella se siente morir, yo me siento muerta en vida.

Salgo de su habitación sintiendo una gran tristeza, porque si bien no conseguí lo que buscaba, sí conseguí perdonarla y ahora puedo decir que este tema está cerrado para mí.

Capítulo

Si me preguntaran cómo es mi vida, contestaría sensatamente que tiene los condimentos justos y necesarios para darle el sabor adecuado. Tuve una infancia feliz pero vacía al sentir la ausencia de mi padre. Fui una buena alumna, buena hija y una gran amiga. Mi adolescencia fue plena y un poco loca. Me divertí, reí, bailé y hasta hice alguna que otra maldad. Pude estudiar lo que soñaba, me recibí con honores y ejercí mi profesión con orgullo. Me enamoré perdidamente, me casé, fui madre y descubrí en ese camino el dolor.

¿De qué sirvió todo eso? No lo sé… ¿Cómo me siento? Tampoco lo sé. Sinceramente no sé nada. Me encuentro replanteándome cada paso que di en este camino. ¿Cómo hubiera sido esto o aquello? Todo es una mierda. Nos creemos inmunes al sufrimiento, creemos que todo se puede superar y no somos conscientes de que nada es realmente como lo imaginamos. Lo único que vale en esta vida, es el legado. Se preguntarán a que me refiero, ¿verdad? Les paso a contar cual es mi conclusión:

Alguien dijo que la mujer fue creada desde la costilla de un hombre; bueno, para mí no es así. Creo que fue al revés, porque si lo pensamos detenidamente las que damos vida somos nosotras.Desde mi punto de vista, lo único que en esta vida vale, son los hijos. Ellos son carne de tu carne, se crean en tu interior, se alimentan, respiran y viven en tu vientre. Son una parte tuya que siempre llevarás. Son las únicas personas que estarán a tu lado, caminando de tu mano. En fin, desde hace varios meses mi cabeza es un auténtico lío y mis hijos son lo único que me mantiene cuerda.

No sé por qué estúpida razón accedí a esperarlo. Después de haber escuchado cada una de sus palabras, mi corazón se ablandó tan solo un poco y las palabras salieron sin pedir permiso, prometiendo algo que no sabía si sería capaz de cumplir. Es así como me encuentro en esta situación.

Varias semanas después del casamiento de mis amigas, el mismo día que me comunicaban que la paciente Gisela D'Angelo había fallecido, llegó un sobre a mi oficina. Cuando lo abrí, maldije el momento en el que me crucé con él. Me enojé mucho, a tal punto, que empecé a romper todo lo que encontraba en mi camino. ¿Qué logré con eso? Nada. La rabia y el dolor seguían ahí, queriendo abrirse paso para ser manifestadas. Pude controlar esos dos sentimientos que me estaban quemando por dentro. Lo que no pude controlar fueron mis manos, tomé mi celular y sin titubear escribí un doloroso pero directo mensaje.

Podés irte bien a la mierda. Te creía una persona sensata, con esto me demostraste que nuevamente jugaste conmigo. No vuelvas a cruzarte en mi camino, desde este preciso momento dejás de existir. Por mí te podés morir junto a la zorra de tu prometida. Olvidate de lo que algún día te prometí. Voy a continuar con mi vida y espero que vos puedas seguir con la tuya. Hasta nunca Brandon.

A eso le adjunté la foto de la tarjeta de invitación para su casamiento, y lo envié. Enterrando para siempre a mi gran amor.

Así fue como me prometí a mí misma no volver a sufrir y lo conseguí hasta hoy.

Nunca obtuve una respuesta por ese mensaje y se lo agradezco. Le prohibí a todo el que me rodeaba que lo nombrara en mi presencia, solo bastaba escuchar su nombre para que me transformara y me la agarrara con cualquiera que tuviera a mano. Hasta que un día, mis queridas amigas se juntaron, me sentaron en el medio y me obligaron a escuchar.

—Esto se termina acá, vas a escuchar te guste o no —anunció Gaby. Quise salir corriendo, pero no me lo permitieron. Les grité, las puteé y en ese momento las odié; más tarde me arrepentí.

No podía creer lo que me estaban haciendo.

Lo que ellas no comprendían era que escuchar su nombre me ahogaba, me daba la sensación de que me estaban clavando un cuchillo en el pecho, me hacía sentir desgarrada; era tan profundo el dolor, que me enterraba cada segundo un poco más. No les importó escucharme suplicar o verme llorar, no les importó nada. Hasta fueron capaces de cerrar todas puertas con llave, no tuve escapatoria, a la fuerza escuché que había sido de su vida.

—Vas a hacer silencio y prestarás atención a todo lo que te contemos —sentenció Débora, mientras le daba el pecho a una de sus gemelas.

Como la niña obediente que algún día fui, asentí y me senté a escuchar. Empezó hablando July, ya que ella al ser la esposa de Alejo es la que más tenía para decir.

—El día que le enviaste ese mensaje, él estaba en casa. Había venido a pedirle a Ale que fuera su padrino de boda. En un primer momento mi marido se negó, le repitió una vez más que iba a cometer una locura, de la cual se arrepentiría. Después de que Brandon insistiera, Ale le dijo que sí, aclarándole que solo lo hacía por su amistad. Estábamos hablando cuando su celular sonó, vimos que su cara se transformaba y la respiración se le agitaba, de repente lanzó el teléfono y este se estrelló contra la pared. Yo me quedé paralizada viendo toda la escena desde un segundo plano. Ahí fue cuando llorando como un niño nos contó lo que decía ese mensaje. Le dijo que no podía más, que se estaba muriendo en vida y que si no se casaba lo antes posible no podría seguir adelante con esto. Estaba devastado.

»Brandon no sabía que la ardilla te mandaría una invitación. Según él, la boda era muy íntima, solo asistirían los padrinos, sus amigos y la familia de ella. Nosotras nos negamos a ir, así que ellos fueron solos.

El día que se casó, vino a verme; me pidió que te cuidara y me hizo prometerle que jamás te contaría como era su vida, me dijo que sabía que te había perdido y que no permitiría que te sintieras atada a toda la mierda que lo rodeaba.

Yo escuché atentamente cada una de sus palabras sin poder creer lo que July me contaba. No entendía como una persona podía ser tan cruel. No entendía como podía atarlo a ser infeliz. Cuando fue el turno de Ely, era tal la angustia que sentía que por un momento creí morir.

—Dos días después de casarse, nos enteramos que se iba del país. Matías me llamó diciéndome que Brandon pidió la baja por tiempo indeterminado, alegando que su esposa necesitaba viajar y que él debía acompañarla. Se fue sin más, dejando su trabajo, su hija, su vida, todo para alejar a esa loca de vos. Le contó que la ardilla estaba sobrepasando los límites, que estaba desequilibrada y que temía por tu vida. Le dijo que la única forma de mantenerla feliz y alejada de vos, era llevándola a vivir a Grecia. Así que eso fue lo que hizo, por darle el gusto, dejó todo.

Si antes sentí morir, después de esto estaba muerta en vida. Y eso no fue todo, después de Ely, Magui fue quien tomó la palabra. La vi tomar una gran bocanada de aire y agachar la mirada. Ahí entendí que lo que se venía sería mucho peor.

—Estuvo meses sin dar señales de vida. La única que mantuvo un poco de contacto con él, fue su hija. No llamó a sus amigos ni una sola vez. Todos trataron de comunicarse con él, pero no obtuvieron respuesta, hasta que un día de la nada a todos les llegó el mismo mensaje.

»Les pedía perdón por haber desaparecido, les pedía que lo entendieran. Les contaba que la situación lo había rebalsado y que se había perdido a él mismo, que ya no se sentía capaz de luchar. Decía claro y conciso que la ardilla lo estaba consumiendo, que el cáncer de esa loca lo estaba matando tanto a él como a ella. Les pidió que cuidaran de Micaela y que si él no volvía, te dijéramos que jamás había amado con locura a una mujer como lo hacía contigo. En ese mensaje, la palabra perdón estaba en cada frase y se repetía muchas veces en cada párrafo. No pudimos ubicarlo y no quisimos preocupar a Mica, así que todos tratamos de seguir adelante.

Mi corazón dejó de latir en ese momento, en mi cabeza se repetían una y otra vez las palabras que mis amigas estaban pronunciando. El odio se iba esfumando con cada relato, dejando que el amor que sentía por él, me hiciera recordarlo como algún día fue.

—Fran, la ardilla falleció al otro día que él envió ese mensaje. Ella se suicidó. La muy cínica le dejó una carta culpándolo de todo y lo peor fue que en esa carta, dejó unas fotos tuyas en las que estabas junto a tu compañero de trabajo, Nicolás. Diciendo mentiras, asegurando que eras feliz y que él había sido solo un pasatiempo para vos. Eso lo destrozó y lo terminó de hundir. Creyó que habías rehecho tu vida y se dio por vencido. Se culpó por todo y se perdió encontrando consuelo en el alcohol. Te estarás preguntando por qué no se enteró de nada. Si no supo la verdad sobre esas fotos fue porque no fue capaz de preguntar, fue muy claro cuando le dijo a cada uno que no quería escuchar tu nombre, que no podía sacarte de su cabeza, pero que cada día estaba más y más lastimado. Recuperó el contacto con sus amigos, pero no quiso volver, se quedó en Grecia.

Gaby fue quien se encargó de relatarme esa parte. Su voz estaba teñida de melancolía, supe que entendían mi dolor y que con esto trataban de demostrarme que no fui la única que sufrió con todo esto.

—Y ahora me toca a mí. Amiga, lo que vas a escuchar a continuación no te va a gustar. Pero tenés que saberlo, ya no hay marcha atrás —me comunicó Debo, dándole a Jennifer a una de las chicas para que la sostuviera. Mi pequeña ahijada dormía plácidamente, ajena al mundo desastroso que la rodeaba.

—Alexis está empeñado en que él debe ser el padrino de una de sus hijas, así que lo buscó hasta que dio con él. Juntaron plata entre todos y viajó a buscarlo decidido a traerlo de vuelta. Así fue como se enteró de todos los detalles que te estamos dando. Se encontró con un hombre diferente, dice que no parecía él cuando lo vio. No sabemos qué pasará por su cabeza, porque habla poco y nada, se ha vuelto solitario, mal llevado y es imposible que sonría.

»Brandon le confesó que estaba dispuesto y preparado para volver, que iba a luchar para recuperarte, no le importaba cuanto le llevara, solo quería volver a verte. Pero algo en esas fotos lo hizo cambiar de opinión, dijo que te veía feliz. Y eso no lo arruinaría. No quería verte sufrir, por eso se mantuvo alejado. Ahora volvió para el bautismo de su ahijada y todos acá sabemos que tendrán que verse. Ahora mi querida amiga que estás al tanto de todo, ¿estás preparada para volver a verlo?

Bastaron seis palabras formuladas en una pregunta para que la valentía que creía portar se esfumara de un plumazo. Quise que en ese momento la tierra me tragara y me escupiera en Japón. Fue tanta la mezcla de sentimientos que aún no encuentro explicación. Sigo sin entender qué fue lo que me pasó, las palabras me abandonaron, las lágrimas me cegaron, y mi cuerpo desfallecido se acurrucó en posición fetal y me perdí, dejando que los sollozos tomaran posesión de mi cuerpo, sacudiéndolo, orillándome lentamente a la desolación. Comprendí que no había oportunidad de que lo nuestro funcionase, estábamos tan rotos que no había forma de arreglarnos. Solo nos quedaba vernos y seguir adelante con la realidad que nos tocaba vivir.

Y esa es la situación que recordaba hace un rato. Hoy es el bautismo de Jennifer y Camila. Hoy lo volveré a ver después de tanto tiempo. Hoy volveré a sentir su perfume. Hoy volveré a mirar esos ojos que un día me atraparon, dejándome sin escapatoria.

Sí, lo vi. Lo vi apagado, vi una persona que no conozco, un alma en pena, un hombre fuerte y hermoso, escondido detrás de una barba que le da el aspecto de un vikingo. Lo que no vi fue su sonrisa, ni una sola vez en toda tarde.

Hasta este momento las únicas palabras que cruzamos fue un escueto "hola" frente al altar. Nuestras manos se rozaron con torpeza al momento de tomar a nuestra ahijada para que el cura le diera el sagrado bautismo, y esa corriente que me traspasa cada vez que nuestra piel hace contacto sigue estando ahí, latente, desesperada por dejarse ver.

Un pequeño y casi inaudible gemido se escapó de mis labios en ese momento, creí que nadie lo había escuchado pero él sí, él fue testigo de lo que provoca en mí el roce de su casi imperceptible toque, el aroma de su perfume y el magnetismo de sus ojos. Se limitó a contemplarme de reojo, sin decir una sola palabra. Me dedicó una mirada vacía, sin nada para leer.

Pude observar cómo todos nuestros amigos se pasaron gran parte de la mañana y de la tarde expectantes, examinando a ambos con temor, atentos a nuestros movimientos, como si tuvieran miedo de que se desate una guerra en plena fiesta.

Y les digo algo, con tal de obtener algo de mi extraño capitán, habría abierto fuego, si hubiera tenido la seguridad de que eso iba a despertarlo. Pero no fue necesario, porque en un momento de la tarde-noche por los parlantes se empezó a escuchar la melancólica voz del trío *Il Volo* cantando su tema estrella *Grande Amore* en versión castellano y lo vi caminar hacia donde yo estaba. En menos de dos segundos lo tenía frente a mí, llenando mi espacio con su presencia, haciendo temblar cada célula de mi cuerpo y debilitado mis sentidos.

Me tendió su mano sin pronunciar una sola palabra, y no me atreví a negarle un baile. Tomé su fuerte y callosa mano con temor, siendo consciente de que estábamos demasiado dañados para darnos una oportunidad, pero aún sabiendo eso, nos debíamos este baile, le debíamos a nuestros corazones un poquito de felicidad. Me dejé llevar por él hasta el centro de la pista y me envolvió en sus brazos, apoyé mi sien sobre su musculoso y tibio pecho, escuché el galopar de su corazón y me aferré a sus tiernos brazos.

Nos mecimos al compás de ese tema. Un tema que prácticamente hablaba de nuestro amor y lo escuché cantarme, casi susurrándome dulcemente que yo soy y seré su *grande amore*.

EPÍLOGO

Hoy es uno de los días más importantes de mi vida. Verlo tan grande, convertido en un hombre, es la satisfacción más grandiosa que me han otorgado. Ver en él reflejado todo y cada uno de los esfuerzos que hice a lo largo de mi vida, me hace dar cuenta que todo valió la pena. Es feliz, está enamorado y yo, como madre no puedo pedir más.

Lo amé, lo acompañé y le marqué el camino que debe seguir, ahora queda en sus manos ser un hombre de bien, un buen marido y el día de mañana: el mejor padre.

Soy una madre orgullosa. Al verlo parado en el altar no puedo evitar que se escapen algunas lágrimas. Está hermoso, vestido con su traje negro acompañado por una camisa gris perlado. ¡Perfecto! Si hasta se puso un pañuelo del color de su camisa en el bolsillo de su traje. El muy cabezota se negó a llevar corbata y tampoco se peinó correctamente. Es un desorejado. Eso sí, el desorejado más apuesto del mundo. ¡Dios! Estoy hecha una vieja babosa. Si escuchara mis pensamientos me diría riéndose: ¡Mamá, sos una exagerada! ¡Ah y estás pasada de moda! Tiene la sonrisa de su padre y no solo eso, es su fiel reflejo. Solo espero que él sepa tomar buenas decisiones. Al llegar a su lado lo estrecho entre mis brazos, dándome el lujo de absorber su suave y varonil aroma. Ese aroma a vida, a libertad. El aroma de mi bebé.

—Por favor, no llores ma —me susurra al oído, dándome un suave beso en la mejilla.

—Estoy feliz, hijo. Son lágrimas de felicidad —le confieso con sinceridad —. ¿Estás bien?

—Sí, un poco nervioso y demasiado ansioso —me responde, rascándose la barbilla. Gesto que hace cada vez que está al borde de la locura.

—Ya, mi niño. Los nervios se irán y serán remplazados por emoción pura.

—Uff, ma. Espero que tengas razón. Te confieso algo, me tiemblan las piernas —anuncia con una sonrisa.

—Sí, hijo, verás que tengo razón. Es uno de los días más importantes de tu vida. Es normal que estés ansioso. Concentrate en mirar a los ojos a tu prometida, ahí encontrarás la paz que necesitás. Jamás olvides que las miradas no mienten. Los ojos son las ventanas del alma —le hablo con franqueza desde lo más profundo de mi corazón, dejándole ver mis pensamientos.

—Gracias, mamá. Nunca voy a cansarme de decirte que sos la mejor. Te amo.

—Y yo a vos, Bautista. Sos uno de mis tesoros. Ahora parate derecho, alzá la cabeza y esperá con los brazos abiertos a tu futura mujer —le digo guiñándole un ojo. Como siempre consiguiendo que la calma le llegue cuando más lo necesita.

La catedral está prácticamente llena. Cada una de las personas que están acá sentadas, significan mucho para los novios. Algunos los vieron crecer, otros llegaron cuando sus vidas ya estaban marcadas y obviamente están los curiosos, que al ver tal alboroto no pueden dejar de husmear.

Toda nuestra gran familia; si eso somos, una gran familia. Creada desde el amor, el compañerismo y la amistad.

Mis locas y adoradas Chicas Grey, ocupan los primeros lugares, junto a sus respectivas familias. Ellas, que fueron mi contención, mi cable a tierra, no se perdieron ningún detalle, estuvieron ahí firmes para ayudarnos a planear este día. Sus hijos corretean de un lado para otro, causando bastante alboroto y yo solo puedo mirarlos con admiración, sintiéndome completa, feliz y bastante ansiosa. Son plenamente felices y aquellos hombres que llegaron a sus vidas para quedarse, siguen firmes. Amándolas.

El *Ave María* comienza a sonar, esa melodía tan suave y emocionante, que anuncia la entrada de tan esperada novia.

Mi pequeña Amaia camina lentamente, arrojando pétalos de rosas blancos. Su preciosa sonrisa deslumbra a quien la observe. Recuerdo el día que su hermano le dijo que se casaba, no paraba de saltar. Gritaba que ella llevaría un vestido igual al de la novia, pero que tenía que ser rosa. "Yo quiero tirar pétalos de flores. ¿Me dejarás hacerlo?", le preguntó a Bautista y él no pudo decirle que no. Así que se salió con la suya.

En cambio, Tomás no quiso saber nada. Tratamos de convencerlo, pero no hubo forma. Ahora se encuentra sentado en primera fila, muy entretenido con su consola de video juegos.

Mis diablitos con casi diez años, siguen siendo terribles. La conexión que existe entre ellos es tan maravillosa, que da placer verlos juntos. Admito que hay situaciones en las que me ponen de los pelos, pero ellos con sus sonrisas logran sacarme hasta lo que no tengo.

Mi niña. Mi dulce Micaela, está deslumbrante. Su vestido blanco corte sirena es magnífico. Camina con seguridad, mostrando debajo de su velo una espléndida sonrisa que la hace ver radiante. Se la ve tan feliz. Adoro verla sonreír. Amo ser parte de su vida. Me hace feliz escuchar de sus labios la palabra mamá. Eso soy para ella, su madre. Se apoyó en mí, consultando cada duda, somos cómplices, amigas, nuera y suegra. Pero para ambas hay algo que vale más que todo eso, somos madre e hija. No hay lazo sanguíneo; en cambio, hay un lazo que va más allá. Nos elegimos con el corazón. La amo con tanta fuerza. Con la misma intensidad con la que amo a mis hijos. Los amo a los cuatro por igual.

Y por supuesto, camina tomada del brazo de su padre. Ese hombre que hoy en día me sigue sacando el aire. En su cabello, ya se ven bastantes canas. El paso de los años dejó marcas que no se pueden ocultar. Lo que no cambió, fue su mirada, sus ojos marrones siguen siendo mi perdición. Me siguen atrapando como el primer día. Continúa siendo un hombre fuerte, intenso. Un hombre valiente. Sigue siendo mi gran amor.

Logramos sanar nuestras heridas de guerra, como él las llama. Nos llevó meses de sufrimiento. Meses que valieron la pena. Meses en los cuales maduramos, nos hicimos humanos y entendimos que la fuerza de nuestro amor iba más allá de todo mal. Nos volvimos fuertes por separado y esa fuerza aumentó el día que nos volvimos a encontrar. Como le digo yo, formamos una familia con los suyos y los míos. Un familia de rejunte. Una familia feliz.

Cuando él posa su mirada en mí, todo lo demás se desvanece. El tiempo se detiene. La tierra deja de girar. No hay nada más que él y yo. Solo existe nuestra burbuja. No hay nada más fuerte en esa mirada, que el amor que siente por mí.

La ceremonia transcurre entre sonrisas y lágrimas. Vivimos cada instante con absoluta intensidad y guardamos cada detalle en nuestra memoria, para luego repasarlo en nuestras mentes como si fueran fotografías. Alguien algún día me dijo que debía vivir el momento. Y eso hice. Viví los últimos años como si no hubiera mañana.

Estoy tan absorta en mis pensamientos que al sentir el agarre de dos manos fuertes y callosas en mi cintura, me sobresalto. Mi marido, sí, eso dije. Mi flamante y sexy marido. Nos dimos el lujo de pasar por el civil hace algún tiempo, después vendimos nuestras casas y nos fuimos a vivir a La Estancia; ese lugar que algún día me enamoró, se convirtió en mi lugar en el mundo, albergando cada uno de nuestros momentos de felicidad.

Deposita un beso en mi mejilla y mi piel se pone de gallina. Las mariposas causan un huracán dentro de mi estómago. Después de todos estos años, sigue provocando las mismas sensaciones que despertó algún día.

—¡Ey, cachorrita! Te noto muy ida. ¿Estás bien? —expresa con su voz ronca. Con esa voz tan varonil que me hace volar. Me giro quedando de frente. Presa entre sus brazos. Acorralada en el sitio que más me gusta en este mundo.

—Sí, mi capitán, estoy bien. Solo estaba dejando que mi loca cabecita, demuestre un poco de lo que esconde —le confieso, frotando mi nariz contra la suya—. Te amo Brandon. Gracias por esperarme, me brindaste los mejores años de mi vida. ¡Soy feliz! Vos me hacés feliz.

—Gracias a vos por dejarme besar tus heridas. Por dejarme ahuyentar tus miedos con caricias y derribar tus barreras con amor. Te amo Francesca... Te amo como jamás amé a nadie. Si me lo pidieras, te bajaría la luna... Te amo con todas mis fuerzas. Gracias por hacerme y dejar que te haga feliz —volver a escuchar esas palabras, percibir el calor de su abrazo, la suavidad de sus besos, me trae los mejores recuerdos. Sentir su corazón latiendo al compás del mío, sentir que seguimos siendo uno. Son sensaciones que no se olvidan, que no se reemplazan, que vivirán por siempre en nosotros. Sentimientos que nos hacen estar vivos.

Entrelazamos nuestras manos y con tan solo una mirada suya, sé que esto será eterno.

FIN

Un viaje en familia

Yamila Bianqueri

Esto es para vos que elegiste sumergirte en las páginas de aquella novela que tanto disfruté escribir. Recorre, nuevamente, un tramo de la vida de Francesca.

Gracias infinitas por seguir acompañándome.

Sin ustedes esto no sería tan real

Un abrazo bien fuerte
Los quiero
Yamila

Brandon, quiero saber adónde vamos, por favor —suplica Francesca con los ojos vendados mientras él la ayuda a subir a la camioneta.

Amaia, Tomas, Bautista y Micaela se ríen ante el desconcierto de la mujer que tanto los ama. Su actual marido la impulsa, sosteniéndola con fuerza de las caderas, sonriendo con picardía. Sabe muy bien lo ansiosa que es ella y también está seguro que ni se imagina la sorpresa que su familia le va a dar.

—Cachorrita, no seas aguafiestas. Portate bien y dejá de franelear tu lindo culito sobre mí, porque me estás poniendo demasiado cachondo y están los niños cerca —le susurra mordiéndole el lóbulo de la oreja. Francesca se retuerce ante las demostraciones de su hombre; llevar la vista tapada despertó sus demás sentidos, logrando que su vientre se contrajera ante el mínimo roce de su cuerpo.

—No sea desubicado, mi capitán, lo pueden escuchar —lo reprende con ternura.

Brandon ríe, le da un delicado beso sobre los labios y cierra la puerta. Rodea el vehículo, y al comprobar que todos están en sus lugares, pone en marcha su más reciente adquisición: una HILUX color negra. Deja atrás su hogar, la estancia que tanto quieren y disfrutan día a día, mirando de reojo a su mujer para supervisar que la tela siga en su lugar.

La vida de los D'Angelo-Baute-Santamarina está más compenetrada que nunca. Francesca y Brandon han logrado curar sus heridas, se volvieron a reunir y él no perdió el tiempo. Después de permanecer durante dos años manteniendo su desastre a raya, volvió por la mujer de su vida, la reconquistó, la amó con cada célula de su organismo, la hizo reír; y dos días antes de su cumpleaños número cuarenta, unieron sus caminos ante la ley; con sus hijos y amigos de testigos. La vida no fue color de rosas para ellos, pero su amor pudo más. La paciencia ayudó y no importó cuántos baches cruzaran, supieron saltarlos para volver al otro.

Hoy, varios días antes de un nuevo festejo de un aniversario, los dos hombres mayores de la familia tienen varias sorpresas y una de ellas es regalarle a Francesca este viaje, en el cual Bautista pedirá formalmente la mano de su novia Micaela. Ninguna de las dos se espera lo que está por llegar.

★　　　★　　　★　　　★　　　★

Veinte horas después de embarcar, dos trasbordos encima, uno en Malasia y otro en Tailandia, al fin desembarcan en el aeropuerto Ibrahim Nasir en Malé, capital de las Maldivas. Fran vuelve a llevar los ojos tapados, solo le permitieron retirar la tela por momentos dentro del avión y en las dos paradas que hicieron. La doctora, absolutamente irritada, interrogó a sus hijos más pequeños en cada oportunidad que tuvo, pero los niños, por primera vez en su corta vida, decidieron ser obedientes y no soltar ni una palabra. La madre los abrazó colmada de amor por ellos, sintiéndose extremadamente orgullosa por su comportamiento, viendo que al fin la educación que les está dando surte efecto.

En cambio, frente a su esposo, nada sirvió. Francesca sigue derritiéndose bajo el influjo de sus iris color marrón, pero en esta ocasión nada de lo que dijo o hizo, alcanzó. Él no cayó en ninguna de sus manipulaciones. Lo besó, abrazó, acarició, le susurró palabras de amor y él siguió impasible.

En la actualidad, Brandon, quien sigue siendo un hombre que se roba todas las miradas, observa a su disfuncional familia con felicidad, devoción y orgullo impreso en aquellos ojos que hoy lucen tan limpios. Admira a aquella mujer que lo vuelve loco sacando lo mejor de su alma, mientras ella, aún sin poder ver, protege a los suyos mientras él y Bautista van por el equipaje, que dicho sea de paso, no es poco. La doctora D´Angelo, actual directora de una clínica, no puede viajar sin llevar de todo un poco tanto para ella como para los demás que la acompañan. Es una mujer que está en cada detalle y más si se trata de los que ama.

★   ★   ★   ★   ★

—Les informo que todo este circo ya me está cansando. Ni siquiera me dejan verme a un espejo, seguro me llevan por ahí toda despeinada. Me estoy volviendo loca —exclama impaciente. Francesca no se imagina dónde están. Está desconcertada, mareada, nerviosa, a punto de explotar, pero su familia sigue siendo reservada. Ya quieren ver su cara—. Es más, les informo que sé perfectamente que acabamos de bajar de una lancha, o sea que estamos en un río o en el mar. Vamos, no sean malos, déjenme retirarme la venda —chilla clavándole las uñas en el brazo de su marido.

—Ya estamos en nuestro destino. Unos pasos más y lo vas a descubrir, cachorrita —afirma Brandon mirando todo lo que los rodea con asombro.

Las fotos no le hacen justicia, piensa por dentro.

Frente y debajo de ellos, el mar de un verde agua claro en la orilla y de un turquesa más oscuro en lo profundo, descansa en paz. La tarima de madera en perfecto estado, los conduce hacia la recepción donde las personas que trabajan en el maravilloso hotel Soneva Jani los esperan.

Brandon mira hacia sus costados buscando la aprobación de los otros para, al fin, sacar definitivamente a Fran de la oscuridad. Con cuidado desata la tela, le acaricia el pelo, y con calma recorre su rostro con el dorso de sus dedos. Ella sigue con los ojos cerrados hasta que siente cómo le colocan sus gafas y recién ahí, en ese instante, se da cuenta que enserio no sabe dónde está parada. Nerviosa, ansiosa, se debate entre abrir los ojos o quedarse tal cual está pero como siempre le pasa, la intriga puede más y despacio comienza a alzar sus párpados. En lo primero que se centra es en él; su esposo, su compañero, su loco capitán. Le sonríe con cariño y se lanza a sus brazos que la esperan abiertos. Los labios de ambos se estrellan, se buscan con desesperación. Se pierden en una danza que ya bailan a la perfección: la del amor. Se saborean como si nunca lo hubieran hecho, como si fueran un oasis. Se funden para volverse uno. Sin soltarse de su agarre, descansa su frente sobre el hombro de él para luego salir de su escondite y encontrarse con un fondo que la deja atónita. Pestañea reiterada veces sin poder emitir palabra, está absolutamente muda.

—¿Me trajeron a la isla Medhufaru? —chilla emocionada girando sobre sus pies para poder ver todo a su alrededor.

—Sí, mamá —contestan los mellis tomándose de sus manos. Francesca baja su cabeza y observa a sus niños, a las luces de su vida, con devoción. Con los ojos llenos de lágrimas a causa de la impresión y felicidad que la embargan, abre sus manos esperando que los demás se acerquen a ella y como la mamá gallina que es, mete a su familia bajo sus alas, los cobija y agradece por la sorpresa tan maravillosa que le acaban de dar.

Los cuatro mayores caminan lentamente detrás de la persona encargada de dirigirlos hacia donde se hospedarán durante los próximos días. Los más pequeños corren delante, demasiado alterados para el gusto de su madre que no les quita la mirada de encima por miedo a que se caigan al agua. Realmente el paisaje que los rodea es difícil de explicar. La nada misma, podría decirse. Mar calmo por donde se observe. Cielo despejado que a la distancia se mezcla con el agua turquesa. Una absoluta maravilla. Un sueño más para esa mujer que en varias épocas de su vida ha sufrido hasta el agotamiento. Ahora es feliz, le gusta dejarse llevar por la corriente y amar sin reparos.

—Hemos llegado —anuncia la recepcionista en un perfecto inglés. Frente a ellos se encuentra una edificación perfectamente diseñada para descansar, desconectarse del mundo exterior y encontrar paz. Un retiro de agua, como ellos le llaman, de tres dormitorios. La mujer los deja y ellos ingresan con calma fingida, ya que todos quieren comenzar a correr para descubrir cada recoveco de ese lugar y no tardan en hacerlo. Lo primero que hacen es recorrer la planta baja donde encuentran el dormitorio principal con vestidor propio, perfectamente decorado en tonos claros y todo a juego, creando un espacio de total confort. Además, cuenta con una salida directa hacia la hermosa piscina que se encuentra al aire libre. Luego, se dirigen hacia otra ala y descubren un baño al aire libre, una sala de estudio, otro dormitorio acondicionado para los niños y uno más en suite para invitados. Subiendo las escaleras se chocan directamente con una habitación que tiene baño, vestidor, sala de estar y comedor con terraza en el techo, y lo más divertido de ese cuarto es que directamente de él se pueden tirar desde un tobogán acuático desembocando en el mar. Francesca inmediatamente se queda prendada de la imponente vista que tiene más allá de los ventanales que rodean la casa; el horizonte en todo su esplendor.

★   ★   ★   ★   ★

La familia pasó los días de excursión en excursión; bucearon en la laguna Medhufaru, donde disfrutaron de la extensa vida marina, siendo tan afortunados que se encontraron con las impresionantes tortugas marinas y rayas nativas del Atolón. También visitaron dos islas, a las cuales viajaron en lancha rápida; Maghoodhoo y Kudafari. En la primera, conocieron los sabios árboles de banyan y la somnolienta vida del pueblo local, llevándose con ellos una visión real de cómo los lugareños trabajan, descansan y juegan. Los más pequeños fueron quienes más gozaron de ese lugar, ya que se encontraron con muchos chicos de su edad con los cuales pudieron compartir varias horas de juego. En cambio, en la segunda, el turno de pasarla espectacular fue de los mayores, en esa pequeña isla de pescadores con solo seiscientos habitantes, descubrieron un maravilloso lado de la playa café, como ellos la llaman, en donde les sirvieron un exquisito pescado de barbacoa. Demás está decir que quien más feliz estaba era Francesca ya que la mayoría de sus comidas favoritas involucraban a los animalitos de mar.

★　　　★　　　★　　　★　　　★

En este momento, las mujeres se encuentran en el spa del hotel donde las están tratando como reinas bajo las atenciones de quienes más saben de esto; suaves masajes con exfoliantes, aceites de coco local y piedras calientes tibetanas son algunos de los tratamientos que las esperan. Y todo esto tiene una finalidad: que se relajen y brillen solo como ellas pueden hacerlo, mientras los hombres se encargan de alistar todo para la cena y sorpresa de esta noche, la cual esperan que sea inolvidable.

★　　　★　　　★　　　★　　　★

Solo una vez al mes, en esa isla, se celebra el ciclo lunar con una cena de luna llena en la playa Baraveli. Evento que Bautista consideró ideal para sorprender a su novia pidiéndole matrimonio. Y que a Brandon le pareció perfecto para celebrar un año más que vive junto a la mujer que cambió su vida. Por eso, en este preciso instante, los seis están montados en un bote para recorrer el corto camino que los separa del hermoso lugar, donde una mesa perfectamente preparada y ubicada en un banco de arena, rodeada de antorchas encendidas los espera. Lo único solicitado por quienes les brindaron el servicio fue que todos debían vestirse de blanco y así fue. Francesca optó por un mono largo de cuello bote, que le queda pintado. Micaela, por un precioso vestido de encaje adherido al cuerpo, largo hasta la mitad de sus delgados muslos. Amaia lleva shorts de jeans con una musculosa, algo que la hace sentir muy cómoda. Los hombres están prácticamente iguales con la diferencia de que Tomas lleva una bermuda, y los más grandes, pantalón largo.

La cena transcurre entre risas, anécdotas, brindis y lágrimas de felicidad, bajo el cielo iluminado de estrellas con el astro en lo alto del firmamento de testigo. En un determinado momento, Bautista se pone de pie y luego de que Brandon le guiñe un ojo, le tiende una de sus manos a Micaela quien lo mira sin entender qué pretende.

—Desde el primer día supe que mi corazón latiría, desde ese momento, por y para vos. Me robás el aliento con cada sonrisa. Se me parte el alma cuando llorás y por eso quiero ser siempre quien te abrace cuando más lo necesites. Mi propósito en este camino es verte reír de felicidad, ayudarte a lograr cada sueño y hacerte la mujer más dichosa de este mundo. Micaela Santamarina, ¿me harías el grandísimo honor de casarte conmigo? —recitó Bauti con una de sus rodillas anclada en la arena blanca, sosteniendo entre sus manos abiertas un precioso anillo. Jamás se había sentido tan nervioso ni ansioso como lo estaba en ese instante. Solamente él sabía cómo lo hacía sentir esa joven y estaba más que dispuesto a disfrutar cada día de su vida junto a ella.

—Sí... Sí... Síííí —respondió ella arrojándose sobre su ahora prometido haciendo que ambos cayeran. Lo besó y cómo lo hizo; con devoción, amor puro y verdadero, pasión e ilusión por la promesa de un futuro juntos.

Los más pequeños los miraban extrañados, aún sin entender la magnitud de ese verbo que te hace querer saltar cuando el estómago se retuerce, queriendo decirte que lo que sucede es una gran bendición. En cambio, sus padres no podían más de la emoción. Francesca se abrazaba a su marido, llorando asombrada ante la declaración de su hijo y la efusividad de su niña para responder. En ese momento, supo que su trabajo como madre estaba dando sus frutos.

Los abrazos no se hicieron esperar, tampoco las felicitaciones. Todos estaban pletóricos y definitivamente estaban siendo las mejores vacaciones de sus vidas.

★   ★   ★   ★   ★

Francesca sale del baño cubierta por una bata confeccionada en muselina, diseño exclusivamente realizado por una amiga para ella. Esta le llega por debajo de las nalgas que mueve sensualmente mientras camina bajo la devoradora mirada de Brandon. Lo vuelve loco y lo sabe. Se detiene justo delante de una de las cómodas de la habitación e inmediatamente la voz de *Debbie Gibson* cantando *Lost In Your Eyes* inunda la estancia. De espaldas a él, desanuda el lazo y toda su delantera queda expuesta. Se da la vuelta con calma y se acerca a la cama con lentitud. A Brandon, igual que siempre que la ve, se le seca la garganta de deseo y anticipación. Su mujer logra desestabilizarlo tal como lo hizo la primera vez que la vio. El amor que aquel día floreció al mirarse, hoy sigue latente; creciendo a una velocidad vertiginosa. Él levanta una de sus manos y moviendo su dedo índice le hace seña para que vaya hacia donde la espera. Francesca niega con la cabeza, deslizando su lengua por el contorno de su carnosa boca, acción que al teniente lo vuelve loco, llevándolo a impulsarse y arrodillarse frente a ella. Coloca sus dedos sobre los hombros de la mujer, que lo admira con la vista nublada de anhelo, y empuja la tela que resbala por los brazos femeninos con facilidad. Sin demora, con urgencia, toma con sus dientes su labio inferior, ese que tanto deleite le produce y lo muerde haciendo que las células de la doctora tiemblen de placer. Él conoce cada recoveco de su alma, cada expresión y cambio en su respiración. Sabe lo que le gusta y usa eso a su favor. Francesca, con su característica delicadeza, se apoya en él recorriendo con suaves movimientos su torneado físico, sintiendo cómo su hombre vibra bajo su toque y esto la lleva a sonreír de felicidad.

Los amantes se pierden entre caricias, besos desenfrenados y corazones desbocados. Brandon la agarra con fuerza de las caderas y la gira arrojándola a la cama para encerrarla bajo su cuerpo. Ella se ríe con amor, pero esa alegría es inmediatamente remplazada por suspiros de placer cuando él comienza a pasearse por sus curvas, repartiendo besos y sedosos roces por cada parte de su fresca piel. Francesca se retuerce apresada por la magia que solo su capitán, es así como lo llama para molestarlo, puede voltear sobre ella.

—Amor, por favor, no me tortures más —expone entre respiraciones cortas, decadentes. Brandon se frena y la observa con orgullo. Puede que los años pasen, que las huellas del tiempo dejen su marca, pero ante sus ojos marrones, su cachorrita siempre será la mujer más atractiva, hermosa y especial de todo el universo, porque un amor que ha cruzado mares, traspasado paredes, volado por toda clase de aires, no se disuelve; todo lo contrario, se asienta.

—Doctora D'Angelo, últimamente está muy impaciente —retruca, poniéndose a su altura, cubriendo su femenino cuerpo con su masa de músculo. Su recta erección roza la abertura de su centro y eso a ella la altera demasiado—. ¿Querés esto? —inquiere divertido jugando con ella, haciendo que la cabeza de su pene se sumerja solo un poco dentro de su tibia cavidad.

—Sí, Brandon y lo quiero ya —anuncia, impulsando sus caderas hacia delante, llevándolo a entrar de una sola estocada. Ambos suspiran con alivio al sentirse piel con piel, alma con alma, corazón con corazón y sin dejar de verse fijamente, él se retira con lentitud para luego volver a sumergirse dentro la mujer de su vida.

¡Madre mía! Lo que este hombre me hace sentir jamás cambia. Hace que mis piernas se debiliten. Piensa Francesca

—Te amo, Fran. Ayer, hoy, mañana y siempre juntos —le susurra al oído.

—Hasta el infinito, por toda la eternidad y hasta el más allá. Te amo, Brandon —confiesa ella con veracidad, mientras los espasmos de la liberación los hace volar bajo la luz de la luna que se filtra por las ventanas de la habitación.

★   ★   ★   ★   ★

El amor es cruel, a veces duele, pero cuando
es verdadero, sabrá calmar el sufrimiento
y encontrar el camino hacia la felicidad.

Gracias por elegirnos.
Hasta la próxima,

Francesca y Brandon.

AGRADECER

Me resulta muy difícil escribir esta parte porque siento que no me alcanzan las palabras para agradecerles a todos los que estuvieron a mi lado en este proceso. Así que acá vamos, espero no olvidarme de nadie y si lo hago sepan disculparme saben que soy despistada en exceso.

En primer lugar tengo que agradecerle a ella, a Francesca D´Angelo que fue mi compañera de palabras, la culpable de mis desvelos y mi eterna compinche. Gracias, cachorrita, por cada palabra susurrada, estarás por siempre en mis pensamientos.

En segundo lugar están ellos, mis hijos y mi compañero de vida que fueron quienes se llevaron la peor parte de todo esto. Quienes se aguantaron mi locura y quienes recibieron los ¡ya va! o los ¡una hoja más y termino! Cosa que nunca pasaba porque como fue más fuerte que yo, seguía y seguía escribiendo. A mi mamá que fue quien me aconsejó y ayudó con todo lo relacionado a la medicina, sos una excelente profesional. Los amo, gracias por apoyarme en cada paso que doy.

En tercer lugar le tengo que dar las gracias a mis amigas, a mis "Chicas Grey", a la parte real de esta historia. Gracias por dejarme hacerlas parte de esto, por ser mi contención y mis primeras lectoras. Las quiero con toda mi alma.

Agradezco en cuarto lugar y especialmente a ellas, las integrantes de Librománticas:

A Emma Sheridan, por encargarse de hacer las correcciones y dejar esta historia en perfectas condiciones para que todos puedan disfrutarla, también por estar ahí para difuminar todas mis dudas, me aguantó como nadie.

A Deborah Luzige, por tomarse el trabajo de diseñar la portada que sin duda es espectacular porque ella es una gran persona. Nos costó pero lo logramos, diste justo en la tecla con cada detalle.

A Victoria Aihar, quien se encargó de maquetar esta historia y darle su toque de calidez a las hojas, porque ella es así: trasmite tanta paz que es imposible no contagiarse.

A Natalia Gonzalez Villoldo; o mejor dicho: nuestra "mamá gallina", por hacer posible nuestros sueños, por querernos sin pedir nada a cambio y por estar en cada paso que doy.

Chicas: nunca jamás me van a alcanzar las palabras para darles las gracias. Porque simplemente hay sentimientos que no se pueden expresar con letras. ¡Las quiero!

Por último, le doy las gracias a mi familia y a todas las personas que aportaron su granito de arena para que esto sea posible.

A ustedes, los lectores, les debo todo, porque sin su interés esto no sería real.

Jamás olviden cuánto los adoro. ¡Hasta la próxima!

Sobre la autora

Yamila Bianqueri nació en la ciudad de Mar del Plata en el año 1990 y creció en Comandante Nicanor Otamendi, un pueblo del Partido de General Alvarado, provincia de Buenos Aires. Trabaja de encargada en un edificio y disfruta de sus hijos el resto del día; estudia y baila folclore. Una lectora compulsiva que escribe en sus ratos libres, cuando los tiene, y de vez en cuando se obsesiona con alguna serie televisiva. Quienes la conocen la pintan como una mujer inquieta, apasionada, rebelde y hasta en algunos casos divertida. Ella asegura que no es un ser sociable pero los que realmente la perciben, saben que no es así. Buena amiga, oyente y partidaria de que un buen consejo siempre debe ser recibido con atención y predisposición.

En el año 2017 participó de la 13° Feria del Libro Mar del Plata Puerto de lectura junto a: DI.VI. NA, Adriana Gualtieri y Mirta Fachini.

En el 2018 estuvo presente como invitada en el VI Septiembre Romántico y Rioplatense, encuentro que se celebra en Capital Federal, organizado por: Victoria Aihar, Estela Escudero, Marta D´Arguello, Mimi Romanz y Maria Laura Gambero.

Es integrante del grupo de escritoras Romántica - Novelas con corazón.

Es encargada de la sucursal, ubicada en Mar del Plata, de Librománticas – Delivery Romántico, distribuidora que actúa como puente entre los autores independientes y los lectores.

Esta es su primera novela corta, la cual vio la luz a través de Wattpad en el año 2016 y en Amazon en el 2017, un desafío total para ella.

Es la autora, también, de:

"Tu mirada me atrapó" (2017, papel por Librománticas y Amazon).

"Diciembre en el fin del mundo" (2017, por Wattpad y 2018 digital por Amazon).

"Tú me robaste el corazón" (2018 por Wattpad).

"Un viaje en familia" relato sobre Tu mirada me atrapó (2018 digital por Amazon).

"El futuro de Mel" relato sobre Cumpliendo un sueño (2018 digital Amazon. Incluido en este ejemplar).

"Triple sec de pasión" Antología erótica multiautor "Un cóctel para recordar" (2018 papel y 2019 digital por Amazon).

"Eres mi cielo" (2019, digital por Amazon).

"Doce compases de amor" relato de la antología mulltiautor de Librománticas "Historias de amor en mi biblioteca" (2019 papel por Librománticas – Delivery romántico).

"El reencuentro" (2020, digital por Amazon).

"Destino austral" Antología romántica (2020 papel por Librománticas – Delivery romántico y digital por Amazon).

Así como estas historia, vendrán muchas más. Actualmente trabaja en su próxima novela.

www.ingramcontent.com/pod-product-compliance
Lightning Source LLC
Chambersburg PA
CBHW050324160726
48002CB00001B/171